長編サスペンス

闇の警視 被弾

「被弾」改題

阿木慎太郎

祥伝社文庫

目次

プロローグ

　夕刻を前にした霞《かすみ》が関《せき》の空はどんよりと厚い雲に覆《おお》われている。警視庁庁舎を出た青山《あおやま》宗一郎《そういちろう》は腕の時計を見た。

　間もなく五時だ。行き先は京橋《きょうばし》の小料理屋。タクシーを拾えば十分か十五分で着く。追悼の会は六時半からだから、車で行くには早過ぎる。それなのに庁舎を早く出たのは、職場を離れて一人で考えてみたかったからだった。

　青山は通りを渡り、日比谷《ひびや》公園に入った。松本楼《まつもとろう》の脇を通り、日比谷の交差点方向に歩きながら、二人の人物を思い浮かべた。一人はすでに鬼籍に入り、もう一人は現在病床にあった。この二人が落ち合う場所として使っていたのがこの日比谷公園だった。青山もその場に同席したことが二度ほどある。

　二人の名は、岡崎竜一《おかざきりゅういち》と志村幸三《しむらこうぞう》。どちらも警視庁の警察官だった。現在病床にある志村幸三のほうはノンキャリアでありながら警視長まで上り詰め、無事定年で退官したが、もう一人の岡崎は通常では考えられない過酷な人生を歩み、凄絶な死に方をした。

岡崎の退官時の階級は警視だったが、退官は殺人犯として拘束《こうそく》されるというおよそ通常の警察官が歩む過去ではなかった。警察官から刑務所生活、そして非合法の特捜部隊の指揮官として働き、最後は暴力組織と戦い壮絶な死を迎えた……。

日比谷公園を斜めに進み、青山は池の辺《ほとり》で歩を止めた。この場所は好んで志村と岡崎が使った場所である。日比谷通りから絶え間なく聞こえて来る車のノイズを耳に、青山は小一時間その場所で時を過ごした。

（……あの作戦は一体何だったのか？　作戦は第四次まで実行され、すべての作戦は成功したが、それには大きな代償も払っていた。指揮官だった岡崎をはじめ三人の隊員が命を落とした。大きな犠牲であったが、成果はあった。いや、あったはずだった……。

そうでなければ死んだ者たちは浮かばれない。だが現実はどうだ。確かに第一次掃討作戦で関東の雄海老原《えびはら》組、そしてその資金力を誇った和平《わへい》連合は壊滅した。それ以降の作戦で相当数の暴力団が大きな打撃を受け、解散に追い込まれた。また、暴力団は暴対法によって追い詰められ、一時期その数は減った。

だが……消滅はしなかった。彼らは必死に生き残るべき道を探し、現在はより厄介《やっかい》な姿に変わってしまっている。

これが岡崎や志村たちが望んだ形だったのだろうか。岡崎、夏樹《なつき》、そして松本《まつもと》というかけがえのないスタッフを失ったにもかかわらず俺は生き延び、しかも警視庁に身を置きながら、暴力組織の変貌をただ眺めて来ただけだ。

俺はあれから一体何のために生きて来たのか……忸怩《じくじ》たる思い、いや、そんな言葉では言い尽くせない慚愧《ざんき》の念……）

青山はベンチから腰を上げた。風が冷たい。池の周囲に足を停《と》める者はなく、まもなく迎える師走《しわす》を意識してか、通り過ぎる人の足は忙《せわ》しない。

（……十五年前、このベンチで岡崎と志村が安い弁当を食った時、俺はいよいよ始まる新しいプロジェクトに胸を躍《おど》らせていたのではなかったか。

その時、青山は木立の陰から二人を眺め、興奮と同時に失望も覚えた。志村がこの男なら、と選んだのが山谷《さんや》で暮らす荒《すさ》んだ日雇いの労務者だったからだ。もちろんその岡崎という男がどんな過去を持つ男か、それは知っていた。知ってはいたが、それでも正直、こんな男にこのプロジェクトを託すことが出来るのか、と思った。

だが、それは自分が間違っていたのだ。志村の眼は正しく、プロジェクトは成功した。それはひとえに岡崎という男の能力にあった。強固な意志、頑健な肉体とそれに勝《まさ》る知力、そしてその強いカリスマ性。この岡崎の強い個性にスタッフは自分の能力のすべてを彼に捧《ささ》げたのだ。

それがあったから過酷なプロジェクトはすべて成功し、大きな成果をあげたのだ。そんな作戦の成功にもかかわらず、現在の極道社会はより厄介なものに変貌して生き続けている。見方によってはより強大なものになって。

そして、あの作戦の結果が今日《こんにち》の情勢を迎えたのなら、それは彼らのせいではなく、ひとえに作戦を立案した自分にある……俺は彼らを無駄死にさせたのか……。

関東ではそれまでなかった、また将来も起こるはずのない血の抗争が発生し、あろうことか葬儀場や病院内での殺傷事件まで起きている。民間人にも犠牲者が出る発砲事件。暴対法で取り締まれば、今度は法で取り締まることの出来ないフロント企業が出現し、為《な》す術《すべ》がなくなった……一体、俺たちはこれからどう戦ったらいいのか……）

青山は深いため息をつくと、肌を刺す寒気にコートの襟《えり》を立て、日比谷公園を後にした。

会場の小料理屋には時間よりも五分早く着いた。仲居に案内されて二階の座敷に上がると懐《なつ》かしい顔が並んでいた。

現在もまだ警視庁暴力団対策課にいる池田雄二《いけだゆうじ》、警視庁から新宿署の刑事課に移っている内野克之《うちのかつゆき》、同じく渋谷署の刑事課の岩倉友哉《いわくらともや》、そして警視庁機動捜査隊の花になっている石川玲子《いしかわれいこ》警部補、民間からのスタッフであり今は慈恵《じけい》医大の薬剤部長に出世している元《もと》村秀樹《むらひでき》……どれも懐かしい顔だった。

「お久しぶりです！」

「皆、元気そうだな……」

と一同の挨拶に応《こた》えた青山はそこで口をつぐんだ。

池田の後ろ、本来元気なら志村幸三が座るべきところに遺影が三つ並んでいた。伝説となった岡崎竜一を挟んで元ヤクザの夏樹次郎《じろう》と警視庁公安部の松本常雄《つねお》。青山が今一番会いたかった男たち……。

遺影の前には一同と同じように膳とグラスが置かれている。これも一同の心遣いなのだろう。

青山は幹事役の池田の隣りに腰を下ろした。

「まずは乾杯ですかね」

と言い、池田が遺影の前のグラスにビールを注いだ。反対側に座る内野が眼をしばたきながら微笑《ほほえ》んで言った。

「線香なんて焚《た》いたらチーフが怒りますからね」

チーフというのが岡崎の皆の呼び方だった。

「……そうだな……岡崎さんたちには線香より酒が似合う……」

不覚にも目頭《めがしら》が熱くなった。一同のグラスにもビールが注がれ、池田の音頭で乾杯した。

グラスを飲み干し、青山は有川涼子《ありかわりようこ》がここにいたら、と思った。この席に、肝心《かんじん》の有川涼子の姿だけがなかった。岡崎が生きていたら、一番会いたかったのは有川涼子だったのではないのか。

「……志村さんは、相当具合が悪いのですかね……?」

と池田が青山のグラスにビールを注ぎながら訊《き》いて来た。

「手術は上手《うま》く行ったようだ。もっとも会って来たわけじゃあない、家のほうに電話して奥さんに様子を聞いただけだが」

「自分もおやじさんに会ったのは七月で、以来ずっとご無沙汰です。申し訳ないと思っています」

池田は四ヶ月も見舞わなかったことを気にしている。だが、警察というところはおかしな所で、多忙なこともあって、退官すると不思議に縁遠くなってしまう。そんなことから言えば、ここにいる連中は毎月ではないが、志村の病床を結構見舞っている。ただの警察の先輩後輩ならばそんなことはしない。プロジェクトに命を賭けた者の絆《きずな》がそうさせるのだ。

「おやじさん、来られなくて残念がっていた。そうだ、忘れないうちにこれを渡しておく」

と青山は警視庁に送られて来た志村からの現金封筒を池田に渡した。年金で生活しているくせに、皆で飲め、と志村が青山に送って来た金は十万もあった。

「……まいったなぁ、大金じゃあないですか……会費くらいなら頂戴しますが」

と池田は困ったように言った。

「確かにな。だが、おやじさんの気持だ。俺たちに、というより、おやじさんは岡崎さんたちに飲ませたいんだろう」

「まあ、そうなんでしょうね。だが、そうは言ってもねぇ」

と池田は遺影の岡崎を見詰めて、太いため息をついた。

「二次会というわけにもいかんか。仕方がないな、余ったら次回の費用にとっておけばいい」

「そうしますか。私らももっと会うようにしたいですからね」

一同が酒を酌《く》み交わし、静かに話を続けるのを眺め、青山もまた厳しい表情の岡崎の遺影を見た。

それにしても、姿の見えない有川涼子、彼女が欠席していることが残念だ……当然岡崎の遺影の一番近くに座っていなければならない人が彼女だった。元東京地検検事補、あのプロジェクトでは岡崎に匹敵する活躍をした女性……。

「志村さんは仕方がないとしても……有川さんがいないのは寂しいな……」

青山の言葉に、池田が頷《うなず》き、

「そうですね。チーフもそう思っているでしょうね」

とため息をついた。池田からは、手をつくしたが彼女と連絡がつかないという報告をすでに受けている。

「あの人のことはおやじさんも気にしていてな。電話でも有川さんのことを言っていた」

「解っています。一月に見舞いに行った時も、おやじさん、そう言っていました、警察官のくせにまだ行方が判らんのか、ってね。まったく面目《めんもく》丸つぶれです」

「何年か前にはまだ千葉の療養所にいたんだろう？」

「ええ。ですが、私が知っているのはそこまでですよ。以前住んでいた豊島《としま》区のマンションも、とうに持ち主が変わっていました。住民票も転出先が分からんようになっていまして……」

「村田《むらた》さんには訊いてみたのか？」

現在、有川涼子の元上司だった村田は最高検察庁の次長検事である。ただの上司というだけでなく、村田はそもそもあのプロジェクトの生みの親の一人だった。当時副総監だった清水光一郎《しみずこういちろう》の要請を受けて村田は地検から検事補だった有川涼子をプロジェクトに選抜、派遣した。その村田ならば、現在の有川涼子の居場所を知っているはずだった。

「それが、村田さんは何も知らないんですよ。むしろ村田さんから有川さんの居場所を訊かれたくらいで」

と池田は答えた。

「それは意外だなぁ。俺は、村田さんのってでどこかの法律事務所に勤めているものだとばかり思っていたが」

「いや、それはなかったようです。まあ、体の具合が良くなかったですからね、すぐに再就職なんか出来なかったんだと思います」

「確かにな。暫《しばら》くは療養所にいたんだったな」

「ええ」

青山は一同を眺めた。スタッフの中で有川涼子と一番近しかったのは誰だろう……。

一番は岡崎の片腕だった夏樹次郎だが、彼は第四次作戦で殉職してしまっている。それ以外では誰だろう？　覚醒剤中毒の後遺症に苦しめられていた彼女は千葉の療養所にその後も出たり入ったりしていた、と志村から聴いている。

その後の経緯をわずかだが知っていたのは志村だけだった。何故《なぜ》なら、プロジェクトが解散後、スタッフは何年かの間、日常の交流をずっと絶って来《そ》たからである。これは用心のためだった。あのプロジェクトが存在したことを闇に葬る措置である。

こうして会えるようになったのは二年前からなのだ。その間、有川涼子はおそらく酷《ひど》く孤独な生活をしていたのだろう。たった一人の相談相手だった志村が闘病生活に入ったために、プロジェクトの仲間とも繋《つな》がりはなくなった。

だが……プロジェクトの中でたった一人、警察官でなく民間人であった元村は比較的自由な立場にあった。そして元村は薬学が専門だ。その知識を買われて第三次作戦で活躍したのだ。

青山は末席で石川玲子と話している元村に視線を移した。気持が伝わったのか、元村もまた青山を見詰めた。

青山が腰を浮かす前に元村がビール瓶《びん》を片手に立ち上がった。元村が青山と池田の隣りに座った。

「……ご無沙汰しました……」

「こちらこそ、だ。もっともあんたに会うということは、病気になるってことなんだろうけど」

「あるいは私が薬を横流しするとか、ね」

「なるほど。君がこの連中とやったことを考えれば、それもあるか」

と青山と元村は顔を見合わせて笑った。今でこそ大病院の薬剤部長だが、韓国系日本人を肉親に持つ元村は、第三次作戦で韓国の麻薬密輸業者となって他の者では出来ない活躍をして来たのだ。

「今、池田くんと話していたんだが……」

青山に代わって注いで貰ったビールを一口含み、元村が頷いた。

「解っています、有川さんのことですね」

息を吐いて元村は岡崎の遺影を見詰めた。

「ああ」

「行方が判らないんですよね……」

「池田くんや岩倉くんがずいぶん探してくれたんだが。地検の村田さんにも連絡がないそうなんだ。有川さんが君と接触があったのはどこまでかな？」

「そうですね……もうかれこれ五年くらいになりますかね」

「そんなに前なのか……」

「その頃は、有川さん、どうしていたんだ？　どこかに勤めていたのか？」

と池田が訊いた。

「いや、就職はしていませんでしたよ。まだ、状態がそんなに良くなかったですから」

「じゃあ、療養所に入っていたのか？」

「いえ、千葉の療養所はもう出ていました。ただ、通院は定期的にしていましたがね」

「まだそんなに悪かったのか」

青山の問いかけに、元村の表情が翳《かげ》った。

「いや、そんなに悪くはなかったですが、だからと言って、元気だとも言えませんでしたね。あの人がしたのは、半端《はんぱ》な体験ではないですから」

「じゃあ、再発していることもあるのか？　依存症みたいな」

池田の不安げな言葉に、元村は首を振った。

「いや、それはないでしょう。皆知っているはずですが、あの人は凄く意志の強い人です。確かに覚醒剤を含めて麻薬というものは厄介ですから、意志の強弱だけではなかなか克服は出来ないんですが。だからこそ麻薬なんでしてね。でも、有川さんは、本当に麻薬を心の底から憎んでいましたよ。そんなあの人が誘惑に負けるとは思えない。ただ……」

「ただ、何だ？」

と膝を乗り出す池田に、元村が続けた。

「何て言いますかね、生きる力と言いますか、有川さんにはそんなものが一時期なくなっていたような感じがしましたね。

通俗的な言い方になって嫌なんですが、身も心もぼろぼろって感じでね。自分のためにチーフが死んだと、そんな風に思いつめていたような感じがします」

多分、元村の言う通りなのだろう、と青山は思った。事実、チーフの岡崎は有川涼子の救出のために命を落としたのだ。

「……それじゃあ、自殺なんてこともあるのか……？」

池田が不安を隠さずに訊いた。

「いや、そんなことはしないでしょう。そんなことをしたら、それこそチーフが無駄死にになります。チーフのためにも有川さんは絶対にそんなことはしない。それは断言出来ます」

「……それじゃあ、どうして行方知れずになるんだ、変じゃないか」

「それは、解りません。ただ、あの人は、僕らみたいにあっさり元の生活に戻れなかったんじゃあないですかね。考えてみて下さい。あの人だけでしょう、昔の検事補という職も、何もかも捨てていたのは。

　ここにいる皆は何だかんだ言っても、ちゃんと復職してけっこう楽しくやっている。でも、あの人には戻って行く所なんかなかったわけですから」

　厳しい元村の言葉だった。彼の言う通り、確かにプロジェクトでは全員が職だけでなく命さえも賭けて働いたが、プロジェクトの解散後は何事もなかったように元の生活に戻り、それなりに平穏な生活を送って来たのだ。

「そう言えば、一つ気になったことがありましたね」

「何だ?」

「旅ですよ」

「旅?」

「ええ。僕は薬学が専門で心理学はさっぱりですが、それでも解っていることが一つはあります。それは、チーフですよ。あの人の胸の中にはまだチーフが生きているんです。僕が最後に会った時ですが、あの人、旅行すると言っていたんですよ」

「旅行って、どこへ？　外国か？」

「いや、そんな所じゃないですね。有川さんが行きたかった所は、チーフと一緒に働いた所ですよ、僕はそう理解した」

「……そんな、馬鹿な……」

池田と同じように青山の顔色も変わった。

「最近、よくあるでしょう。馬鹿馬鹿しいですが、自分探しの旅というのが。有川さんの場合はそんなものではないですが、自分たちが何をしたか、それがどれほどやりがいのあるものだったのか、それをチーフの姿をもう一度思い出す意味もあって確かめたいという、そんな気持があったような気がするんです。その旅に出た気がしますがね……」

岡崎と一緒に働いた場所……。どこも決して安心してスタッフが歩ける場所ではない。東京をスタートに、船江《ふなえ》市、国江《くにえ》市、平尾《ひらお》市、そして北海道……。これらの土地の暴力組織は壊滅するほどの打撃は受けたが、組織の者がそこから消えてなくなったわけではないのだ。

組は壊滅しても生き残りはいる。彼らはまた別の組織に吸収されてその土地に生きている。そんな連中に姿を見られたらどうなるか……。これほど危険なことはない。

これまでのやりとりが聴こえたのか、今では一同も雑談を止《や》め、緊張した顔で青山たちを見詰めている。

「確信はないですよ。ただ、そんな気がしただけで、有川さんからはっきり追憶の旅だと聴いたわけではないんです。そこを誤解しないで下さい」

「だが、その可能性はあるわけだな」

青山の呟《つぶや》きに元村が頷く。

「……危険だな……」

池田が青山に言った。

「あのプロジェクトが原因で報復を受ける、ということもありますかね？」

「あっても……不思議はないな」

今まで考えずにいたが、あり得ない事態ではなかった。第一次から第四次までの作戦で、有川涼子はほとんどと言っていいほど第一線で活躍して来た。岡崎もそうだったが、彼女も暴力組織にかなり顔を知られている。彼女が偶然関係者に発見されるという危険はあるのだ。

現に、第四次作戦で、彼女はある暴力組織の組長に偶然発見されて、拉致《らち》されるという体験をしている。そんなことが二度ないとは言い切れない。もしそんなことがもう一度起こっていたとしたら……。

「まさかそんな危険なことはしないと思うが。彼女だってそのくらいのことは解っているだろう。身をもってそんな危険を体験してきた本人だ」

元村が言った。

「それはそうです。ただ、それは平静に暮らしていられる人のことでしょう。生き甲斐《がい》がなくなったら解りませんよ。こう言っては何ですが、有川さんだけでしょう、今、命を捨てても平気だと思っているのは。

皆、チーフのためなら命を捨てる気で働きましたが、あの人は今でもきっと同じ気持でいるんじゃないですかね。だから、自分の身が危険だからというのは、あの人には通用しない。岡崎チーフにもう一度会いたいという気持が強ければ、身の危険なんて考えないかも知れません」

「まさか……もし、そうだとしたら……私たちは……えらいことをしてしまったかも知れない……有川さんを見殺しにしたのかも知れないのか」

うめくようにそう言って岡崎の遺影を見詰める池田に、青山は眼を閉じた。

透《す》き通るように白い肌の有川涼子の姿が瞼《まぶた》に浮かぶ。もしそんな事態になったとしたら、岡崎は何と思うだろうか。三人の犠牲の上に生き延びた俺たちは、有川涼子を護《まも》ることもしなかった……。

眼を開けた青山が、集まってきた一人ひとりの顔を見ながら尋《たず》ねた。

「事情は聴いていただろう。君たちに訊くが、最近有川さんと接触した者はいるか？　元村くんが会ったのは五年前だそうだ。それ以降に連絡を受けた者はいるか？」

　誰からも返事はなかった。消息不明になってから五年……。もし、あの作戦時の相手に存在を知られていたら、無論、ただでは済むまい。囚《とら》われたか、あるいはそれ以上のことも考えられる。

「この会の通知の件で有川さんに連絡を取ろうとしたのは池田と岩倉だったな」

「そうです」

　と池田が答えた。

「実家に有川さんのことを尋ねたのは？」

「私です」

　と今度は岩倉が蒼《あお》い顔で答えた。

「で、実家のほうはどうなんだ？　有川さんの居所を本当に知らない感じなのか？」

「私の勘では、本当に知らないと思いますね。それに、ご存知でしょうが、実家と言っても、有川さんにはご両親はいないんです。ご両親は亡くなっていて、縁者というだけで、以前からほとんど連絡はしていなかったようです。これは、プロジェクトに参加された頃からだと思いますが」

　有川涼子は東京地検の検事補の職を捨ててプロジェクトに参加した。婚約者が旧厚生省の麻薬取締官で、この婚約者が死に、それが契機でプロジェクトに参加したのだ。そこらへんのことはプロジェクトの全責任を背負っていた志村が詳しいはずだ。青山自身はそれ以上のことは知らないのだ。

「解った。われわれでやることは一つしかないな。有川さんが現在どこでどんな暮らしをしているか、それを調べなければならない。君たちも協力してくれ」

「もちろんです」

「やりましょう」

とそれぞれが頷いた。

「もっとも、それをやるのはわれわれ警察関係者だな。捜査が専門なんだから」

と青山は一同の緊張を解くように付け加えた。元村が反論した。

「それはないでしょう。警察に籍がないから動けるということもあるでしょう。病院関係だって調べなければならない。どこかに入院していて、動けないでいることも考えられますから」

「なるほど、そういうこともあるかも知れないな。解った、それぞれの能力を生かして捜そう。そして見つけ出したら、もう一度この会をやる」

一同は青山の言葉に頷き、自分は何をやるかを話し合った。

「一両日中に誰に何をやって貰うか、青山さんと相談して皆さんに知らせる。進行状況などは全員私に報告して貰うことにしましょう」

それまで黙っていた石川玲子が手を挙げた。まるでプロジェクトでのミーティングのようだな、と青山は一瞬あの頃を思い出した。

当時の石川玲子は最年少、婦警上がりでプロジェクトに加わった。こんな若い婦警が、命を賭けた任務に適しているのか、と正直に言えば青山は危惧《きぐ》した。だが、彼女を選抜した志村の眼は確かだった。オリンピックで射撃部門の候補にまでなったその腕で、彼女はチームの危機を何度か救っている。そんな石川玲子も現在は警視庁機動捜査隊の花形警部補だ。

「何かあるのか、石川くん？」

「青山さん、一ついいですか？」

「いいよ」

「……皆、ちょっと誤解してる気がしますね……」

「どういう意味だ？」

「追憶の旅だなんて……有川さん、そんな感傷的な旅なんかに出るような人じゃありませんよ」

石川玲子は怒ったように言った。

「有川さんは、外見は弱い感じがする方ですが、本当はとても強い人です。チーフを除けば、この中で一番強い人なんじゃありませんか。岡崎チーフを想う気持はよく解りますが、思い出に浸《ひた》る目的なんかで旅に出たりしません。それはいかにも男の人が考えそうな誤解です」

「だが、旅行に行くとは言ったんだ」

元村の反論に、石川玲子は皮肉っぽい笑みを浮かべて言ってのけた。

「それが追憶の旅だなんて解らないでしょう。私みたいな頼りない人間ならそんなこともするかも知れないですけどね。でも、有川さんはそんなことはしない。そんな甘ったるいことは絶対にしませんよ」

「……それでは、どんな旅に出たと言うんだ？」

と青山は訊いた。

「旅に出たかどうか知りませんが、あの人が動いたのなら、それは戦うためでしょう。私たちはさっさと撤退してしまったけど、有川さんは止めなかった。有川さんは、今度は一人で、まだ戦いを続けている……皆さん、そのことを考えたことはないんですか」

石川玲子は断固とした口調でそう言った。

「……あの戦いを、まだ一人で続けていると、そう思うのか……」

「そう考えたら、おかしいですか？　生意気を承知で言わせてもらいます。私には、すべてを青春の思い出のように扱う皆さん方のほうがおかしく思えますね。

暴対法でヤクザ人口が減った、だなんて、馬鹿なことを言っている人がいると聞いていますけど、現実には暴力団はまだ存在しているじゃないですか。あのプロジェクトが失敗だったなんて言う気は毛頭ありませんが、でも、現に暴力組織は健在で、あの頃よりも凶悪化しているんじゃあないのですか？　現に東京都内で発砲事件が起こっているんです。

考えてみて下さい、ここでこうしてあの頃を懐かしんでいることのほうが、私にはおかしく思えます。追悼の意をちゃかしているわけではないんです。ただ、風化したもののように考えている皆さんのほうが、間違っています」

石川玲子のこの言葉に、一同は圧倒された形になった。

「なるほど、石川くんの言うことは解った……」

と青山は苦笑して言った。

「……たしかに、あのプロジェクトを過去のものとして扱ったことは悪かったな。だが、君も警察官だから、解るだろう。現在の僕は暴力対策課にはいないが、だからと言って、暴力組織の跳梁《ちょうりょう》をただ眺めているわけではない。

そんな思いで言えば、ここにいる全員が、同じ思いでいるんだと思う。ただ、現在のセクションが違うだけだ。警察に籍を置き、市民を護ることは続けている。惰眠《だみん》を貪《むさぼ》ってはいないつもりだがな」

「生意気なことを言いました。申し訳ありません。謝ります」

発言の過激さとは違って、石川玲子は引き際も速かった。

「いやいや、謝ることはないさ。君が言ったことは正しいと俺は感じた。俺は、痛いところをつかれた思いがしたぞ」

と岩倉が言った。

「確かにな。石川くんの言うことは、一理ある」

池田も頷いた。青山も頷きながら言った。

「一本取られた感じかな。だがな、有川さんが一人であのプロジェクトを続けている、ということは、現実としては残念ながらないだろう。これも皆が知っていることだ。暴力組織を相手に、一人では戦えない。資金もなく、支援もなく、いくら有川さんが有能でも、それは無理だな。

その代わり、そんな夢を共有することは出来る。あの有川さんが、たった一人で巨大な組織に立ち向かうという夢は、良いな。ある意味では、そんな夢をあの人だから俺たちに与えてくれる、ということが出来るのかも知れない。なんだか、これだと有川さんに対しての追憶になってしまったような気がするが」

再び和《なご》やかな場に戻ったが、石川玲子だけは違った。

「……資金もなく、サポートもなく、それでも有川さんは戦う……岡崎チーフに恥ずかしくないように……有川さんは……戦う……」

男たちが再びグラスを手に談笑するのを眺め、彼女は言った。

「夢ではありませんね。有川さんは、一人だけ、撤退しないで戦っている……私はそう思います」

第一章　決意

一

滝沢宗夫《たきざわむねお》は眼前に停まった車に感嘆と羨望《せんぼう》、そして同時に、畏怖《いふ》をも覚えた。滝沢が組の幹部七名と玄関先まで出て並んで迎える客は大東京の大組織、新和平《しんわへい》連合会長だ。

その会長が乗る車だから高級車だということは解っていた。ベンツかジャガー、そんなものだと思っていた。だが新田《にった》会長が乗って来たのはダイムラーが世界に誇る最高級車マイバッハ……。自分が乗る車に人一倍神経を使っている外車好きの滝沢だから、一目でその車の価値が判るのだ。贅沢《ぜいたく》もここまで来るとただ唖然《あぜん》とするしかなかった。文字通り、世界の最高級車を乗り回す新和平連合会長……。

滝沢は素早く値踏みした。一体いくらするか。おそらく六千万か七千万はするだろう。いや、もっとする。おそらく眼前のマイバッハは一億くらいする。なぜなら多分特別仕様車に違いないからだ。

新和平連合の会長が装甲を施《ほどこ》さない車に乗るはずがないのだ。日本国中に名を馳《は》せた前会長浦野光弘《うらのみつひろ》は爆殺されているのだから。これは日本のヤクザなら誰でも知る大事件である。その跡《あと》を継いだ新田会長は、だから防備には莫大《ばくだい》な金を注ぎ込んでいるはずだった。

やって来たのはマイバッハだけではない。前後にクラウンが固めている。これは護衛だ。これではまるでアメリカの大統領並みの移動ではないか！　新田ほどになれば生活が贅沢三昧《ざんまい》だということは想像がついたが、さすが半端じゃない……。さすがは大東京を本拠にする組だけのことはあると、滝沢はひたすら感嘆した。

「ご苦労様でございます……」

滝沢は、普段は後ろにこそ下がる頭を出来るだけ前に下げて一行を迎えた。場所は北陸の地方都市寺山《てらやま》市で最高級と言われる割烹《かっぽう》「海竜《かいりゅう》」。一人の費用が最低五万はかかるという割烹だから、これで相手から文句が出るはずはない。

吝嗇《りんしょく》で鳴る滝沢だが、なにせここが正念場と思っているから、この出費だけは歯を食いしばって耐える気でいる。今後のことを考えたら、今、百や二百の出費などたかが知れていると思わなくてはならない。

マイバッハから二人の側近が降り立つ前に、前後の車から四人の若い衆が周囲を固める。一糸乱れぬ動きに、滝沢はまた感嘆した。こんな動きなど自分の子分たちに見たことがないからだ。いや、さすがに新和平連合、とため息をついたところで会長が降りた。

「長い道中、ご苦労様でございます」

これ以上ない角度で頭を下げた。

「ご苦労だな、そう硬くなるな、滝沢よ」

聴いたことのある声だった。おそるおそる顔を上げると、前に品田《しなだ》が立っていた。新田会長でなく品田……！　品田才一《さいいち》は品田組の組長だが、新和平連合では会長補佐、いわゆる幹部の一人でしかない。上にはまだ力のあるのが二人はいる。副会長の中村《なかむら》、杉井《すぎい》とあって、やっと会長となる。つまり品田は三番手。まあ、三番手でも大幹部は大幹部、その力は相当のものだろうが……降りて来たのが新田会長ではなかったことに、滝沢は一瞬腰が砕けたようになった。

「……会長は……？」

「ああ、急な用でな、来られんことになった。今夜は俺が代行だ」

「代行……」

「俺が代行じゃあ不満か」

「いえ、そんな」

慌《あわ》てて応えた。品田に機嫌を損《そこ》ねられたらえらいことになる。

「向こうはまだだな？」

「まだです」

「仕方ねぇな、こっちが早く着いちまったんだから」

当たり前だ、と滝沢は思った。高速の途中からの連絡に、慌てて駆けつけた滝沢である。

予定の時間より小一時間も早いのだ。相手がそこらの小さな組なら、そりゃあ早めに来て東京勢を迎えもするだろうが、客は大間《おおま》連合会の神泉一郎《かみいずみいちろう》である。そりゃあ新和平連合とは力が違うが、といって、神泉はそこらの組長とは違う。近隣四県にまたがって鉄壁の結束を誇る大間連合会の会長なのである。格から言えば、むしろこの品田が出迎えねばならない立場だろう。新和平連合は新興の組織、一方の大間連合は百年の歴史を誇る組なのだ。

「吉井《よしい》と高野《たかの》を連れて入るぞ。いいな？」

「もちろんです」

他の若い衆たちが周囲を調べに掛かるのを横目に、滝沢はこのドタキャンの落胆を懸命に隠して、品田を中へと案内した。

滝沢はこの新和平連合と大間連合会との会談のお膳立てに、ほぼ半年をかけて来た。新和平連合と接近したのが約二年前。それまでの滝沢は寺山市のケチなヤクザに過ぎなかった。組員十八名は結構な数だったが、力はなかった。

もともと武闘派ではなく、シノギは女。タイやフィリピン、近年はコロンビアやロシアなどから女を仕入れ、日本中の風俗にこの女たちを売りさばくことで滝沢の組は食って来た。最近になって、金融にも手を出した。だが、これは二つの事情で盛業とは行かなかった。一つは、この近隣の四県は昔からテキヤの世界で、滝沢のような博徒《ばくと》系のヤクザが賭《と》博《ばく》以外の商売で大手を振って店を張ることが出来なかったのだ。もう一つは肝心《かんじん》の資金だった。金融業は要するに金貸し、金を貸すには資金が要《い》る。肝心の、その資金がなかった。

だから、滝沢の金貸しは、闇金《やみきん》の世界で見れば可愛いものだった。子分の何人かに百万、二百万程度の種金《たねきん》を持たせ、十万、二十万限度の金を貸す、そんな規模のものだった。資金さえあれば、と思った。それは周囲の状況が変わったからである。

近隣四県の中で、最初に波田見《はたみ》市が変貌を始めた。県知事が代わり、波田見市の開発計画が動き出したのだ。新港計画がそれである。波田見市にはもともと港があったが、波田見港には大きな船は入れなかった。だが、新港が出来れば数万トン級の船が入れるようになる。日本海に面した波田見港はもう漁船だけの港ではなくなるのだ。県知事と波田見市市長が親子であったこともあり、この計画は急ピッチで進んだ。

古い漁港がこの計画で突然脚光を浴びる……新港計画には当然巨額の金が動く。金が動く所には一滴の血に鮫《さめ》が群がるのと同じで、ヤクザも動く。理の当然の動きだ。まず動きを見せたのが関西の組織だった。通常なら、波田見市はこの関西に押さえられる。関東以外、この関西勢力の進出を阻《はば》めた地域はないのだ。だが、それが違った。波田見市を中心にするテキヤ組織がこの関西の動きを抑《おさ》えた。もともと波田見市を中心とする近隣四県はテキヤの王国で、結束力が特別固かったのだ。テキヤの面目にかけてと、彼らは防戦し、テキヤの連合が関西の進出を完全に阻んだ。

その時の滝沢は、関西からの傘下《さんか》に入れという誘いに、のらりくらりと対応して傍観を決め込んだ。寺山市に生まれた博徒系の滝沢組は、ここらの土地柄をよく知っていたのだ。いくら関西が大組織でもこの地のテキヤは崩せない、と滝沢は踏んでいた。なにせ一昔前とは違い、暴対法が出来て以来、ヤクザも血の雨降らせての進出は出来なくなっていたのだ。

滝沢の読みは当たり、関西は意外にもあっさり進出を諦《あきら》めた。新港が出来たと言ってもそれは神戸や新潟などとは規模が違い、それほどのものではないと、そんな判断があったのだろうと滝沢は推察した。それに、波田見港はもともとテキヤが押さえているエリアなのだ。

そんな経緯があってしばらく後、滝沢はふとしたことから東京に本拠を置く和平連合の二次団体の組長だった男と知り合った。若木勉《わかきつとむ》という男で、今はヤクザを辞め、事業をしていると言った。

滝沢と若木は懲役で知り合った仲だった。同じ臭い飯を食い、歯ブラシの柄《え》から玉を作ってチンポコに埋め込んだ仲だ。そんな関係だから、若木には心を許せる部分があったのだ。滝沢のシノギを見てこの若木は嗤《わら》った。

「女と金貸しか。今どきそんな商売してちゃあ駄目だな、兄弟。おまえのところの女はコロンビアとかタイとかフィリピンとか、そんなもんだろ。そいつを風俗に売ってナンボか。大したシノギにはなんねぇわな」

と、彼は笑って言った。元和平連合だっただけに若木は情報通だった。

「まあ、続けるなら金貸しのほうだな。何なら尻《ケツ》を持ってやってもいいぞ」

無論、この申し出は断った。尻《ケツ》を持ってくれるのは有り難いが、軒《のき》を貸したら母屋《おもや》も取られた、となるのがオチだからだ。

「わしを信用せんのか？　馬鹿だな、あんた。チマチマ五十や百の金を稼いでも仕方ないだろう。何なら金を回してやると言ってるんだよ」

千万や二千万の金には困らん、とうそぶいてみたら、また笑われた。

「田舎者《いなか》はこれだから困るな。

ゲッとなった。若木は一億ではなく、十億単位の商売をしていたのだ。

「それにな、もう一つ教えてやろう。あんたがそれをやったらいかんのだよ。堅気《かたぎ》にやらせる。わかるか？　ヤクザはこれからは表に出たらいかんのさ。考えてみろ、あんたのような、一目でヤクザと判る悪相が金貸すと言って安心して借りる客がいるか？　いるわけねぇだろう。それでもいいと言って来るのはその道の海千山千《うみせんやません》ばかりのはずだ。つまり回収率最悪の客ばかり。違うか？　だからおっかなくって大金は貸せない。十万二十万の小口で商売するしかねぇってことだろうが」

だったらどうする、と訊く滝沢に、若木は笑って言った。

「ちゃんとした人間を使うのよ。出来れば東大出」

啞然とした滝沢は、そうだ死んだ和平連合の会長も東大出だった、と思い出した。ヤクザ世界で評判だったではないか。

「ま、東大は無理だが、三流大学でも何でもいい、とにかく堅気を使うのよ。ヤクザは後ろに引く。これが今の世の中で生きて行く術《すべ》だ。ただし、この商売には種金が要る」

あんたが出してくれるのか、と訊くと、

「ト、ゴなら出す」

と若木は笑った。
ト、ゴとは十日で五割の利率ということだ。滝沢の手下《てか》でもそんなあこぎな商売はしていない。ここらの相場はト、イチがせいぜいだ。滝沢の所では十日で一割。それでもあまり評判は良くない。十日で五割の利子を払って一割で貸したら、二日でこっちが潰《つぶ》れる。なぜなら、隣りの大間連合の闇金はまるで商売気がなく、せいぜい月二割という信じられない低金利。だから誰もが大間の金融に行く。
滝沢の所に回って来るのは、それこそ最悪の客ばかり。そんな土地柄も知らずに、ト、ゴとはなんだ、人をおちょくりやがって、と憤懣《ふんまん》の滝沢に、若木は真顔で言った。

「冗談だよ、馬鹿が。金は、新和平連合が出す。つまり新和平の商売をあんたがやる。尻《ケツ》を新和平が持つ、という話じゃない。そんな小さい話じゃねぇんだよ。あんたの組が、この四県をシマにするって話だ。飲み込めたか」

そんなことが出来るわけがなかった。ここらはテキヤの国なのだ。今のシノギもテキヤのおこぼれをいただく形で見逃してもらっている。もし大々的に始めたら、無事には済まない。情けない話だが、博徒系のヤクザが大手を振って歩ける土地柄ではないのだ。

「だから言ってるだろうが。おまえらがやりゃあテキヤが騒ぐかも知れない。だが、店を出すのはよ、堅気だ。堅気が始めた金貸しにはな、テキヤも手が出せん。そんな真似すりゃあ警察が動く。暴対法ってのはそんな時のためにあるんだからよ」

聴けば、新和平連合はそんな形で金融はすべて堅気がやっているのだと若木が教えてくれた。

「闇金も、表のサラ金も、裏には新和平がいる。だが、警察は手出しが出来ない。なにせ堅気がやってるんだからな。中には凄いのもあるぞ。上場しようって会社でな、そこで働いてるのは全部大学卒よ。そしてな、兄ちゃんたちは誰も自分がヤクザの会社で働いてるなんて思ってねぇのさ。企業概要にヤクザが経営なんて書いてねぇからよ。一流とはいかねぇが、給料もいい。いいところに就職出来たって、どいつも喜んでる。

判るか？　これが新和平の凄いところなのよ。自分たちは後ろに引っ込む。それで昔以上に稼いでるんだ。これからはよ、新和平連合だよ、新和平連合がいずれトップになる。

嘘じゃあねぇ。警察手玉に取って渡って行ける組は、新和平連合しかねぇ。どうしてかと言うとな、新和平連合にはよ、でけぇバックがついている。関西とか、そんなもんじゃねぇぞ。後ろについているのはな、アメリカだ。新和平連合は、日本だけじゃねぇ、世界に手を広げている組なのよ。ちったぁ目を開け。田舎者だから何にも解ってねぇんだろうがな、情勢だけは読んでおかんと、これからはやって行かれんぞ」

なるほど、と思った。だが、それは他所《よそ》の土地だから出来る話だ。住民と共存共栄路線の大間連合がいるこの土地で、高金利の商売は出来るはずもない。

「どこまで馬鹿だ？　最初はおまえも金利を下げるのよ。相手を潰したら、ドーンと金利を上げりゃあいい。ただ、こいつは資金がなくっちゃあ出来ねぇ。だから、その資金を新和平連合が何とかしようと言っている。解るか、俺の言ってることが？」

解った、と答える滝沢に、若木が続けた。

「もう一つ、おまえさんが得意の女だ。こいつだってよ、やり方変えりゃあもっと金になる。おまえがやってるのは、タイあたりの業者とつるんで女一人をアメリカ経由かなんかで仕入れてるわけだろうが」

確かにそうだった。女はタイやフィリピンから直接仕入れるわけじゃない。蛇《スネーク》・頭《ヘッド》などと組んで女をまずアメリカなどに旅行させる。帰りは日本経由。ここでトランジットを利用する。二時間、三時間のトランジットの間に女を日本に迎え入れるのだ。つまり日本に持って来るまでに膨大な時間と無駄な金がかかる。要するに、そんな形で仕入れた女を売り飛ばすわけで、手間賃から考えると、利益率は低いのだ。

「だからな、滝《タキ》、もうちっと頭働かせて、でかいことを考えろと言ってるわけよ。女の一人、二人を扱っているから大した儲けにならねぇわけだ。おまえんとこ、金融の客も扱うんだろ」

若木が言ったのは、不良客のことだ。闇金の客はもともとタチが悪い。どんなに頑張っても、返済不能という客も掴む。そんな時、絶対に泣き寝入りしないのがヤクザだ。取るものがなければ、身体で返済させる。まぶい女なら風俗に入ってもらうし、歳が行ったブスなら風俗では駄目だから飯場《はんば》なんかに年契約で売り飛ばす。飯場ならどんな女でも使えるからだ。これはまだ滝沢はやったことはないが、最後には臓器を売るという手もある。

「一人、二人ちまちま売っているから儲からねぇんだよ。十人、二十人、いや百人、そんな数まとめて売れば儲けがでかくなる」

そんなにまとめて買ってくれる所がどこにある、という滝沢に、若木が真顔で膝を乗り出した。

「日本の中で探すからねぇのよ。外国なら話は別だ。おまえが考えて来た外国は、女を仕入れる先ってことだよな。それはいいとしよう。今度は売り飛ばすことを考えるのよ。仕入れと同時に売ることも考える。それも一人や二人じゃなく、五十、百という数でな」

そんな相手がいるのか、手段はどうする、と苦笑《にがわら》いする滝沢に、

「それはおいおい俺が教えてやるよ。ただ、その前に、やっておくことがある。どの道、こいつはおまえ一人じゃあ出来ねぇ。資金も要るし、尻《ケツ》持ってもらうところも要るだろう。儲かると判ったら、必ずちょっかい出して来る所がいくらもあるからな。

それが、今言った新和平連合よ。新和平連合が後ろにいるとなったら、もうどこもちょっかいは出せねぇ。無論、資金で困ることはねぇ。これで読めねぇか？ 新和平連合に尻《ケツ》持ってもらえば、シノギは桁違いにでかくなる。女の売り買いもだ。さっき言っただろうが。新和平連合のバックにはアメリカがついている。それにな、今度はロシアが加わる。

だからよ、関東ではな、再編成が起こってるんだ。皆、新和平連合の傘下になるんだ。共存共栄の論理よ。一つ一つの組じゃあ乗り切れんこともよ、新和平連合にまとまれば乗り切って行ける。新和平連合の会長の新田雄輝《ゆうき》はやり手だぞ。見ていろ、あっという間に天下取るから。

さあ、どうだ、何なら口きいてやってもいいと言ってるんだ。おまえのダチでそんなこと出来るのは俺ぐらいしかいねぇんじゃねえのか？」

若木から聴く話はどれも目からうろこの話ばかりだった。それで、滝沢はこの話に乗った。まず、若木を仲介《ちゅうかい》にして、新和平連合に資金の調達を願い出たのだ。それから一年余。十八名だった滝沢組は組員四十二名にまで大きくなった。組員でない配下まで勘定す

れば倍の数になるだろう。金融は素人《しろうと》を使うようにしたのだ。それで商売は十倍以上。今では千万単位の金を動かしているのだ。要するに、今の滝沢組はテキヤ連中から一目も二目もおかれるほどの組織に成り上がった。それもすべて新和平連合の事実上の傘下になったお陰だった。

そんな滝沢に若木から来た話が、大間連合の神泉会長と接触しろ、というものだった。

「いいか、滝沢よ、こいつはおまえの一世一代の晴れ舞台だ。新和平連合と大間連合を縁組させる。狙いは今度出来る波田見市の新港だ。解るか？　新和平連合がおまえのところに進出するのよ。そこでおまえが上手《うま》く立ち回れば、おまえがいずれ波田見市を任《まか》されることになるんだ。ただ、無血で進出せんとならん。無駄な血も金も使わんでな。そのためには大間連合を抱き込まんとならん」

仰天《ぎょうてん》した。大間連合を抱き込む、ということにだ。なにせ大間連合はあの関西を相手にして一歩も退《ひ》かなかった組織である。波田見市の隣りにいる滝沢だから、大間連合がどれほど地元に密着した強い勢力か解っている。今売り出しの新和平連合でも、そう簡単に相手が出来る組織ではないのだ。

「馬鹿か、おまえは。新田会長がその気になったら、大間だろうが何だろうが一月で潰すぞ。関西みたいに古臭い手は使わんからな。おまえ、これだけ良い目見させてもらってまだ新和平連合がどんな組織か解らんのかよ。役に立たんとなったら、おまえの組も終わりだ。あっという間に踏み潰される。生き残って良い目見るには、地の利生かして大間連合との話をまとめるしか、おまえには道がねぇのよ。たまたま寺山市にいることで運が巡って来たんじゃねぇか。命投げ出す気でやってみろ。どの道、波田見市は新和平連合のものになる。こいつは間違いのないことなんだから、その時、自分がどんな立場でいられるか、そこを考えろ。どんな方法でもいい、とにかく大間連合の神泉にな、くっつけ。そして新和平連合との話をまとめろ」

一方的に怒鳴られたが、若木の話には説得力があった。上《あが》り馬は買わなければならない。たしかに、放っておいても新和平連合はこの地にいずれは進出して来るだろう。

それから一年余、滝沢は懸命に大間連合に接近し、会長の神泉に取り入ったのだった。

大間連合会八代目会長神泉一郎が「海竜」に到着したのは予定時間ぴったりだった。連れているのは会長補佐一人。ガードはいなかった。当然ながら新和平連合の品田が玄関に出迎えることはなかった。ひやひやしながら中に案内する滝沢に、神泉会長はきちんとねぎらいの言葉を掛けた。

「ご苦労さんですな」

品田に顎《あご》で使われていた滝沢は恐縮した。東京の馬鹿どもは解っていないが、この土地での神泉一郎はまちがいなくドンなのだ。なにしろ大間連合会には新和平連合なんかとは違う歴史がある。神泉は大間連合会では八代目の会長だが、神泉の組、最上《もがみ》一家は近隣で最も古いテキヤで、神泉は多分最上の十五代組長なのではなかったか。それほどの男がこうして自分にねぎらいの言葉を掛ける。いや、これが本物の貫禄《かんろく》というもんだろう、と滝沢は身が震える思いがした。

「先方はもう着かれてるんですな？」

「はい、もう到着しとります」

「そりゃあ待たせて申し訳なかったですな」

廊下を女将《おかみ》たちと共に座敷に向かいながら、こうして巨大な組織の仲立ちをしている自分に、滝沢は感動した。二年前までは、顔もまともに見られなかった神泉なのだ。

これからやろうとしていることは、間違いなく波田見市の歴史を変える。いや、寺山市や波田見市だけではない、近隣の四県の歴史を変える。それを自分が仲立ちとしてやってのけるのだ。あの日本一の組織、関西の進出すら阻んだ巨大なテキヤ組織と関東の雄、極道社会でもっとも近代的な組織新和平連合との縁組……それをこの俺がやっているのだ

……！

そんな滝沢にまた神泉が声を掛けた。

「上手く行かんでも、滝沢さん、気にせんでいいですよ、貴方《あなた》のご苦労には感謝している

……」

「は、有り難うございますッ」
滝沢は立ち止まり、神泉にもう一度深々と頭を下げた。神泉が座敷に入る、その後に続き、滝沢は突然恐怖に襲われた。上手く行かんでも……と神泉は言った……だが、何でそんなことを会談の前に……？　それは、どういう意味だ？　神泉が品田の前に座るのに、
滝沢は慌てて襖《ふすま》を閉めた。

二

新和平連合の会長新田雄輝が大星会《たいせいかい》会長の三島《みしま》を招待した場所は六本木《ろっぽんぎ》の外れにあるフレンチレストランだった。

二次会でクラブに繰り出すことは多いが、今夜のような会談の場所にフレンチレストランを使うとは、これもまた新和平連合らしいやり方か、と三島は思った。入り口には新和平連合のガードが二名。道具の有無を調べることもしない。

「下へどうぞ。会長はもう来ております」

品のいいガードはまるで堅気のサラリーマンだ。そんな新和平連合のガードに対抗心丸出しで目を剝《む》いて見せる若い衆を通りに待たせ、三島は苦笑しながら会長補佐の八坂秀樹《やさかひでき》だけを連れて地下の店への階段を下りた。

「悪いですね、こんな店においで願って。その代わり、邪魔は入りませんから」

と出迎えた新和平連合会長の新田雄輝が言った。なるほど店は貸切にしたのか、広い店内に客はいない。戸口に若いのが二人立っているが、これも見た目はヤクザに見えない。もっとも、ヤクザに見えないのは子分たちだけではない。会長の新田自身がヤクザには見えない。濃紺のスーツ、白のワイシャツに地味なネクタイ、スーツの襟《えり》に代紋《だいもん》もない。どう見ても、企業のトップだ。

新田は三島と八坂を店の奥の個室に案内した。

「……口に合わんかも知れないが、ここの料理は旨《うま》いですよ。魚も肉も良いものを使わせていますから」

席を勧《すす》めて新田が言った。店が新和平連合の経営だということが判った。三島は、すべて新田さんにお任せします、と答えた。

「……今日は、他に誰もいないのですか……」

新田が一人で向かいに座るのに、三島が訊いた。新田との会談はこれで二度目だが、三島が八坂を連れているように、新田も前回は会長補佐を務める品田才一を傍《そば》においていた。

「品田ですか。今、品田は波田見ですよ」

と新田はニヤリと笑った。前回の話し合いは、波田見市にある組織、大間連合について意見を聴きたい、という新和平連合側の用件だった。

「視察ですか」

と皮肉まじりに訊く八坂に、新田はにべもなく言った。

「視察はとうに済んでいますよ。品田は私の代行として波田見市に行かせた。大間の神泉会長に会うのに、若い者を行かせるわけにはいかんでしょう」

そうあっさり言ってのける新田に、三島は、相手の心の内が判った。新田は、今夜、何かやろうとしている……。だが、何だ？　それが判らない……。

小柄で、ヤクザを微塵《みじん》も感じさせない新田雄輝。だが、三島はこの新田がどれほどのヤクザかを知っている。顎だけのヤクザではないのだ。顎とは、口先という意味である。懲役十五年。実際には模範囚として減刑されたが、美人局《つつもたせ》などで十五年の刑期を勤めるはずもない。新田が府中《ふちゅう》刑務所に入ったのは無論殺人刑である。かつて和平連合が仙台の矢島《やじま》組と揉《も》めた際、日本刀を片手に乗り込んだのが和平連合傘下二次団体、形勝会《けいしょうかい》の若頭《わかがしら》だった新田だった。新田は文字通りこの矢島組の矢島恭三《きょうぞう》を叩き斬って服役した。

だからその青白い細い顔に、どす黒く熱い血が潜《ひそ》んでいることを三島は知っている。だが、八坂はそれを知らない。和平連合は大したものだったが、新興の新和平連合ごときに舐《な》められて堪《たま》るか、という気持が八坂にはまだ残っている。

ドンペリが運ばれた。洋ものに弱い八坂は苦い顔でウェイターが高価な酒を注ぐのを見ている。

「……大間とは、上手くまとまりそうですか」

三島はまず出方を窺《うかが》った。

「さあ、どうでしょうね。あっさりまとまれば有り難いが、世の中、そんなに甘くはないでしょう。まあ、ひと騒動は覚悟していますよ」

と新田は酒を勧めた。

大間連合会は波田見市に本拠を置き、近隣四県に縄張りを持つ組である。この地方はテキヤ王国と言われて来たエリアで、あの関西の河口《かわぐち》組の侵攻にも耐え抜いた。だから新和平連合の新田が、この波田見市を、と口にした時には、三島も驚いた。他の者とは違って、新興組織の潜在的な力を見抜いていると自認する三島でも、新和平連合の波田見市進出は無謀だと思ったのだ。だが、新田は今もなお、それを事もなげに考えている。

「ただ、あまり時間がありませんでね……」

と新田は続けた。

「出来れば穏便《おんびん》に事を進めたい。冷静に考えてもらえば解るはずですが、向こうにも新和平連合の進出でのマイナスはない。それで大間さんの稼業がおかしくなるということはないですから」

「……そう簡単な話でもないでしょう……」

と八坂が口を挟んだ。自分と同じ年恰好《かっこう》の相手に、八坂は肩肘《かたひじ》を張っている。

八坂の言葉に怒る風もなく、新田は笑った。

「簡単な話を難しくする人間も、確かにいる。だが、そういう輩《やから》は、どの道消えて行く。場合によってはね、八坂さん、消えてもらうために、乱暴もしなくてはならんかも知れない。その代わり、力で押すと決めたら、後はきついですよ。新和平連合が顎だけでないことを、とことん解らせます」

また突っかかろうとする八坂を抑えるように三島は言った。

「八坂が言うのは、新田さん、こういうことですよ。大間の神泉会長はうちの先代とは舎弟の関係ですから、私もよく知っている。あの人は話の解る人だし、先も見える。関西と上手く行かなかったのは、関西が最初から力で押したからでね、やり方が上手くなかった。

きちんと話を持って行けば、ああいうことにはならなかったと私は思う。だが、何でも言うことをきくと思ったら、それも間違いだ。あそこはテキヤの国ですから、他とは違う。新港の建設でも、大間が納得して初めて着工出来たくらいで、自治体ですら一目置いている組ですよ。基本的に余所者《よそもの》が入って来ることを嫌うんです。同じテキヤならもめませんがね、博徒だと反発する。

新田さんの代わりに品田さんが向こうに行かれたそうだが、神泉会長を納得させるのは苦労すると、私も思う」

「そうですか、苦労しますか」

案ずることもない顔で新田がつぶやく。

「そう、するでしょうね。あそこも連合組織だから、昔のように会長の鶴の一声みたいには行かんですから」

「困ったね。どこも傷つかん話をしに行ってるんだが」

新田が苦笑した。三島も笑って言った。

「そりゃあ仕方がない。新和平さんのように新しい組織じゃないですからね。大間連合はまだ明治のままですよ。義理や面子《メンツ》で、突然計算が出来なくなる。そういう意味じゃあ今どき、日本で一番ヤクザらしいヤクザかも知れない。だから、八坂も、品田さんが苦労すると言ったわけでね。一足す一が、二ではなくて、ゼロになったりもするんですよ」

「なるほど、多分、三島さんが言う通りなんでしょうな」

予測していた内容だ、と思っていたのか、新田の口調は穏やかだった。

八坂が嫌うフランス料理の食事が進んだ。だが、新田はいつまでたっても招待の内容を口にしない。話題は品川《しながわ》地区の開発など、他愛のないものばかり。八坂が苛立《いらだ》ち始めた。

「新田さん、さっきの波田見市ですがね、時間がないと急ぐのはどうしてですか？」

八坂の質問に、新田が笑って答えた。

「新港が要るんでね」

「新港？」

「うちのグループは日本海側の港を一つも押さえていない。新和平連合だけじゃあないですよ。うちのグループに入ってもらった別当会《べっとうかい》も橘《たちばな》組も、港は押さえていない」

この何気ない返答に八坂だけでなく、三島もあっ、となった。別当会も橘組も、関東では五指に入る強力な組織だ。その別当会、橘組が新和平連合のグループに入った……！いったい何時《いつ》そんなことが起こったのか……。聞き流せる話ではなかった。

「今、別当さんの名が出たが……？」

三島が訊くと、

「そう、うちのグループに入っていただくことになりましたよ。多分、明日、明後日にも皆さんに伝わる。今まで伏せておくのに苦労した……そんなことがありましてね、それで私が波田見市に行けなくなった。品田で大丈夫か、と、こちらの八坂さんに叱られたが、仕方がないことでしてね」

と新田が笑った。新田、恐るべし……。顔色の変わった八坂を見ながら、新田が言った。

「用件を早く言え、というんでしょう？　それでは言いましょうか。おたくもうちのグループに入ってもらいたい」

「グループに入れ？」

蒼《あお》ざめる八坂に注がれた新田の目の色が変わっていた。

「……八坂さん、三島会長を前において、こんなことを言うのは本意じゃないが、あんた、忘れてはいないか。おたくの先代は和平の若頭だった三村《みむら》の舎弟だ。新和平連合が和平連合だということを忘れてやしないか、と訊いている」

八坂がつまった。ただ蒼白な顔で睨《にら》み返すだけだ。潮《しお》が引くように、新田の口調が元の穏やかなものに変わった。

「……というわけで、大星会と新和平連合はもともと他人ではない。別当会や橘組なんかよりずっと近い間柄でしょう。うちのグループに入ってもらっても、他所《よそ》からとやかく言われることはないんじゃあないですか。逆に、入るのが嫌だ、となったら、問題になるかも知れませんがね」

八坂の貫禄負けだと三島は思った。瞬時狼の牙を見せ、羊に戻る、その呼吸は見事につきた。それにしても……新田は想像したとおりの凄腕《すごうで》だ、と三島は舌を巻いた。

新和平連合の構成員数は僅《わず》か三百くらいだろう。だが、別当会が約二千人、橘組も千七百人の構成員を抱えている。これを合計すれば、四千の構成員になる。そこに大星会の千五百。新興の新和平連合は、あっという間に五千五百人の大組織となるのだ。これで、間違いなく関東で一番の組織になる……。

それにしても、一体、どんな手を使って別当会や橘組を取り込んだのか。

「まあまあ、新田さん、うちの八坂は昔のことに詳しくないんで失礼したかも知れない。先代と浦野前会長のことは重々承知していますよ。だから、こうしてご馳走になっている」

新田も鷹揚《おうよう》に受けて微笑した。

「解っていますよ。だから、この話をするのはおたくが後になった。あなたがおられるから、心配なんかしていない。新和平連合が何をしようとしているかも、解ってもらえるものと信じてますよ。そのとっかかりが、波田見市の新港……ここを押さえんことには、先に進めない。ロシアとの話で皆さん喜んでいるわけで、言ってみれば新和平連合の公約だ。急ぐというのは、私ではなくて、ロシアが急いでいるという意味でしてね」

三島は、新和平連合の後ろにアメリカがあることは知っている。旧和平連合時代からの繋《つな》がりだ。そして兵隊の数こそ少ないが、資金力はおそらく日本で一、二。その新和平連合が今はロシアと手を組もうとしている。アメリカの次はロシア……。なるほど、新和平連合が考えそうなことではある。だが、別当会と橘組にした公約とは何だ？

「……どうでしょうね、会長、手を組みませんか。それがどこから見ても自然な形じゃないですか」

「まいったですね、新田会長の早業《はやわざ》には。もちろん、今言ったように、私は先代と浦野前会長との関係も知っている。だからお誘いには感謝します。ただ……」

「ただ、少々問題がある……そういうことでしょう？　問題はおたくの顧問だ。おたくにはまだ片桐《かたぎり》さんがいる。片桐さんが首を縦に振ってくれんことには、三島さんでも宮城会《みやぎかい》と布施《ふせ》組は抑えきれない……」

そこまで調べた上での勧誘だったか、と三島は唖然とした。

「また何から何までよくご存知ですね」

三島は苦笑して動揺を隠した。現在顧問である片桐公正《きみまさ》は大星会の改革で三島が会長に決まるまで、先代の片腕として長年副会長の椅子に座っていた男である。

あの旧和平連合と海老原組との大抗争時、大星会が和平に加担出来なかったのは、この副会長の片桐が海老原組の海老原と兄弟盃《さかずき》をしていたという事情がある。先代会長が和平連合、副会長が海老原組という捩《ねじ》れの歴史があったのだ。

先代は死んだが、副会長であった片桐はまだ生きている。そして今、新田が口にした宮城会と布施組は二次団体だが、片桐の子飼いの組。宮城も布施も、シノギでは新和平連合に食われ、下手をすれば何か仕出かさないとは言えない状況にあった。今のところは片桐が穏やかにしているから三島の方針に表立った反発が出ないでいるが……新和平連合と手を組むことになれば、ひと荒れありそうな状況だった。

「……三島会長の立場も解りますよ。だからと言ってはなんですが、土産を二つ提供しましょう」

「土産、ですか」

「会長にもご苦労いただくことになるわけです、私のほうも何かせんわけにはいかないでしょう。土産と言っても金ではない。どうせうちのグループになれば、金で困るようなことはなくなりますからね。だから、腕のほうをお貸しする」

「腕というのは、どういう意味ですか」

と蒼い顔の八坂が口を出した。

「さっき言ったでしょう……誤解が多いようだが、うちは顎だけの組織ではないですよ。まあ、三島会長なら時間をかけて片桐さんを説得出来ると思う。下の宮城会も布施組も抑えることが出来るでしょう。だが、今も言ったように、こちらには時間があまりない。だから三島会長がご苦労されるところはうちがかたをつける。これが土産の一つ……」

「かたをつけるとは、意味がよくわからん」

「宮城さんと布施さんには、悪いがうちへの参加を諦めてもらう。解りにくかったら、もっとはっきり言いますか。消えてもらう……」

「なにっ……」

「……八坂さん、あんたには出来んだろうから、うちが手を貸そうと、そう言ってるのよ。宮城も布施もうちが消す。何なら片桐さんも引き受ける。その代わり、会を抑えるのはそちらさんで頼みますよ。三島さんなら、それが出来る。いや、三島会長さんだからそれが出来る。これで、大星会もすっきりするんじゃないですかね。ごたごたの種がこれで永遠に消えるわけだ」

と言い、新田はニヤリと笑った。

新田が言う通りだと、三島は思った。先代に抜擢されて上り詰めた会長の座。だが、会長の椅子に座っても顔色を窺わねばならなかったのが、片桐の存在だった。自分の手で粛清出来るものなら、とうにしている。だが、大星会には片桐派があり、分裂覚悟でなければ荒っぽい手は使えなかった。新田はそこまで調べた上で、腕を貸そう、と言っている。

「……関東八日会《ようかかい》での説明が要る……」

三島が呻《うめ》くようにつぶやいた。

関東八日会は、関東への侵攻を狙う関西に対して結束して立ち向かう目的で出来た組織である。後年は、暴対法下で苦しい業界を何とかしようと出来た互助組織という形になった。これで関東の各組は抗争の禁止を義務付けた。抗争はお互いの衰退を招くとの判断だ。だから、関東の各組織は共存共栄を掲《かか》げ、極力衝突を避けて来た。生き残りのための方策である。だが、大星会の中で血の粛清をやればどうなるか。その先が見えない……。

黙考する三島の心を読んだように新田が言った。

「八日会のほうは私がやりますよ。まあ、どこかから文句が出たらですがね。だが、文句は出ないでしょう。検挙者も出さんし、殺《や》ったのがうちだとも公《おおやけ》にはしない。ただ、どこの組も、布施、宮城を殺ったのが新和平連合だとは解らせる。うちを中心に、関東、いや、日本の組が大同団結するために必要なステップだと解らせる。ヤクザも変わって行かなければ生き残れんとは、どこも思っているわけでしょう。ただ、何をやったらいいのか、それが解らないだけのことだ。

新和平連合がその道筋を示す……その理屈が解らんところは消えてもらう。関東八日会も変わらんとね、どの道、このままでは関東のヤクザもやって行けなくなるんだ。さて、次に、土産の二つめ」

沈黙の三島と八坂に、新田が鋭い目で言った。

「……波田見市の新港が自由に使えるようになったら、産廃《さんぱい》を大星会に任せる……処理のほうはあんたたちがしなくていい。こちらはロシアがやる。だから仕事は楽だ。法には引っかからない。これで大星会の金庫も楽になる。産廃だと、年間軽く十億にはなるでしょう。どうですかね、三島さん、悪い土産ではないと思うが」

三島は、吐息をつき、頷《うなず》いた。

「確かに」

と三島は答えた。産業廃棄物の仕事が定期的に入れば、大星会系列の下部組織の不満もなくなるだろう。

「……だが、新田さん、あなたたちはそれでいいんですか。わたしらにはロシアのコネはない」

「そっちは心配ない。向こうも、わたしら以外の所とは手は組まない。わたしらがやるのは全てのマネジメントですよ。うちのグループに参加してもらった所には、それぞれよくなってもらいたい。そうでなかったら、団結する意味がない。だから、別当さんにも橘さんにもやってもらうことは別に考えてある。

良いことも、きついことも、一緒になってやる。ただし、脱落したところは容赦《ようしゃ》しません。相応の処置をとらせてもらう。断っておきますが、その処置を決めるのは私だ。合議などで処置は決めない。この合議制というのが癌《がん》だということは十分ご存知でしょう。連合組織のこれが弱点。これで組織が弱くなる。だから、問題のところが出て来たら、その処置はうちで決めるし、粛清が必要なら私の所でやる。

その方が皆さんにも良いはずだ。私の所でやれば、警察沙汰にはしないですから。そんなへまはしない。だから、八日会を心配する必要はないのですよ。懲役を出すような馬鹿なやり方はもうしませんからね。それが出来ないようなら、おたくの宮城さんや布施さんの処理を任せなさいとは言わないですから」

そんなことが出来るのか、と三島は新田を見詰めた。宮城と布施を消せば、警視庁は、四課だけでなく刑事部全体が動く。今では下の組員が何か仕出かしても、上が起訴される時代なのだ。たとえば、ボディガードにチャカを持たせただけで、組長が逮捕される。そんな暴対法下にあって、しかもこの東京で、宮城会の会長と布施組の組長二人が殺されれば、捜査の矛先《ほこさき》は当然大星会会長の自分に向けられる。同じ思いだったのだろう、八坂が疑念をはっきり口にした。

「……自信たっぷりだが、新田さん、マル暴はそんなに甘くない。わたしらに逮捕者出さんと、どうして言い切れる……？」

新田がため息をついた。

「簡単なことだ。それはあんたたちが実際に何もせんからだ。何もせん者をどうして逮捕したり起訴したり出来る？　それが警察ですよ。警察って所は、憶測では動けない。法律も同じだ。疑わしきは罰せず。問題は証拠だけだ。どこを突かれても、やってないものには証拠も出ない。

うちと手を組んだことが心配だと言うのなら、やられるのはあんたたちよりこの私のほうだろう。だが、うちが捜査を受けることはない。馬鹿みたいに、うちが殺《や》りました、なんて言わないからね。

ただ、仲間内では評判になるわね。どこもうちがやったと思う。これは仕様がない。むしろ解って貰わんと困る。だが、警察は動かない。せいぜいやるのは、あんたたちの監視だ。用心するのは、やった後。四課が大星会に張り付くことは覚悟せんとならんでしょう。

逮捕されるのが心配なら、しばらくハワイでもどこでも行っていたらいい。アリバイだけきちんとしといたら、どのみち起訴には持ち込めない。ま、そこまでも行かんね。最初に言ったように、いいか八坂さん、あんたら、何もしていないんだから、警察が出てくることはない。心配なら良い弁護士も用意しますよ」

ここまで言われると、八坂も言い返すことは出来ない。

「さて、その次」

と新田はシャンペングラスを廻しながら言った。

「……今度は私のほうからのお願いでね」

「なんです？」

「品田は交渉ごとの上手い男だが、相手は大間連合だ。さっき八坂さんも言ったが、私もね、神泉会長がすんなりこちらの話を飲んでくれるとも思っていない……そこで、三島さん、あなたの力を借りたい。あそこだけは、出来るだけ穏便に話を進めたいと考えている。理由は、多分、そちらさんが考えていることと少し違うでしょう。こちらは時間があまりないから、いっそのこと大間連合を潰すということも確かに頭にはある。だが、騒ぎを起こすと、せっかくつけた話がご破算になる惧《おそ》れもないじゃない。つけた話というのは、関西ですよ」

そう言って新田は三島を見詰めた。

「そうです。あそこに最初に手をつけようとしたのは関西だ。それはご存知でしょう。侵攻には失敗したが、だからと言って他所に取られるのを良しとはしない。うちらが手を出せば、必ず割って入って来る。ということで、うちは金で解決した。この件はいただきます、という金ですよ。まあ、権利金ですかね。これは半端な金ではない。

さて、そこまで手を打ったが、だから安心というわけでもない。抗争みたいな形になれば、おかしなことにもなりかねない。そんなことで、なるべく乱暴なことにはしたくない。それで、大間連合には良い条件で話を持って行った。

通常なら、これで話がつく。だが、これは三島さんが言いましたね、大間連合は明治時代そのままだと。良い話も理解する頭がなければ壊れる。だから、三島さん、あなたの力を見せてもらいたい。おなじテキヤとしてね。

波田見市をおたくで押さえて欲しい。もし、それが駄目なら、神泉さんに消えてもらわなくてはならなくなる。新和平連合としては、あまりそういうことはしたくないのでね、ここは大星会さんに任せたいと。どうでしょう、やれますかね？」

「関西……」

三島は八坂の顔を見た。大間連合とは確かに縁がある。だが、それが易《やさ》しい話でないことは、自分同様八坂にも解っている。意を汲《く》んだように八坂は答えた。

「やれんことはないですよ。だが、それで波田見を貰えるんでしょうな」

「産廃のほかに何かを付けろと言うわけか」

と新田が笑った。

「……三島さんも良い参謀をお持ちだ。羨《うらや》ましいね。それでは、何か考えましょう。ただし、期限がある。新港は七ヶ月後に完成する。その三ヶ月前には事を収めて欲しい。つまり四ヶ月。四ヶ月の間に大間連合を抑えられなかったら、大星会には波田見から手を引いてもらう。産廃の件も、別当会か橘組に替える……どうです、これでいいですかね」

ここまで話が進めば、三島には、よし、と答えるほかはなかった……。

「新田さんに、お任せする……よろしく頼みます」

と言って、三島は頭を下げた。

三

新和平連合会長新田雄輝は高速のエレベーターで最上階まで上がった。都心、六本木の超高層ビルの最上階に来る時の新田はガードを連れていない。危険を承知で三名のガードは一階に待機させている。

この超高層ビル居住区に住む人間は全員が堅気、この不景気な日本にあって金に困らぬ輩だけ。最上階の居住者の所に現われる者がヤクザと知られてはならない、ということに、新田はこれまで最大の注意を払ってきた。だから今も着ているものは大人しい濃紺のスーツに白いシャツ。その鋭すぎる眼の色からサラリーマンには見えないかも知れないが、それでも実業家くらいには見える。

　最上階には居住スペースが四つ。新田が向かうのは西南の角部屋。広いエレベーターホールにも廊下にも人影はない。新田はそのまま目指す扉に進んだ。分厚いカーペットに足音は消えている。扉がわずかに開いていた。

　一階から電話を入れているのでインターホンを使わなくてもいいようにと、扉を開けておいてくれたのだろう。だが、これは止《や》めてもらわなくてはならないな、と新田は苦い顔になった。

　危険すぎる。この部屋の主《あるじ》が新和平連合の影のドンだということを知る者はほんのわずかな数だろう。だが、どんなに秘密にしていても、情報はいつか必ず漏れる。それが俺たちの社会の掟《おきて》だ。

　日本で情報のトップは警察に間違いないが、極道社会も実はこの情報で生きている。おそらくその情報伝達の量と速さは警察の先を行くのではないか、と新田は考えている。だとすれば、この部屋にあの浦野光弘の遺児、浦野孝一《こういち》が一年前から住んでいることも、いずれは漏れる。いや、もうすでに漏れているかも知れない。

だが、その遺児が新和平連合に今も深く関わっていることまでは知られていないはずだ。極道社会は無論、警察もそれは摑んでいないだろう。

この部屋の主はまだ二十代の青年である。だが、その男が新和平連合の命なのだ。ここを断たれたら新和平連合は生きて行けない。いや、生きて行くことは出来るかも知れないが、夢の到達は間違いなく断たれる。それほどのものを部屋の主は持っているのだ。

新田は周囲に視線を飛ばし、もういちど人影のないことを確認した。素早く半開きのドアに入った。玄関ホールにもその先の廊下にも人影はない。新田は、

「入ります」

と声を掛け、丁寧に靴を脱ぎ、マンションとしては相当広い廊下を進んだ。正面にある三十畳ほどの部屋は一面のガラス張りだった。そのガラスの先には大東京の夜景がこれでもか、というくらいの大きさで広がっている。白のガウンをまとった青年がそのガラス窓の前に背を向けて立っていた。か細い肉体、優しげな首筋……。

「……若《わか》、遅くなりました……」

新田は深々と頭を下げた。青年は眼下の夜景から視線を外さず、背を向けたまま言った。

「いくらになった？」

「三十億です」

「仕方がないな」

と青年は感情のこもらない声であっさり応えた。三十億、このご時勢、半端な金額ではない。だが、この三十億は新和平連合の夢を再興するにはどうしても必要な金だった。今の新和平連合が持つ力は資金力しかないのだ。

かつて日本一の連合体を目指していた和平連合の組員の数二千五百が、今はわずかに二百八十にまで激減している。十五年前の海老原組との抗争後、ほぼ壊滅に近い打撃を受けた和平連合は一時解散を余儀なくされたのだ。

新和平連合として再出発して八年。新田は、それでも再興は七割叶《かな》ったと思っている。構成員はたしかにまだ少ない。だが、構成員の数だけが力ではないからだ。それは海老原組との抗争で爆殺された先代の考えも同じだったはずである。当時二千五百の構成員の数は、この業界にあって特別多いものではなかった。それでも和平は関西勢を含めて極道社会の頂点に立とうとしていた。

その力は金だった。構成員の数よりも大きな資金力。これが和平連合の力の源泉だった。先代浦野光弘の偉大さがそこにある。資金力こそ将来の力だとそう読みきっていたのだ。

これは極道の生き方では正反対に見える関西の雄の河口組も同じだ。「正業につけ」と河口組の初代は何度もそう子分たちに言っていたと聴く。ヤクザというもののシノギが行き詰まる日が必ず来る、とそう考えていたからだろう。慧眼《けいがん》だ。武闘派として日本一の規模を誇る関西の雄も、初代は将来の運命をきっちり読んでいたのだ。

もっとも東大出のヤクザだった浦野光弘は河口組初代とは方法論が違った。浦野は、ヤクザが正業につけないことを最初から知っていた。正業につけず、社会から弾《はじ》きだされた者がヤクザになったのだ。表社会がどうしてそんなヤクザを拾ってくれるか？　浦野光弘が考えたのが警察が手を出せないシノギの方法だった。

経済ヤクザのドンと言われた浦野が実行したのが外資と組んだ金融だった。まだやっとサラ金が世に登場した時代である。浦野は個人資産一千億、和平連合全体でいえばその十倍と言われる資金を手中にした。凄まじい資金力である。

浦野が殺され、和平連合が壊滅しても、それでも息絶えることがなかったのは、この隠れた金に警察も手をつけることが出来なかったからである。

殺されたのは兵隊だけ。金はまるまる残った。残された細胞はその資金によって甦《よみがえ》った。資金という血を輸血することによって新しい細胞が増殖され、そして新和平連合という形になって再び極道社会の頂点に立つべく活動を開始したのだった。そしてその重責を担《にな》うのが二代目会長に就任した新田雄輝なのだった。

「関東のほうは？」

「おおかた話はつきました。ただ、問題のあるのが二名。大星会の宮城と布施が残っています」

　青年が向き直った。青白い顔には青年らしい清々《すがすが》しさはなかった。若さを失った生気のない顔である。

　青年はスウェーデン製の大きなソファーに腰を落とし、新田にバーから好きなものを選んで飲め、と言った。新田はいただきます、とコニャックを一人でグラスに注いだ。

「それで、その宮城と布施はどうする」

　顔とは違い、声はやはり青年のものだった。

「もう金は使いませんよ」

　新田はコニャックを一口含んで答えた。

「金を使えば最後は落ちますが、それをやったら影響が出る。結局、新和平は顎か、と思われます。そうではないのだ、と今回はきっちり知らせておきます」

「叩くのか？」

「はい」

「新田組の者にやらすのか」

「いえ、うちの者は使いません。もっと言えば、新和平の者は使いません」

　青年が微笑《ほほえ》んだ。少しも優しさのない笑みだった。

「ああ、それがいいな。それならいいよ」

新田は領いた。先代の浦野光弘もきっと同じ手段を講じるだろう、と新田は思った。

「何時《いつ》やるんだ？」

新田は腕のセイコーを見た。新田は身に着けるものに細心の注意を払っている。決して過度な贅沢品を身につけない。金に不自由はないことを見せ付ける必要もないと、新田は考えている。大切なのは、見た目も堅気、ということだった。だから腕時計もセイコーである。

「一時間以内に連絡が入ります」

宮城と布施の命《タマ》を取る。新和平連合が顎だけの組織ではないことを全国の暴力団に一度は知らせておかなくては頂上には上れない。堅気とヤクザはこの一点が違う。行動の後ろには絶対に暴力が存在していなければならない。力を前面に出すことは愚かだが、背後に力が存在することだけは知らせておく。

「宮城と布施が殺《や》られても大星会の中は大丈夫なのか？」

「どこか他の組が騒ぐという意味ですか？」

「そう」

「話はつけてあります。今の時期、協定違反なんて馬鹿なことを言って来る所はありません」

新田も微笑んだ。そんな根回しはとうにしてあった。連中もプロだ。下手に新和平連合に逆《さか》らって火傷《やけど》をする気はないだろう。

どこも新和平連合がこれまでのヤクザと違うことは知っている。宮城と布施がどんな死に方をしたかを知れば、新和平連合がそこらの暴力組織でないことが解る。新和平連合の威嚇《いかく》は並みの威嚇ではないのだ。銃弾をシャッターやガラス割りに使うことはない。そんな無駄はしない。銃弾はそもそも命を絶つためにあるのだ。

「……関西に三十億か……百億も取られるかな、と思っていたよ。安く済んだのかもしれないな……」

「そう自負しておりますが、まだ波田見市を手にしたわけではないです。あそこの連中処理がありますから」

「処理にかかる時間は？」

新田は即答を避けた。波田見市への進出は全国制覇への入り口である。この入り口で躓《つまず》いたら、全国制覇も何もあったものではない。だが、決して侵攻は楽ではない。

そもそも波田見市を中心にした近隣四県はテキヤの王国である。あの関西すら陥落させることが出来ずに撤退したエリアなのだ。その関西の再度の侵攻を抑えるための三十億の金である。

狙いは波田見市にまもなく出来る新港だが、その真の価値はまだ新和平連合しか知らない。新港とはいえさほど大きくもない港だから、関西も割と簡単に三十億で波田見市への侵攻を諦めたのだろうが、それでも彼《か》の地のテキヤ集団の力があれほど強くなければ、そう簡単には退《ひ》かなかったはずである。

己《おのれ》の手では厄介《やっかい》だと悟ったから、新和平連合からの三十億で手を打ったのだ。それだけあそこのテキヤに防衛力がある証拠なのだ。それを十分知っての侵攻である。

無論、新田はそれなりの手を打った。新和平連合は関西と同じ形の侵攻はしない。飴《あめ》と鞭《むち》。その両方を使い分ける。だから自信はある。確実に波田見市は手中に収める。それがロシア側の条件だからだ。新和平連合にはアメリカがバックにあるが、それにロシアが加わる。最強になる条件がそこで整う。

「あそこには旧《ふる》いヤクザしかいないんだろう？」

「そうです。大間連合というテキヤ組織が押さえているシマです」

若は日本の暴力地図など知りはしない。だから旧いテキヤの組織など幾らか払えば縄張りを渡すと、そう考えているのだろう。まあ、通常は、そうだ。大抵《たいてい》のことは金で解決が出来る。要はその額で、そこでケチるからまとまる話もまとまらなくなる。だが、どこにも例外はある。旧いヤクザがそれだ。金に転ばぬヤクザも、極《ごく》まれに、いることはいるのだ。

「でも、何とかなるでしょう。それほど時間はかからないと思います」

青年が落ち込むほどの暗い眼で新田を見詰めた。

「あんまり時間を掛けないでやってくれ。資金なら出す。そんな連中なら二、三億摑ませればいいんじゃないのか」

「大丈夫です、若にご心配はかけません、もう半年以上掛けて手を尽くして来ましたんで。金は使わなくても陥落《おと》せます」

懐中の携帯が着信を知らせるバイブレーターがうなった。

「失礼します」

新田は携帯を手に取った。二度頷き、

「解った、ご苦労」

と応え、通話を終えた。新田が微笑み、青年に告げた。

「東京は片付きました……次は波田見市ですよ、若」

四

新田が六本木の超高層ビルの一室を訪ねる一時間ほど前のこと——。時刻は夜の十時過ぎ。

宮城会会長の宮城省三《しょうぞう》はマンションの扉を背にガードが持つコートを羽織った。幡《はた》ヶ谷《や》にあるこの女のマンションはおそろしく古く、廊下は屋内にはなく、寒風がそのまま吹き込み、女を抱いて緩《ゆる》んだ肌を刺した。

戸外のような寒風が吹き込む廊下に二時間余も立ちんぼでいたガードの二人は紫色の唇をしている。宮城はそんな二人のガードに顎をしゃくり、長身の背を丸めてエレベーターに乗った。

「煙草だ!」

慌ててガードの一人がマルボロを宮城にくわえさせ、もう一人がライターの火を差し出す。宮城の顔はイラついていた。頭には真須美《ますみ》の歪《ゆが》んだ顔がまだ居座っている。

クソ淫売が、と怒りがまた込み上げた。あろうことか、あの馬鹿女は腹の下でよがり声を出すかわりに、もっと金が欲しい、と言ったのだ。宮城は毎月六十万の金を女に与えている。三ヶ月前までは五十万だった。それでもやり過ぎだと思っていた。新宿のクラブにいた頃でもそんなには稼いでいなかった女だ。小汚いマンションにそんな金は要らないはずなのだ。

人の足元を見やがって、と思った。面《つら》もまずい。身体も鶏《とり》ガラだ。萎《しな》びた乳房……そんな女に誰が月六十万などという金をやるか。鏡で自分の情けない身体を見やがれ。そんな真須美でも宮城が自分の女にしたのは、宮城の趣味に文句を言わなかったからだ。もともと痛覚というものがないのか、真須美は宮城がどんなに乱暴に扱っても音《ね》を上げなかった、そこが気に入って、自分の女にしたのだ。囲うのに金がかからないことも最初は気に入った。

女は顔ではない。また、身体でもない、と宮城は思う。他の野郎は知らないが、自分にとっての女の価値は啼《な》き声だ。この声の良し悪しでその女の価値が決まる。その点、真須美は上等だった。良い声で啼く。ただし、ここまで行くにはけっこう時間がかかる。痛覚が鈍いせいか、なかなか啼かない。手練《てだれ》の宮城が扱っても歯を食いしばり、暗い眼で睨みながら、堪《こら》えている。最初は呆《あき》れたが、限界が来れば痛覚のない女でもやっぱり啼いた。そしてその啼き声は一級だった。

啼き声が一級でなかったら、誰が月に六十万などという金をやるか。ボロマンションに住み、着古した服を着ている女がなんでそんなに金が要るのか、宮城は不思議に思ってそれを調べた。案の定それは男のためだった。ただ、ホストクラブなんかの男に入れあげているのではなかった。女には亭主がいたのだ。極道の亭主かと思ったがそうではなく、売れない漫画家だった。

これにはがっくり来た。まるで漫画みたいな話で、使おうとした腰が砕けたものだ。亭主殿がどこかの病院でくたばりそうなので金が要るのだと吐かせたが、そんな理由で女に金を出す馬鹿はいない。泣き顔で訴える女の頬を張り飛ばし、その日はいつもより一層乱暴にしごいてやった。

いずれ放り出してやる気だが、宮城がまだそれをしないのは百万以内で言うことをきく女が簡単に見つからないからだ。それくらい宮城の扱いはハードなのだ。もう一人、四谷《よつや》に目当ての女がいるが、これはシャブ中で金がかかりそうなので敬遠している。そんなわけだから、当面は真須美で我慢するしかない宮城だった。

宮城はマルボロの煙を腹に落とし、俺もこんな女しか相手に出来んとは落ちたものだな、と思わずため息をついた。

暴対法が出来る前までなら女の金に気を遣うことはなかった。バブルの頃は、地上げに噛んで億の金がバンバン入って来たものだ。大企業がどこも金儲けに夢中で、どこもヤクザを必要としたのだ。不景気になってそんな企業が切ったのは社員の首だけではなかった。やつらは世話になったはずのヤクザを真っ先に切りやがったのだ。世間はヤクザを悪の象徴のように言うが、どっちが悪党か調べてみたらいい。死んで本当に天国地獄があるなら、間違いなく革の椅子にふんぞり返っている奴らのほうが先に地獄に落ちる。

不法駐車してあったベンツの後部シートに納まっても、宮城の腹の中の憤懣はまだくすぶり続けていた。ただ、この憤懣はもう真須美に対するものではなかった。怒りの対象は宮城会の上部団体大星会本部に対するものに変わっていた。

新和平連合に対し、本部はどうしてこうも弱腰なのか、という憤懣だった。十五年前まで、確かに和平連合は関東を代表する組織だった。それは宮城も認める。当時ならば大星会が歯向かえる相手ではなかった。だが、その和平連合は解散したのだ。その和平連合が再建された、と言うが、新しく出来た新和平連合は、昔の和平ではない。羊頭狗肉《ようとうくにく》だ。

それがいい証拠に、新和平連合の頭になった新田雄輝は、当時は二次団体の、どこからも相手にされないチンピラだった。そう、会長になった新田は、その頃も幹部などではなかったのだ。裏に何があってあんな三下《さんした》が会長に納まったのかはわからないが、この新田のお陰で今、宮城は窮地に陥《おちい》っている。

あの日本中のヤクザに激震となって伝わった和平連合と海老原組の抗争で、大星会は中立を守った。中立を余儀なくされたのは、大星会の当時の五代目会長の星野啓二《ほしのけいじ》が和平連合の若頭の三村と舎弟の盃をしていたにも拘《かか》わらず、副会長の片桐公正が海老原組の海老原と兄弟分だったというおかしな関係にあったため、中立をとるしか方策がなかったからである。

結果、海老原組も和平連合も共倒れの結果になった。大星会の中立の判断は正しかったわけだ。どちらかに加担していたら、おそらく大星会も壊滅的打撃を被《こうむ》っていたはずである。

だが、和平連合は新和平連合として息を吹き返した。考えもしなかった出来事だったが、ただ復活しただけならどうでもいいことだ。問題は、それで被害が直接宮城に襲いかかって来たからだ。それは、和平連合の解散後、宮城が旧和平連合の縄張りの一部を手中にしていたからである。新和平連合は、今回、これを返せ、と言って来たのだ。

こんなことがあってたまるか、と宮城は思う。新和平連合には当時の幹部など誰もいないのだ。生き残りのちんぴらが、箔《はく》をつけるだけのために和平の名を借りているに過ぎない。これが宮城の見解だった。

そんな新和平になんで大星会が顔色を窺うようなことをするのか。本部もどうかしている、弱腰にもほどがある、と宮城は腹立ちまぎれに大星会執行部にいちゃもんをつけた。縄張りは返さない、と言ったのだ。

無論、宮城にはそれなりの言い分があった。そもそも東京のほとんどの縄張りは、今はなき名門小暮《こぐれ》一家のものだったからだ。小暮一家は江戸時代から関東でその名が高い博徒で、新宿も五反田《ごたんだ》も、東京の大部分がこの小暮一家の縄張りだった。だから関東の大組織が縄張りとして押さえている所も、元はみんなこの小暮一家のものだった。現在でも厳密に言えば、どこの組織もその小暮一家から縄張りを借り受けている、ということになる。新和平連合が昔は自分たちの縄張りだった、と言っても、そんな理屈は通りはしないのだ。

そんなことを言い出せば、馬鹿かてめえは、五反田だろうが新宿だろうが、元はみんな小暮のものだぜ、ということになる。文句をつける新和平連合にしたって、理屈で言えばその小暮一家から借りていた縄張りに過ぎない。そんな理屈に宮城会が従うと思っているのか馬鹿野郎、これが宮城の言い分だった。

嬉しいことにこれに同調してくれる仲間も出てきた。布施組の布施幸助《こうすけ》である。布施は算盤《そろばん》が得意なだけのヤクザだが、大星会では宮城と同じで幹部会に名を連ねる幹部ではあるから、それなりの発言力はあり、新和平連合の扱いでは宮城と組んでけっこう頑張った。だが、そんな頑張りにも拘わらず、大星会の流れは新和平連合の傘下入りのほうに傾きつつあったのだ。

腹立ちはまだあった。それは宮城会のシノギだった。正直、苦しいのだ。武闘派を名乗る宮城会は商売が上手くない。バブルが弾け、暴対法が施行されると、みかじめや地上げのような収入源しか持たなかった宮城会はあっという間に苦しくなった。

慌てて金融に手を出してみたが、そもそも商売が下手なところにもってきて、客を皆、他の組織に吸い取られてしまった。商売上手なその組が、何と新興の新和平連合なのだった。

この野郎、と尻《ケツ》をまくれば、「馬鹿かあんたは。ヤクザが堅気相手に喧嘩《ゴロ》まいていいのかよ。警察沙汰になったら、あんたらどうする？　本部がそんなこと知ったら慌てるぜ」と相手から嗤《わら》われた。相手の言い草を聞いて宮城会は唖然とした。ヤクザが警察に頼むのか？　と驚いたが、何と宮城会の客を吸い取った相手は確かにヤクザではなかった。表向きはれっきとした堅気、何と連中はフロント企業だったのだ。

尻《ケツ》を新和平連合が持っていることははっきりしていても、表の顔は堅気の企業で、宮城会の能無しは何一つ手を打てないまま撤退を余儀なくされてしまったのだ。

「小汚ねぇ奴らが！」

と怒り心頭になっても、どうしようもなかった。そんな新和平連合に大星会本部は同盟というより、恭順《きようじゆん》を示そうとしている……。これが怒らずにおられようか。これが宮城の怒りの理由だった。

「車を出せ！」

と怒鳴る宮城にハンドルを握るガードの一人が困った声で言った。

「あのガキが道塞《ふさ》いでまして」

ぼろマンションの前は二車線やっとの通り、その通りの真ん中に転倒したバイクを何とか持ち上げようとしている若者がいた。

「早く退《ど》け！」

とハンドルを握るガードがウィンドウを開けて怒鳴って見せたが、バイクは動かない。それも無理はなく、バイクは一〇〇〇cc以上もありそうなのに、それを起こそうとしている革ジャンにヘルメットの若者の身体はずいぶんと小さいのだ。助手席のガードが呟くように言った。

「ヤスよ、あいつ、女だぜ……」

バイクを起こすのを諦めたのか、若者がヘルメットを脱ぐと、長い髪がばさっと背に落ちた。

「……女だァ……？」

と後部シートの宮城は身を乗り出した。ヘルメットを手にした女が近づいて来て言った。

「すみません、バイク起こすの、手伝ってもらえませんか」

いい女だな、と宮城は思った。まだ二十歳をちょっと過ぎたくらいか。真須美とは比べ物にならない美人だ。

「安木《やすき》、手伝ってやれ」

宮城は緩んだ顔でそうガードに命じた。運転席から安木が降りてバイクに向かう。その安木の巨体がプスッという音と同時にゆらりと崩れた。何が起こった？　何かに躓いたのか？　安木が地面に倒れるよりも先に長い髪の女が運転席に上半身を入れていた。

「宮城さんですね？」

「何だ、お前は？」

応えた宮城は女の手にバカ長い銃身のチャカが握られていることに気づいた。

「おいっ、田中《たなか》っ！」

と助手席の田中に叫ぶ前にさっきと同じぷすっぷすっという音が二度聴こえた。田中はそのまま動かなくなった。長い銃身が宮城を向いた。宮城はやっと相手がヒットマンであることを知った。長い銃身だと思ったのは、銃に取り付けられたサイレンサーだ。刺客……！　一体、誰がこの俺にヒットマンを送って来たのか？　新和平連合か？　それとも……本部か？

「貴様！」

ぷすっ、ぷすっ……。宮城は口をあんぐりと開け、自分のシャツに穴が開くのを見詰めたまま絶命した。

同じ時刻、大星会二次団体布施組組長布施幸助は世田谷《せたがや》区の自宅から五〇〇メートルほどの地点をベンツで走っていた。

同じ大星会幹部の赤尾満雄《あかおみつお》と食事をした帰りだった。会食を共にしたのは赤尾から説得を受けたためだ。新和平連合との協力体制にあくまで反対する布施に、赤尾は執行部から依頼されて説得に来たのだった。

大星会の中での布施は穏健派で通っていたが、この件では珍しく強硬にこれまで執行部方針に反対して来た。理由は簡単である。布施組は渋谷から五反田にかけてが縄張りだった。主なる収入は金融。始終あるバッティングの相手が新和平連合の出店《でみせ》とも言える闇金だった。

　闇金には大体三つ種類がある。ヤクザが直接経営するもの、サラ金などの金融から流れて来た者が始めたもの、もともとは闇金などの客だった者が始めたもの、などである。布施のところは八軒の闇金を直接経営し、自分のところの客だった者が始めた三軒の尻《ケツ》を持っていた。

　当初、商売は順調だった。それが二年前からおかしくなった。同業の新しい店に食われ始めたのである。新しい店をやっている者は全員が堅気。ほとんどが金融業から流れて来た者がやっていた。

だが、サラ金とは違い、闇金の世界はそう甘くはない。もともとが高利の金だから、貸した金の回収が出来なければ商売は成り立たないのだ。回収に必要なのが暴力で、他に有効な手立てはないから、素人が出来る商売ではない。だから、やっているのが堅気でも、必ず尻《ケツ》を持つところがあるものなのだ。

ライバルの後ろにいるのがすべて新和平連合だと知った布施が彼らに報復の怨念《おんねん》を持つのも無理はない。布施は普段の温厚さをかなぐり捨て、とにかく新和平連合に報復を誓ったのだ。本部の方針が新和平連合と手を組む、と決まっても直接の被害を受けていた布施はそう簡単に了承など出来なかった。

賛成派はどこも自分のような被害を受けていない、自分のところが無事だからいい子を決め込んでいられるのだ、と布施は執行部のご都合主義に憤懣やるかたない思いでいたのだ。だから今夜の赤尾の説得にも首を縦には振らなかった。了承は出来ない、ときっぱり断った。

「文句があるなら、俺の首を取れ。あんな愚連隊みたいなヤクザに俺は与《くみ》せんぞ」

と布施は怒鳴った。愚連隊、と布施は今や死語に近い言葉を使ったが、実際、新和平連合は愚連隊だと思っていた。昔から、あの浦野光弘が現われた時代から和平のやり方はヤクザではなかったのだ。近代的といえば聴こえはいいが、その手法はまるで愚連隊だった。ヤクザの常識をせせら笑い、金にあかせた手段でヤクザ社会をかき回して来たのが浦野の和平連合だった。

たしかに関西の進攻を止めたのは浦野の力かも知れないが、ヤクザを駄目にしたのも浦野なのだ、と布施にはそんな思いがあったのである。

こうして布施は赤尾の説得に応じず、ガード一人に運転させるベンツで世田谷にある自宅に向かっていた。

間もなく商店街から自宅のある住宅地に入る手前の信号機で布施のベンツは停まった。前後に車はなかった。通りは、二車線。バタバタという腹に響く音が聴こえ、大型のバイクが隣りに滑《すべ》り出て来た。煙草をふかしながら前方を見ていた布施はバイクの音だけは聴こえていたが、そのバイクの主が自分を見詰めていることは知らなかった。

バイクの男が窓ガラスを叩いた。運転席のガードの飯島高男《いいじまたかお》が、

「何だ？」

と叫ぶと、バイクの男が下を指差し、

「パンクしてますよ」

と言った。

「おお、そうか」

と運転していた飯島は信号機が青になると車を路肩につけた。

「すいません、タイヤ見て来ます」

飯島が降りて行くのにも布施は生返事でいた。頭にあるのはまだ執行部に対する腹立ちだった。一体執行部は新和平連合と手を組んで何をしようとしているのか？　その本意が解らなかった。昔ならばいざ知らず、新和平連合は和平連合にいたチンピラが作ったケチな組織ではないか。そんなチンピラと手を組んでどうする。

舌を打って顔を上げたと同時にドアが突然開かれた。バイクに跨《また》がっている男の姿が見えた。腕が真っ直ぐ自分に向けて伸ばされている。手に握られているのは拳銃だった。

思いも寄らぬ出来事に、布施はただ啞然と小さな銃口を見詰めた。その銃口がわずかに動いた。音はプスッという小さなものだった。眼を剝く布施の額《ひたい》に黒点が一つ。大星会布施組組長布施幸助は目を大きく見開いたまま絶命した。

布施をガードしていた飯島高男は布施が射殺されたことに気づいていなかった。飯島は屈《かが》んで右前輪のタイヤを調べていた。タイヤはへこんでいない……顔を上げて初めて、バイクの男が長い銃身の拳銃を手にしていることに気がついた。

飯島は啞然とバイクの男を見上げた。布施のガードではあったが、飯島は拳銃を所持していなかった。抗争時ならばともかく、布施は子分に拳銃など持たせてガードさせたことはなかったのだ。

バイクの男の手がゆっくり動いた。銃口がピタリと飯島の顔面を狙う。飯島は撃たれる、と思った。だが、身体は何の反応もしなかった。そもそも、おやじが撃たれたことにもまだ気づいていなかった。銃声が何も聞こえなかったからだ。聞こえているのはバイクのバタバタというエンジンの音だけ。

ヘルメットの風防がじっと自分を見詰めている。どのくらいの時間が経《た》ったのだろうか。接近して来る車の音が飯島を救ったのかも知れない。馬鹿長い拳銃が革ジャンの懐《ふところ》に仕舞われた。

「……殺さないでやる……」

と言ったように飯島には聴こえた。バイクが爆音と排気ガスを残して走り去る。続いてやって来たタクシーがバイクに続いて消えると、飯島はやっと立ち上がった。

「……おやじさん……？」

後部ドアが開いている。座席には眼と口を開いたままの布施がいた。

「おやじさんッ！」

身体を抱え、ゆすった。布施の頭がガクンと前に落ちた。死んでいた。飯島は呆然《ぼうぜん》と立ち上がった。一体、どうしたらいいのか。このまま病院に走るのか？　だが、おやじはもう死んでいる……。飯島にももう布施が死んでいるのは解っていた。それなら、どうしたらいいのだ？

頭に浮かんだことは、このまま消えてしまうことだった。おやじが殺された、と言って組に帰れば、その先どうなるか解っていた。酷《ひど》い懲罰を食らうだろう。ただしばかれるだけでは済まないかも知れない。だったら、どうする？

本能は逃げろ逃げろと叫んでいた。だが、逃げ切れるわけがない。それに……もし逃げたりしたら、自分が犯人にされてしまうかも知れない。ゾッとした。

飯島はそっと懐中から携帯電話を取り出した。指が自然に動いた。兄貴分の小西博史《こにしひろし》が出た。

「飯島です……おやじさんが……おやじさんが……」

次の言葉が出なかった。焼肉店にでもいるのか、にぎやかな声が聞こえた。

「おう、飯島か。どうした？」

突然涙が溢《あふ》れ出した。兄貴なら助けてくれるかも知れない。かすかな希望……。一気に言った。

「おやじさんが撃たれました！」

絶句したのか、兄貴分の小西の返答はなかった。

五

児玉俊一《こだましゆんいち》はガスボンベの栓《せん》を閉めながら、五〇メートルほど離れた木山昭次《きやましようじ》の屋台を眺めていた。昭次の屋台の前に見慣れない大型のベンツが停まったからだ。

神崎《かんざき》市は漁業では豊富な魚の種類で有名な町で、この五年間で道路が整備され、さらなる発展を予測されているが、それでも軽自動車か、良くて国産の中型車までしか走っていない。だからベンツなど見ることは滅多にないのだ。

それに、そんな車が昭次の屋台の前に停まること自体、絵にならない。昭次の屋台はたこ焼きである。たこ焼きとベンツ。やっぱりミスマッチだ。俊一はクスッと笑った。

時刻は午後十時五十分。神前《かみまえ》駅に最終列車が着いた直後で、駅前には接続の最終バスに乗る客があと一名、バス停にいるだけだ。商売のまるっきり下手な昭次だが、奴はそれでも丁寧にたこ焼きを作るから味は良い。これで愛想が良ければもっと客がつくはずなのだ。

俊一は苦笑いで屋台を片付け始めた。俊一の屋台は焼きそばだ。水を使わない商《あきな》いだから、片付けるのも楽だった。それでも毎朝十時から仕込みを始めて、仕舞うのは夜の十一時だから疲れる。だが、有り難いことに庭場《にわば》が駅前だから結構儲かる。弟分の昭次と二人の稼ぎで月平均五、六十万は手元に残るのだ。一年で約七百万。景気の悪い昨今、これだけの稼ぎがあれば文句は言えない。

子分が増えたらこれでは苦しいが、今は昭次だけだから、これで十分やって行ける。地味な商売だが、ここが博徒系のヤクザと違うところだ。もともとがまっとうな露天商いだから、おかしなことが起こらなければ警察の厄介になることもない。上納金もテキヤだから博徒と違ってない。場所代を上に払えばそれで仕舞いだ。特別儲かった時には十万、二十万と上に届けたりするが、もともと金に淡白なおやじさんは、

「馬鹿、無理すんじゃあねぇ」

と言ってくれる。真面目にやって行けば、家だって持てる。学歴のない俊一にとって、今の人生は幸せだと言い切れる。これも上が良い人間だからだ。おやじさんも、柴田《しばた》の兄貴も、みんなまっとうな人間だから幸せにやって行ける、と俊一はそう考えている。

すべての片付けを終えて昭次はどうか、と顔を上げたところに最後の客が来た。白髪の長髪に長い無精髭《ぶしょうひげ》。いや、正確に言えば客とも言えない。屋台の前に立ったのは、剛《ごう》さ

んと仲間から呼ばれている宿無しだ。生田川《いくたがわ》の橋の下に暮らしているホームレスの一人で、二日に一度ほど売れ残りの焼きそばや昭次のたこ焼きを買って行く。

どうせ売れ残りで捨てるものだから無料《ただ》でくれてやるつもりでいたが、剛さんという男はそれを嫌がった。きちんと代金を払いたい、と最初に姿を見せた時に言ったのだ。それで半値で売る。半値でも正直に言えば取り過ぎだ、と俊一は思っている。

一般には知られていないが、テキヤの露天商は衛生にだけは人一倍気を遣う。中毒者を出してしまったらこの商売は終わりだからだ。前日に仕込んだものを翌日にまた売るようなことはしない。だから捨てなければならないものを半値でも買って行ってくれるこの男のような客は有り難い上客なのだ。

「……四人前でいいかな」

と俊一は、剛さんと呼ばれている男が頷くのを待って残っていた焼きそばを容器に詰め始めた。

それにしてもおかしな男だと俊一は思う。長髪も髭も白いから、見た目は六十代に見えるが、剛さんという男はまだ四十過ぎだろうと踏んでいる。あまり口を利《き》かないが、よく見るとホームレスにはもったいないくらいきりっとした顔をしている。

デイパックを防寒の厚手のジャンパーに背負い、手には雨傘、これがこの男のいつものスタイルだ。生田川の橋の傍には十数人のホームレスが暮らしているが、他にこんな男はいない。他のホームレスと違って眼に力があるのだ。着せるものを着せれば一丁前な勤め人に見える男が何でホームレスになんかなっちまったのか、訊けるものなら訊いてみたいが、そんな質問を許さない雰囲気がこの剛さんという男にはあった。

「はいよ、お待ちどう……四人前には少ないからよ、三百円でいいよ」

「悪いね」

容器を渡し、俊一は彼から百円玉を三つ受け取った。

「……たこ焼きも持って行くか？」

「いや、これだけでいい」

とホームレスが応えたところで怒号が聞こえた。昭次の屋台の前に二人の客がいた。ベンツから降りて来た客らしい。最終バスが出た後らしく、もう他に人の姿はなくなっている。一体何が起こったのか……？

「馬鹿野郎！　いっちょまえなことを言いやがって！」

客の怒鳴る声がはっきり聞こえた。商売の下手な昭次が、また無愛想に「もう店じまいだ」とかなんとか言ったのだろう。俊一は苦笑し、ホームレスを残して昭次の屋台のほうに歩き出した。

客の一人が屋台を蹴ったらしく、何かが壊れる音がした。おいおい、ちょっとやり過ぎだよ、お客さん……と内心舌打ちしながら、その客が堅気ではないらしいと初めて気が付いた。一人は黒いスーツ、もう一人は飛びぬけて派手な鶯色《うぐいすいろ》のブルゾン姿だった。二人ともがたいのいい大きな男だ。歳はどっちも二十代。

「なにしやがるッ！」

これは昭次の声だ。昭次はまだ十八で、気が短い。相手が堅気ならすぐにキレはしないが、相手がスジ者だと知って頭に来たのだろう。

俊一は脚を速めて昭次の所に近付いた。

「なんだぁ、てめぇ、何か言いてぇのか？　このガキが！」

ブルゾンのほうがもう一度昭次の屋台を蹴り飛ばした。昭次が、「この野郎！」とか何とか叫んでそのブルゾンに飛び掛かって行った。

「おい、待て！」

と叫んで駆け寄る前に、向かって行った昭次が逆に殴り飛ばされた。小柄な昭次を殴り飛ばしたのはブルゾンではなくもう一人の黒スーツのほうだ。ブルゾンがお構いなしに屋台に手を掛けた。屋台が大きな音を立てて横転した。あまりのやり口に啞然としたが、次の瞬間、俊一の頭にも血が上った。相手が堅気だと面倒だが、これが極道なら引っ込むわけにはいかない。

「おいッ！　おまえら、どこのもんだ！」

黒スーツが駆け寄った俊一の前に立ちふさがってせせら笑った。

「どこのもんとはおそれいったな。組の名、言ったら土下座でもするんか、え？」

黒のスーツの襟に見たことのないバッジが光っている。

「どこのもんか知らんが、こんな乱暴してただではすまんぞ！」

「……ただではすまんとはどういう意味だ？」

俊一が応じる前にジャンパーの襟を取られた。俊一は背丈も一七〇しかないし、体重も六〇キロだ。頭一つ大きな相手に襟を取られて体が浮いた。

「野郎、やる気かよ！」

と叫んだのは馬鹿力で屋台を引き倒したブルゾンの男だった。昭次が叫んだ。

「野郎、ぶっ殺してやる！」

この怒声で俊一の襟を取っていた手が離れた。黒スーツもブルゾンも、今は俊一を忘れ、立ち上がった昭次を見詰めていた。

俊一から手が離れたのには理由があった。昭次の手には包丁が握られていた。たこ焼きのたこを刻むための小型の調理包丁だ。昭次がなまくらの調理包丁でも刃物を手にしたことで、状況は一瞬にして緊迫したものに変わった。

「……このガキ……本気でやる気か……！」

ブルゾンが一歩体を引いて身構える。

「……止めろ、昭次……！」

昭次は鼻から血を滴《したた》らせ、包丁を腰だめにして二人に飛び掛かる気でいる。昭次が本気でそれをやろうとしていることは吊り上がった目で解った。俊一は昭次と二人組の間に割って入る形で、止めに入った。

「あんたら、俺たちに本気で喧嘩《ゴロ》まく気か？　組が黙っちゃあいねぇぞ。それ解ってて喧嘩まいてるんだな、え？」

と落ち着いた声で言った。まあ、下っ端の俊一が声掛けたところで組が動いてくれるわけもないが、自分たちもカタギではない。相手がヤクザならなおのこと、おとなしく引っ込んでいるわけにはいかないのだ。

「おまえら、それでもやるかよ、え？」

俊一は着ていたジャンパーを脱いだ。ごついのを相手に勝てる自信があるわけではない。だが、出来れば昭次に刃物は使わせず、自分だけでかたをつけたいと思った。

この五、六年は喧嘩などしたこともないが、十代の頃はこれでもいっぱしの不良で、それなりに顔を売ったこともある。体は細いが、ボクシングを齧《かじ》ったお陰で、手は速い。とにかく昭次に刃物だけは使わせたくない。

「テキヤだと思って舐めるな」

そう言い放って顎を引いた。二人が顔を見合わせる。だが、頭に来ることに、相手の顔から笑みは消えなかった。

「……テキヤがどうした？　ケチな店引っ張っていやがって極道気取るか、この馬鹿が……」

パンチだけを警戒していたために、黒スーツがそのまま蹴って来るのを俊一はまともに受けた。下腹部を革靴で蹴られ、俊一は激痛に体を折った。

「……兄貴っ！」

昭次が叫ぶ声が聞こえたが、すぐに体を起こすことが出来ず、腹を押さえ眼だけで相手の動きを見た。手にした包丁を振るう間もなく昭次はあっさりブルゾンに抱え込まれ、頭突きを食らって吹っ飛んだ。

黒スーツが振り返り、やっと起き直った俊一の前に戻って来た。空手をやっているのか、また蹴りが股間に飛んで来た。これは何とか横に外した。だが、これはフェイントだった。気がついた時には同じ足がそのまま弧《こ》を描くように跳ね上がって左の顔面に飛んで来た。左腕でブロックしたが、このブロックは役に立たなかった。革靴の先端が頬骨に入り、俊一は一瞬気を失った。

気がついた時には地面に横たわっていた。また蹴られるかと頭を振って男たちをぼんやり見た。朦朧《もうろう》とした意識の中で、俊一は二人の男があのホームレスに向かい合っているのを見た。剛さんというホームレスが、血だらけの昭次を助け起こしている。

「……そのくらいで乱暴は止めておけ……」

とホームレスが男たちに言った。何を悠長なことを、とそれでもぼやけた頭で思った。昭次を助けてくれようとしているのは嬉しいが、相手が悪い。土台、白髪の中年男が相手に出来る男たちではないのだ。助けてくれる気があるなら、駅の北口にある交番に走ってくれるほうがまだいい。

警察の介入なんか望んじゃあいないが、このままならあのおっさんまでやられちまう……と俊一は動かない体に歯軋《はぎし》りしながらそう思った。なにしろ相手はブルドーザーのようなガタイをしたヤクザ者なのだ。しかも黒スーツのほうはいっぱしの空手を遣う。

だが、それから俊一が見たものは、およそ予想からかけ離れたものだった。

「馬鹿か、このおやじ」

と笑ってホームレスの胸倉《むなぐら》を摑もうとしたブルゾンがそのまま爪先立《つまさきだ》ちになった。

「ウウッ……！」

ブルゾンから呻きが漏れた。おかしな形だが、手首を逆に極《き》められたか、伸び上がったまま動けずにいる。ホームレスがあっさりブルゾンを放り出し、焼きそばを買う時のような普通の口調で言った。

「もうこれで止めておくんだ。止めないと次は腕を折る……」

この成り行きを呆気《あっけ》に取られて眺めていた黒スーツの顔色が変わった。

「……おっさん、口出すのかよ……俺たちを本気で相手する気か？」

「いや。ただ、もう乱暴はそれくらいにしておけと言ってるだけだ。警察の厄介になりたいんなら仕方ないがな」

「おまえ、頭おかしいんじゃねぇのか？　ヤクザ相手にして、無事に済むと思ってんのか？　何でこいつらの肩を持つ？」

スーツのほうが前に出る。ブルゾンもその横でまた戦闘態勢に入った。

「口を出すつもりはないが、器物破損は立派な犯罪だ。せめて元通りにして行け」

「馬鹿か、お前は」

せせら笑ったスーツが一歩前に出ようとするところで動きが止まった。ホームレスの手にしたこうもり傘の先端がピタリと男の喉仏《のどぼとけ》を突く形で止まっている。スーツが慌ててその傘を払うが、小さな円を描いた傘はまたピタリと喉元に突き立てられる。こんな動きが二度、三度と繰り返された。

「……このッ……！」

呻くスーツにホームレスが言う。

「別に先っぽに細工はないがな、その気になればおまえの喉を裂くことも出来る」

こうもり傘がシューッという音を立て横に走ったように俊一には見えた。黒のスーツの胸元がパックリ裂けた。半身《はんみ》になっていたスーツが啞然と棒立ちになった。

「……喉、裂かれたいか……？」

穏やかな声だが、それは酷く暗い声音《こわね》だった。

「さあ、屋台を起こして帰れ」

「……野郎……！」

我に返ってそう叫ぶと、スーツが懐中に手を入れた。

「馬鹿が」

ホームレスの傘と体が素早く動き、スーツは顔面を抱えてよろけた。こうもり傘で両目を叩かれ、目が開けられなくなったのだ。両目に当てた掌《てのひら》の隙間《すきま》から血が一筋こぼれて頬を伝った。ホームレスのこうもり傘の先端は、今度はブルゾンのほうの喉元に伸びている。ブルゾンは蒼白で棒立ちだった。

「おまえも目を見えなくされたいか？　それが嫌ならさっさとこいつを連れて行け。急げよ。すぐどこか病院に連れて行け。急がんと、失明する」

ブルゾンは観念したように頷くと、慌てて黒スーツの男を抱えベンツに戻った。

ベンツが走り去ると、やっと呆然としている俊一と昭次に言った。

「大丈夫か」

「大丈夫です」

ホームレスは頷き、屋台の上に置かれた焼きそばの包みを手に取り歩き出した。

「……あのう……」

傘を持った手だけを挙げ、ホームレスは振り返りもせず、そのまま歩み去った。

「……あのおっさん……すげぇな……」

と後ろ姿を見送り、昭次が呟く。

「ああ……凄い……」

「何で……ホームレスなんかやってんだろう……」

「わかんねぇ」

と応えた俊一は、それでも一つ、解っていることがあった。それは只者《ただもの》じゃあない、ということだった。ホームレスの格好だが、生きる力を失った男には見えない。細い体から立ち上る気迫は凄かった。極道が一歩も動けなくなる凄み……。普通の職業の者にあんな凄みがあるわけがない。

元はヤクザか……とも思ったが、違う、とこの想像はすぐ打ち消した。ひょっとしたら刑事……そんな気もしたが、刑事のホームレスなんて聴いたこともない。それに、警察関係だったらそれなりの匂いがある。これは違う。ピンと来たのは武道家、というイメージだった。それも相当名のある武道家。これが一番ピッタリ来る。

「……あの人、橋の下にいるんだよね……」

と言う昭次に頷き、明日にでも手土産を持って生田川の橋の下に挨拶に行かないとならないな、と俊一は思った。

六

神木《かみき》剛は生田川の手前で立ち止まり、ゆっくり煙草の火を点《つ》けた。背後に人影はない。だが、追尾されていることは間違いなかった。現役の頃に比べれば勘は鈍くなっているだろうが、これは間違えようがない。それほどこの追尾は下手だった。

追尾が始まったのは駅前からだ。つまり、ヤクザ者の喧嘩によせばいいのに介入してからだった。監視する者がいたとは思わなかったが、実はいたのだ。いずれは発見されるだろうと思っていたから、それほどの衝撃はないが、その時点で気づかなかったとは、気が緩んでいる……と、自嘲の思いはある。

それにしてもご苦労なことだとは思う。あてもないホームレス暮らしの男を付け回すより、もっとやらなければならない仕事があるだろうに、と思った。だが……今夜の追尾がそうだとしたら、この人選は相当酷い。予算がなくて新人を回したか。だとしたらもっとくだらない。そんな追尾ならば、しないほうがましだろうに。いや、そうでもないのか。俺に、今もまだ追尾の人間を付けていることを知らせたいだけなのかも知れない。

神木は煙草をくわえたまま、橋のたもとから川原に下りた。橋の下にはダンボール箱とブルーシートを上手に細工した大型の犬小屋に似たものが七戸ほど並んでいる。以前は神前駅の北口付近に集まっていたホームレスたちが、立ち退《の》きを市から命じられて移って来た先がこの橋の下だった。もっとも、神木がこのホームレスの一団に加わったのは五ヶ月ほど前だから、その当時のことは知らない。

神木は橋の下に下りると一つの小屋のカーテンを開けた。もともとダンボールを細工してこしらえた小屋だから、扉などというものはなく、毛布をぶら下げて扉代わりにしている。間もなく酷寒《こつかん》の、ホームレスには辛《つら》いシーズンがやって来る。扉が毛布では頼りない。

「……剛さんか……」

と奥から嬉しそうな声がした。

「具合はどうだ？」

小屋の主の米沢章吉《よねざわしようきち》は四、五日前から風邪気味だった。ほとんど外に出ずに寝たままだから食事も満足にしていないだろうと、神木は想像していた。

「焼きそばを貰って来た。食うか？」

「食うよ、食う」

と米沢は起き出し、蠟燭《ろうそく》を点けると、神木の手から焼きそばの容器を一つ受け取った。

「いつも済まないね、剛さん」

「どうせ貰い物だ、遠慮することはない……ところで一つ訊きたいことがあるんだがな」

「なんだい、剛さん？」

「ここに、俺のことを訊きに来た人がいたかい？」

「いや、誰もこねぇ」

「そうか、誰も来ないか」

「ああそうさ、あんたがいてくれりゃあ、もう悪ガキも来ないしさ」

悪ガキとは、ホームレスを遊び半分に痛めつけに来ていた近隣の少年たちだ。神木がそんな少年たちを追い払ってやったのだ。

「じゃあ、遠慮なく貰うよ」

米沢章吉が焼きそばの容器を開けると神木は小屋を出た。同じようなぼろ毛布のカーテンから灯かりが漏れている小屋を幾つか廻り、欲しいという相手に焼きそばを配り、神木は自分の小屋の前に立った。先刻の気配が一層濃くなっていた。

「……いい加減に出て来ないか。つけているのは解っている……」

そう声を掛けると、暗い小屋の陰からずんぐりした体つきの人影が現われた。

「県警の警備課か、それとも東京からわざわざ出張か」

神木の言葉に、男が前に出た。月明かりで見える姿は想像よりずっと歳をとっていた。背広に型が崩れたコート、六十過ぎの年寄りの姿に、神木はちょっと驚いた。

「……俺をつけていたことは解っているが……あんた公安じゃあないな？」

「ああ、公安じゃあない」

　と男が苦笑し、

「しかし、やっぱり大したものですな、尾行、判っていましたか」

　おっとりした相手の口調に神木も笑って応えた。

「ああ。下手だな」

「なるほど、そんなに下手ですか」

　と男は薄い頭に手をやった。

「公安で訓練を受けた者なら、もうちょっとましな追尾をする。でも、素人でもない……貴方《あなた》、警察の人だな」

「それも、判りますか」

「もっとも、元警察官かな。もう退官しているようだ」

「なるほど、何でも判っておられるわけだ」

「判らないのは、公安でもないのに何で俺を追尾するのか……それも退官した人が。そこだな」

　男が懐中から名刺を取り出して寄越した。月明かりで何とか名前は解る。

　稲垣正志《いながきまさし》。

　肩書きは「救済の会・竜の子《たつこ》」……住所は東京、八王子《はちおうじ》市……。

「……救済の会……？」

「駆け込み寺ですよ、闇金なんかの」

「と言うと、あなた、弁護士ですか」

「いや、私は違います、そこに勤めているだけで」

「それで……以前は、警察官ですか……？」

「貴方と同じ、警視庁にいました。もっとも、四課ですがね」

四課は暴力団担当である。稲垣という男が指摘したとおり、神木はたしかに警視庁に在籍していた。ただし、神木は一般の職員と違い公安部であったから、ほとんどの同僚を知らない。何故《なぜ》なら、公安部員は毎日本庁に出勤などせず、ほとんどの時間を外で過ごしているからだ。

「四課ですか……だが、その四課にいた人が何で私を追尾するんです。それも公務の一部ですか」

「いや、その名刺にあるように、私は現在警察とは何の関係もありませんよ。神木さんの後を追っていたのは、まったく公的なものではありません」

「追っていた、ということは、追尾は今夜だけではないと、そういうことですか」

「いえ、それも違う。後をつけたのは今夜が初めてですよ。そうではなくて、もう何ヶ月も貴方の行方を追っていた、とそういう意味です」

何ヶ月も俺を追っていた……？　公安職員でもない者が、どうして俺の後を追う？

「ほう。何で、です？」

「私らに力を貸して頂きたい」

「救済の会の？」

「ええ。今どきの言葉で言えば、リクルートですか」

神木は思わず苦笑した。この男の言葉に横文字は似合わない。

「読めないな……私が、公安部の出だということで、リクルートですか」

「まあ、それもありますかね」

神木はこの男の相手をしていることが、馬鹿馬鹿しくなった。仕事に関係のある法律は無論熟知していたが、それは民事ではない。サラ金や街金《まちきん》相手の救済組織に就職する気など毛頭ない。それにしても、何故この俺を、という疑問は残る。

「申し訳ないが、まったく民暴なんかには興味がありませんね。無駄足をさせて申し訳ない」

稲垣と名乗った男は当然だ、というように頷いた。

「解っています、そうでしょうな。私が誘ったからって、乗って来るはずがない。いや、早まったことを言ってしまった。ただ、あんなものを見てしまったのでね」

あんなものとは、ヤクザとの立ち回りか。

「……駅前の騒動を見ていたんですか」

「ええ、見せてもらいましたよ」

「そうですか」

「私も前歴が前歴ですから立ち回りはずいぶん見て来ましたが、大したものだ。中野《なかの》では
ああいう格闘技の訓練をするんですか」

中野とは東京の中野の警察大学校内にある公安の教育施設のことだ。

「いえ、公安時代の訓練じゃあない」

ヤクザ者を相手にしてしまったこともまずかったが、これよりも今のくだらないやりとりにうんざりした。

「……とにかく、申し訳ないが、貴方の勧誘はお断りする。興味がないので」

「いやいや、私が悪かった。勧誘を今夜する気はなかったんだが、あんなものを見てしまったものだから、つい声を掛けてしまったわけでしてね」

「あれがなかったら、まだ視察を続けていたわけですか」

「ええ、会長がこちらに着くまでね。私の役目は神木さんの居場所を突き止めることで、説得役じゃあない」

切り上げるつもりが、つい稲垣と名乗る男の口調に引っかかった。

「それなのに、発見されるのを承知で後をつけた……どうしてです？」

「なに、簡単な理屈ですよ。あのヤクザたちは藤堂会《とうどうかい》の若い衆ですがね。当然だが、あの連中は明日にも貴方のことを捜す。ヤクザが堅気に、それもホームレスに遊ばれて黙っているわけにはいかないですからね。そんなことをしたら、ヤクザ稼業を続けて行けない。当然報復を考えますよ。

もちろん、そんなことは貴方にも解っているわけだ。だとしたら、私としては、接触は今するしかない。そうでしょう？　明日にも貴方はここを出て行く。喧嘩に介入した時点で貴方はそこまで考えていたはずだ。出て行かれてしまったら、私らはまた一から貴方の居場所を捜さなければならなくなる。正直、貴方を捜すのに、えらい苦労しましたんでね、それは困る。まぁ、そういうわけで、思い切ってここまでつける気になった……今、説明しましたように、本当は会長がここに到着して、それからちゃんと挨拶に来ようと思っていたんですよ」

「会長というのは、救済の会のトップですか」

「そうです。明日にも連絡して、ここまで来てもらうつもりでいたんです」

煩《わずら》わしいことだった。理由は解らないが、自分には借金苦の人間の救済などに興味はない。たとえ大金を積まれても、そんな所で働く気などない。

「……稲垣さんと言いましたね……」

「ええ、稲垣です」

「……畑は違うが、貴方も警視庁におられたんなら、私のデータもある程度は手に入れておられるんでしょうね？」

相手が素直にうなずいた。

「ええ、ある程度は」

「だったら解るでしょう。私は警察の仕事だけじゃなく、他の仕事もする気がない。幸いこうして生きて行くくらいの金はある。私が貴方の所属する事務所で働くことは、万に一つも可能性はない」

「……そう言われるだろうというのも解っていましたよ」

「それでは、これで」

神木は踵《きびす》を返し、自分の小屋へ向かった。

「すみませんが、もうちょっと時間を貰えませんか」

後について来る稲垣に、神木は仕方なく振り返って言った。

「今、貴方が教えてくれたでしょう。私は急いでここを出なくてはならない。あんたは明日と言ったが、あの連中はもうここに向かっているかも知れないですから」

「そうかも知れない。だが、あれほどの腕なら、四、五人のヤクザが来るくらいどうってこともないでしょう。それをビビルくらいなら、最初からヤクザ同士の喧嘩に介入したりはしないはずだ」

言われるまでもない、介入はまずかったと神木は苦い思いでうなずいた。

「おっしゃる通り、つまらんことをした。ただ、焼きそばを毎夜のように安く分けて貰っているので、つい関わった。まずかったですね、確かに」

「仕方がないでしょう、それくらい貴方、ヤクザが嫌いなんだ。いや、ヤクザじゃあなくて、暴力団と言ったほうがいいですかね。そうでもなかったら、焼きそばを分けて貰うくらいで、ヤクザ者を相手になんかしやしない。違いますかね」

この男、元刑事だけのことはある。見えるはずのない心の襞《ひだ》に、何気なく滑り込んで来る。四課時代はかなりのやり手だったに違いない。神木は一見穏やかなこの男との接触に危険を感じた。

「悪いですが……この辺で、失礼する」

「最後にもう一つ」

刑事特有の粘っこさで稲垣が言った。

「何です」

「……神木さん、貴方、岡崎という男をご存知じゃあありませんかね？」

「……岡崎？」

神木は稲垣の顔を見詰めた。

「ええ、岡崎竜一……だいぶ前に亡くなりましたが。私らの仲間の、岡崎警視ですが」

勿論、知らない名前ではなかった。この男、そこまで調べて来たか……。仕方なく応えた。

「知っていますよ、岡崎なら。私の義兄《あに》です」

「そう、神木さんの姉上が嫁いだんですよね……ところで、私らの会は、その岡崎氏の遺志を継いでいる、と言ったらどうですか。どうでしょう、もう少し真剣に考えて貰えますかね」

この男は何を言い出すのか……？　衝撃を相手に見せないように飲み下し、尋《たず》ねた。

「……義兄が、貴方たちの救済の会に関係していたと言うのですか」

「いや、救済の会とは関係はない。だが、私どもの会長が貴方の義兄上と一緒に働いていた……そういう関係ということなのですがね」

義兄が何をしていたかは、無論、今では知っている。独自に調べたのだ。死ぬ前に、何をしていたかを。そして、その時のメンバーも今ではほとんど摑んでいる。だが、その中に稲垣という名はなかった。それなのに、この男はそれを知っている。何故だ……？

「その人、何という人です？」

「……有川涼子……私どもの会長です」

稲垣という男の瞳が突き通すほどの激しさで、神木に刺さって来た。

「……有川さん……その人があなたの会の会長なのですか……」

この名は知っている。極秘リストのトップにあった名前だ。

「そういうことです。ただ、事情がありまして、現在は川島彩子《かわしまあやこ》という名になっていますが」

稲垣が微笑んだ。先ほどの視線とは打って変わる柔和《にゅうわ》な笑みだ。

「……と言うことで、諾否《だくひ》はともかく、会長に一度会って頂けませんかね。伏して頼みます」

と稲垣は頭を下げた。錯綜《さくそう》した思いが頭の中を駆け巡った。岡崎竜一……。忘れようとも忘れられない唯一の男……。呵責《かしゃく》の念……。岡崎が何をしたか、それを知りながら、俺は何もしなかった。姉が陵辱《りょうじょく》されて死んだ時も、その始末は俺ではなく岡崎が一人でやった。岡崎は職を投げ捨て、実刑を受ける身になっても姉の報復を自らの手でして見せた。俺は、ただそれを眺めていただけだった……。実の兄よりももっと大きな存在であった義兄……。

「神木さん、貴方、うちの会長のことはご存知ですよね？」

稲垣が変わらない口調で続けた。何時《いつ》もの警戒心で、神木は即答を避けた。あのプロジェクトは極秘だった。本来、公安に籍を置いた自分が入手出来る情報ではない。ここは当然知らないと応えるべきだろう。だが、稲垣の顔を見て、駄目だな、と思った。この元刑事は俺があのプロジェクトについて知っているということを既に気づいている、そんな気がした。

「ええ、知っています。東京地検にいた方ですね」

「そうです。岡崎氏とパートナーだったこともご存知だと」

「それも、知っています」

と神木は太い息をついて答えた。惚《とぼ》けきれる相手ではない。

「……失礼だが、どうしてその情報を？」

神木は初めて笑った。

「貴方も元刑事だ。そのくらいご存知でしょう、情報の出所を口にする公安がいますか？」

「なるほど、おっしゃる通りですな」

とまた稲垣が頭をかいた。

「こちらからも伺《うかが》いたい。貴方はあのプロジェクトのメンバーじゃあなかったと思いますが。それなのに、何故かな。何でもご存知のような口ぶりだが」

「いや、まいりましたね。今度はこっちがやられた」

と笑って見せたが、その眼は少しも笑っていない。闇の中で銀色に光る川面《かわも》に眼を移し、稲垣が言った。

「ここは正直に話しますか。こちらは別に情報提供者を気にせんでもいいですから……実は、岡崎さんの墓に行きましてね……亡くなった後ですが。まだ私は現役でしたがね……当時の私の仕事は岡崎さんたちを追うことだった。私たちの四課はあのプロジェクトを知りませんでしたからね。

それこそ何年も掛けて追い続けた……やっと追いついた時には、そう、もうプロジェクトは解散して、お義兄さんは亡くなっていた。その岡崎さんの墓前にね、当時の責任者だった方がおられた。名前は言えませんが、私の先輩で、心から尊敬できる人でした。その方に会って、やっとすべてが解ったんですよ」

「その人から情報を得た？」

「いやいや。当たり前ですが、何も教えちゃあくれませんよ。だが、墓前にその人がいたことで、すべてが解った……なにしろ何年も追いかけていた案件でしたから、説明されなくても事情は解る」

「なるほど」

義兄の岡崎が最後の数年間に携わっていたのは極秘のプロジェクト、極道狩り……。非合法の組織を指揮し、そして死んだ……。義兄が信頼し、動いたのは、多分その墓前にいた男なのだろう。その名前はもう知っている……当時警視庁に在職していた志村幸三……。

神木はくしゃくしゃになったマイルドセブンを取り出し、稲垣に勧めた。

「私は暫《しばら》く前に煙草は止めたんですよ。うちの会長がうるさいもので」

稲垣は微笑み、首を振った。頷き、神木は自分の煙草に火を点けた。

「すみません……続けて下さい」

「退官して、私は川島会長と知り合った。先に説明しましたが、有川さんのことですな。実は、知り合ったというのは間違いで、本当は私のほうが押しかけたんですがね。私はその後もずっと会長のことが気に掛かっていたわけです。まあ、岡崎警視と同じように、あのプロジェクトでは一番過酷な仕事をして来た人でしたから。で、私は、会長が何をしているのか、そこでやっと知った……」

「救済の会ですか」

「そう、東京地検出身の会長は弁護士資格を持っていましたから、救いの会として、街金や闇金なんかの被害者救済をやられるようになった。まあ、ここまでは、神木さんも予測がつくでしょう。ごく普通の成り行きでしょうね。生き残ったスタッフは幸運にも元の人生に戻ることが出来たわけです。だが、救いの会というのは、ただの借金地獄に陥った人たちを救済する組織ではなかった……」

「他の仕事もしていたんですか」

「ええ。人身売買の救済も始めていたんですよ」

「人身売買ですか」

人身売買は古くて、同時に新しい日本の犯罪である。神木は公安に籍を置いていてもそれがどんなものかは知っていた。

日本での人身売買はそれこそ昔からある犯罪だが、現実には人身売買として取り締まっては来なかった。フィリピンやタイ、近年はブラジル、コロンビア、ロシアやスカンジナビアからも人身売買の被害者が運ばれて来ている。だが、取り締まりのほとんどが不法滞在としてだけで、人身売買を犯罪として取り締まっては来なかった。それほどこの犯罪に対しての警察の腰は重かったのだ。

これらは外国からの人身売買だが、国内のものも当然ある。実は、街金や闇金の被害者もまた人身売買の対象になり得るのだ。借金地獄に追い込まれ、最終的に支払い不能となった被害者がその肉体で返済を迫られることはどこにでもある事実である。被害者が若い女性なら風俗へ、男性ならば飯場辺《あた》りに売られる。

神木は公安ではロシア担当だったから、いわゆるロシア・マフィアがどんな形で日本の人身売買に関わっていたか、それにもある程度の知識はあった。

「それでは、今は、有川さんは、人身売買のほうの仕事をされているのですか」

「いや、正確に言うと、そうではないですね」

稲垣はそう言うと、神木に向き直った。

「救済の会は、今話した仕事を続けていますが、会長が今やられている仕事はそれとは少々違うのです。会長がこれからやろうとされているのは……岡崎氏がされていた仕事の続きです」

衝撃が来た。あの有川涼子が、岡崎の仕事をまだ続けているのか……。

稲垣が神木を見詰めて続けた。

「被害者を救うだけでは問題は片付かんでしょう。被害者を出さんようにするには、加害者を叩けばいい。そうじゃあないですか」

「それでは、ブローカーを相手にしている……」

「いや、違う。素人のブローカーを叩いても大した成果は上がらんですから。そこで動く金はたかが知れています。相手はその後ろにいる連中ですよ」

後ろにいるのは、おそらくヤクザだろう。そのヤクザとやり合うために俺を雇いたいのか？

「……会長は川島という名で救う会を立ち上げて運営して来た。だが、その仕事を続ければ続けるだけ、そんなことをしていても大した成果は出てこないと知ったわけです。

私が会長と一緒に働き始めたのはちょうどその頃でしてね。まあ、私はご承知の通り四課の出ですから、あの業界に強い。東京だけでなく、日本なら大抵の組織は知っている。ケチなで、どんなブローカーにどこの組が尻《ケツ》を持っているのかも解る。はっきり言えば、ブローカー相手の戦争なら、後ろにどんな組がついていてもそれほど怖くはない。まあ、慣れたものです。ただ、この仕事を続けて来て、もっと大きなヤマにぶつかった……」

稲垣が続けた。

「……寺山市に滝沢というブローカーがいた。最初は大したヤクザじゃあなかった。だが、現在この滝沢は寺山市では相当の顔のヤクザになっている。何で短期間にそんなに顔が売れたか。それはバブルが弾けた後で人身売買だけでなく金融に手を広げたからです。人身売買、闇金……この二つはもともと関連があるから簡単な移行に見えますが、実はそうでもない。ご存知の通り、金融を始めるには資本が要る。滝沢がやって来た人身売買ではそれほどの金は作れない。ところがどこからか金が入った。それも半端な金ではない。種金として億単位の金が出た。凄いでしょう？　億単位の金ですよ。

さて、一体どこからその金を引っ張ったか。調べて驚いた。出所は、私らがよく知っていた東京の大組織だった。問題はここからです……私らは、一度死んだ組織がもう一度息を吹き返したのを知らされた。それは、昔とはまったく違った形の、昔の四課、暴力対策本部なんかでは対処出来ない形に変貌していた……要するに、暴対法をもってしても、取り締まることの出来ない巧妙な組織に生まれ変わっていた……私らは、そんな新しい組織と戦わねばならんことになった。

もうお解りでしょう、私らだけでは戦えん。あの伝説の岡崎竜一に代わる人間が要る。そして、見つけたのが、貴方だ。神木剛……。岡崎氏の義弟の神木剛……。

どうでしょう、話を戻します、諾否はともかく、うちの川島会長に、どうしても一度会って欲しい。義兄上と命を一つにして来た会長に、何としてでも一度会って頂きたい」

返答によっては刺し違えても、というほどの相手の気迫に、神木はため息をつき、短くなった煙草を親指の爪で消した。

「ここまで聴いてしまったら、仕方がないのでしょうね。だが、ご存知の通り私は公安出身だ。暴力組織相手の仕事をして来たわけじゃあない。要するに、畑違い。私はロシア相手の仕事をして来た人間ですから」

すると稲垣が笑みを見せて言った。

「……それで良いのです。私らが相手にするのは極道だけじゃない、相手の中には、そのロシアもいるんですから」

「なに……？」

「そう、背後には私らではとても太刀打ち出来ないロシア・マフィアがいる……神木さん、私らにはどうしても第二の岡崎竜一が必要なんだ。それが、神木さん、あんただ……」

三つ、条件が揃った……憎悪すべき暴力団、伝説の岡崎竜一、そしてロシア……。

吐息をつき、神木は言った。

「ここは寒い。私の家で話しませんか。ここよりいくらか寒さは凌《しの》げる」

二人の男は毛布のカーテン扉を潜《くぐ》り、ダンボール製の小屋に入った。

七

有川涼子が主宰《しゅさい》するという「救済の会・竜の子」は八王子市の外れにあった。市街地から十分も走ると民家もまばらになり、そこ彼処《かしこ》に農地も見える。

「もうすぐですよ。辺鄙《へんぴ》なところなんで驚かれたんじゃないですかね」

とハンドルを握る稲垣が言った。神崎市から関越《かんえつ》自動車道を三時間、休憩は小用を足すときだけ。もう五時間以上運転を続けているのに、疲れが見えない。それほどこの男は退官後の今の仕事に情熱を持っているのかと、神木は思った。

「……会の施設をこんなところにしたのには、それなりの理由がありましてね。ここまで来ると、追いかけて来るほうも面倒くさくなるわけですよ」

追って来るのはヤクザやそれに近い連中で、もともと真面目で勤勉な者などいるわけもなく、逃げた女が八王子の山の中と聞くだけで、何割かは追うのを諦めるのだと稲垣は笑った。

「それに、民間の施設ですから援助がない。だからたいして金もない。そんなわけですから、都心に施設を作ることも出来んのです」

こちらのほうが本音なのだろう。金の世の中とは、そんなものだ、金は必要とするところには流れずに、むしろ金のあるところに収まって行く。ホームレスになって、そんな世の中がよく見えた。

器用なハンドルさばきで稲垣の運転するバンは砂利道に入った。左右は畑と木立で民家は見えない。しばらく進むと、木立の中に二階家が見えた。何の変哲もない民家に見えたが、近付くとそうではないことが判った。家の周囲は鉄条網で囲われ、門扉とそれを支える門柱も頑丈な鉄製で、家主の承諾なしには敷地内には入れない構造になっている。

「ちょっと待ってて下さいよ」

稲垣は車から降りると、門柱に備え付けられているインターホンに、

「……稲垣です、着きました……」

と告げ、鍵を使って門扉を開けた。前庭にセダンが一台。稲垣が乗って来たバンと同じで、そのセダンも相当古い。

「厳重ですね。押しかけて来るのがやっぱりいるのですか」

神木の問いに、車に乗り込んだ稲垣が笑って答えた。

「滅多に来ませんがね。それでも、何度かは荒っぽいのが来ましたよ。最初は女性ばかりでしたから、苦労したようです」

車を降りると、セーターにスラックス姿の五十年配の女性と、十代の若者が戸口に出て

来て神木を迎えた。

「こちらが、会長です」

と稲垣が神木に言った。

「初めまして、川島です。遠いところを、ありがとうございます……」

と女が神木に頭を下げた。

神木は衝撃を受けて女を見つめた。これが、あの有川涼子なのか……。有川涼子の記憶が脳裏《のうり》に浮かぶ。喪服に際立つ肌の白さ。濡れたように黒い髪。ひたと相手を見詰める切れ長の目……そしてふっくらとしながらも意志の強さを感じさせるきりっとした唇。だが、目の前に立つ女の容貌ははっきり醜い、と言えるものだった。

「……神木です……」

何とか衝撃を隠して応えた。神木の衝撃には気づかず、川島会長は隣りの少年を神木に紹介した。

「こちら、榊《さかき》くんです、うちのスタッフです」

眩《まぶ》しそうに神木を見詰めていた少年がぺこんと頭を下げた。

「どうぞお入り下さい」

門扉と同じで、玄関扉も頑丈な作りだった。たとえ敷地内に入っても、この扉ではそう簡単に屋内には侵入出来ないだろう、と思いながら、神木は有川涼子の後に続いた。家の中はがらんとしていて、人の気配がない。救済の会なのだから、かなりの者を収容しているのだろうという神木の想像は間違っていたようだった。

狭い事務室に通され、神木は再び有川涼子と向き合った。八王子市に入ったところで稲垣が携帯で連絡を入れていたからか、テーブルの上には茶菓子が用意されてあった。榊と紹介された少年が茶を運んで来た。関心を隠せぬ様子で、少年は神木を見詰めている。稲垣に、後で呼ぶから、と言われ、少年が名残《なご》り惜しそうに出て行くと、有川涼子が言った。

「稲垣のほうから、ご承諾をいただいたと聴いて、これほど嬉しく思ったことはありません。ご存知だと思いますが、神木さんを捜すのに、とても苦労したのですよ」

「仕事は、やらせていただくと、稲垣さんにお応えしましたが……どうですかね、喜んでもらえるほどのことが出来るかどうか」

と神木は煙草を取り出した。稲垣が慌てて灰皿を探す。有川涼子が笑って部屋から出て行くと、ブリキの灰皿を持って戻って来た。

「すみません、煙草を吸う人がいなくなったので」

「……構わないですか？」

「どうぞ、ご遠慮なく。私は吸いませんが、収容された人たちは皆さん吸いましたから」

と微笑んだ。静まりかえった家の中で、神木が訊いた。

「……収容されていた人たちは、もうここにはいないのですか？　ずいぶん静かだが

「……」

「いえ、そんなことはありません。外国人は送還されましたが、まだここに残っている人もおります。ほとんどが日本人ですけど。今、皆さんで食品の買い出しに市内まで出ているのです」

現在収容している人数は六名で、全員が女性ですよ、と稲垣が付け加えた。

「その人たちは、一人を除いて、私たちがこれから始めようとしている計画を知りません。ですから、神木さんの到着時間に合わせて、出かけてもらったのです」

「あの少年も、何も知らないんですか」

「いえ、榊くんは違います。彼は私たちの大事なスタッフです。子供のように見えますが、能力を知っていただいたら、きっと驚かれると、思います。神木さんが失望されることはないと断言出来ます。通信機器の知識と能力はトップクラスなのですよ。でも、神木さんも、そういう技術を習得されているのでしたね」

と有川涼子は言った。

「私のことは調べられたんだからお解りだと思うが、現役を離れてもう五年です。通信も電子機器も日進月歩だ。私の知識は、多分、もう役に立たないでしょうね。それに、もう一つ。私は稲垣さんと違って、ヤクザのことは何一つ知らない」

「そのことは、解っています。でも、私は何も案じてはいません。案じておりますのは、別のことですわ」

「なんです？」

「謝礼のことです」

神木は笑って答えた。

「稲垣さんにも言ったが、金は要らない」

「……有り難うございます。お気持は嬉しく思いますけど、お願いしているのは大変な仕事です。とてもボランティアでやっていただける仕事ではありません」

「気にすることはないでしょう。金の要る生活をしているわけじゃない」

「でも……」

「どうしても払いたいなら、仕事が終わった後に考えたらいい。稲垣さんから聴きましたよ。この施設は貴女や稲垣氏が個人的に出資して作ったものでしょう。それに、今、言いましたが、私がどれだけ役に立つのか、今はまだ判らないでしょう。資金は大事に使ったらいい」

「判りました。お言葉に甘えて、後で考えさせていただくことにします」

ほっとしたように有川涼子が稲垣を見て言った。

「それで結構です」

「それにしても、神木さんの印象が違うので、驚きました」

「どこが違うのですか」

「だって、稲垣から、ホームレスだと伺っていましたから。髪も白くないし……」

なるほど、今の神木はきちんとスーツを着ていた。それだけではなく、髭も剃り、本来の黒い髪に戻してある。あの立ち回りで、ヤクザたちが追って来た時の用心のためにと、稲垣が勧めるのを聞き入れ、容姿を変えたのだった。

「……それに、もっと頑丈な体格の方だと思っていました。ヤクザとの話も聴かされていましたからね」

おっとりとした口調で微笑む女に、神木は奇妙な感覚を味わった。目の前にいるのは、暴力団を相手にして来た元東京地検の検事補のはずだ。だが、そうは見えない。半ば白くなったひっつめの髪、瞼《まぶた》の垂れた細い目、丸い鼻、厚ぼったい唇、容貌にも丸い身体にも、激しい戦いを繰り広げて来た過去が窺えない。

救済の会を主宰しているのは間違いないが、保育園の保母、さもなければ幼稚園の園児に囲まれている園長……そんな女が今、暴力団にどう立ち向かうかを口にしようとしている。これまでに、姿を隠した人間をずいぶん追って来たが、これほどまで見事に変身した者を神木は知らなかった。

あの有川涼子の面影は、どこにもない。変身について言えば、神木の細工などは有川涼子の姿と比べれば雲泥の差だ。

「……ひとつ、ぶしつけなことを言っていいですかね」

「なんでしょう？」

思いきって神木は訊いた。

「顔を、いじりましたね」

おっとりとした有川涼子の顔に、微《かす》かだが緊張が走ったように見えた。

「……さっき、貴女《あなた》は初めまして、と言われた……だが、実は、初めてではないのですよ」

「どこかで、お会いしているのですか？」

「ええ、会っています、一度」

「どこで、でしょうか？」

「知っているでしょう、私は公安部の出身ですよ。それで解りませんか？　松本です。彼の葬儀で、私は、貴女を見ている」

松本常雄……旧電電公社から公安部四課、そしてあの岡崎のグループに加わった男である。

「まあ、有川さんのほうが知らなくても無理はないですがね。葬儀と言っても、私は焼香をあげたわけではないですから。ただ、義兄の岡崎と一緒にいた貴女を私は見ている」

有川涼子は稲垣に目をやり、微笑んだ。うまく動揺を隠していた。

「……そうでしたか、神木さんも、松本さんの葬儀に来てらした……気がつきませんでした。葬儀にいらっしゃっていたのは、仕事でしたか？」

おっとりしていた態度が消えている。厚い瞼《まぶた》の底にある瞳も、それまでとは違う鋭い色をみせている。神木はそれが元検事補の目なのだろうと納得した。

「いや、仕事ではなかった。これは、義兄の岡崎も知らなかったのだと思いますが、松本とはただの同僚という関係ではなかったんです。ご存知の通り、公安という職場では同僚という人間関係は育たない。私と松本がそんななかで特別な関係になったのは武道という仲介があったからです。あの男は、公安にいても、警視庁では知らない者のない柔道家でしたからね。公安部での特別教科の中で、私は松本を知った……」

「特別教科？」

いぶかしげな稲垣に、神木は公安部員が特別教科の中で格闘術の特別訓練をするのだと説明した。

「……稲垣さんはもう気づいていると思いますが、私は、柔道や剣道だけでなく、会津《あいづ》の御留《おとめりゅう》流などを遣うのです。これは、合気道の源流のようなものですが、父も祖父も皇宮《こうぐう》警察勤務でしたから、私の家では代々この会津の御留流を学ばされた。柔道では松本に歯がたちませんでしたが、松本は御留流に知識がなかったですから、それで興味を持ったんでしょう。そのことで、近しくなった」

それで納得したのか、稲垣はなるほどという顔で笑みを見せたが、有川涼子は違った。

彼女が鋭い目を外さずに言った。

「ひとつ私も伺っておきたかったことがあるのですけど」

「なんでしょう」

「神木さんは、私たちの活動について、どの程度までご存知なのでしょうか」

なるほど、と思う質問だった。メンバーに加わると決まっても、どこまでオープンにするかは、相手によって違うのだろう。それくらいの用心深さがなければ、これからの仕事はやって行けない……。

「正直に話しておいたほうがいいのでしょうね」

と神木は有川涼子を見詰めた。

「……かなりのところまで知っていますよ。その過程を話します。まず、義兄の岡崎が刑務所を出て姿を隠した……私はそんな義兄を捜した……もちろん、義兄がどんな生活をしているのか、すぐに判った。だが、私はそのまま何もしなかった。義兄が何を望んで世捨て人のような生活をしているのか、解っていましたからね。そっとしておこうと思った。

次が、松本です。その松本が突然退官した。親友と言ってもいい私にも何も言わないままの退官です。彼の家族からも相談を受けていましたから、気になった。だから、調べた……驚いたことに、松本と義兄の岡崎に接点があった……」

「それで、すべてがわかったのですか？」

「すべてではないですね、ある程度のところまでです。途中で調べるのを止めましたから」

「どうして？」

「義兄たちの活動が、当時の私に関心のあるものではなかったからですよ。ご存知の通り、私の所属していた公安は国家警察です。刑事警察には関心がない」

「それで、調査結果も、上にはあげなかったのですね」

「あげませんでした」

有川涼子の目の色が元の柔らかなものに戻った。

「私たちは、神木さんにも助けていただいていたのですね」

「……さて、他にも質問がありますか？」

「あります。でも、それは後でさせていただきます。お尋ねになった私の顔のことをお話しします」

「嫌だったら、話さなくてもいいですよ」

「いえ、構いません。私たちの間には、秘密はないほうが良いと思いますから」

と有川涼子は微笑んだ。

「……人が姿かたちを変えるのは、自分の過去を知られたくないからですね。私もそう。

私は、あの業界で、実は相当の有名人なんです」

「有名人、ですか」

「自慢出来ることでは無論ありません。失敗したから、顔が売れてしまった、ということですから。もうご存知でしょうから申し上げますが、私は何度か暴力団に拉致《らち》されているのです。これも、稲垣さんからお聴きになったと思いますが、今回のターゲットは新和平連合です。新和平連合は旧和平連合がその母体になって出来たものです。私たちがあのプロジェクトで最初にターゲットに選んだのが、旧和平連合でした。これでお解りでしょう、新和平連合の中には、私の顔を知っている者がいる。私はその旧和平連合に拉致されたことがあるのですよ」

「なるほど……それで整形をされた……」

「それだけではありません。もう一つ、顔を変えた理由があります」

と有川涼子は続けた。

「昔の仲間に、今、私が何をしているかを知られたくないのです」

「ほう、それはどういうことです？」

「神木さんは、当時の私たちのメンバーをご存知ですか？」

「摑んでいると思います」

「だったら、その人たちが現在どんなポジションにいるかもご存知ですね」

「いや、それは知らない。私の知識は五年前までですよ」

有川涼子が微笑した。

「ああ、そうでしたね、現役を離れられて五年経っていたのでした」

「そういうことです」

「……昔のメンバーには殉職者が三名おりますが、あとの方は皆さん復職されています。稲垣さんから伺ったのですが、皆さん、現在は要職につかれて活躍されているのです。その方たちがもし私のことを知ったら……と私は考えました。もしかしたら、私を気の毒に思われるかも知れない、そんな風に思いました」

「気の毒に？」

「助力しなければ、と考えられるかも知れないと、そう思ったのです」

「なるほど」

「でも、それは私の本意ではありません。ご存知の通り、私たちの戦力は十分ではありませんし、助力はどんな形でも欲しいのです。でも、もし、それがあの人たちの人生を変えてしまうかと思うと、それは間違っているのだと、私は思いました。

もうあの方たちは十分に働かれたのですからね。第二の人生を歩んでいらっしゃるのに、その人生をまた壊してしまう……それは、岡崎さんも望んではいないのではないか、私にはそう思えたのです。仕事を続けるのは、私だけで良いのだ、とそう思いました。そんなこともありましてね、それで思いきって顔と名前を変えました」

神木はあらためて有川涼子の顔を見詰めた。醜い、と言っていい容貌だった。あれだけ美しかった顔を、これほどまでに壊すには、女ならばどれほどの思いであったか、想像がつく。

顔を壊した理由は解ったが、そこで岡崎の名が出たことに、神木は胸をつかれた。ヤクザに対する用心、かつての仲間に対する思い、どれも理屈がつくが、この女をここまで動かしているのは、やはり岡崎だったのか、という思いが胸をつく……。

「解りました。つまらないことを訊きましたね、申し訳ない」

「いいんですよ、どうせ解ることですもの」

と穏やかな表情に戻って、有川涼子は微笑んだ。

「ところで、さっきもう一つ質問があると言いましたね」

「はい」

「本題に入る前に、そいつを伺っておきましょうか」

「解りました。それではお尋ねしますが、神木さんは何で警察を辞められたのでしょう？」

「……なるほど……それは、有川さんたちにとって、大事な質問ですか？」

「出来れば、お話しいただきたいと思います」

間があいた。短くなった煙草を捨て、神木は新しい煙草に火を点けた。

「いい加減な話をでっち上げることも出来る……だが、そんな話を作るのも面倒くさいですね……警察を辞めた理由は、貴女たちの仕事と似ている。警察にいては出来ない仕事をするために辞めた」

「警察官では出来なかったお仕事ですか？」

「そうです。非合法の仕事をした……鬼畜《きちく》を一人、殺したのですよ」

と神木は答えた。

八

テーブルに十数葉のキャビネサイズの写真が稲垣によって並べられた。新田雄輝・新和平連合会長、三島興三《こうぞう》・大星会会長、同じく八坂秀樹・大星会会長補佐、神泉一郎・大間連合会会長、衆議院議員磯崎利明《いそざきとしあき》……どれも望遠で撮ったものである。一人が三葉のものもあれば、一葉しかないものもある。磯崎利明の写真以外はどれも皆はっきりと写っている。その中に一人だけ、赤い髪の男がいる。この男がロシアから来たニコライ・コズロフ……。

神木は写真から顔を上げた。

「……ニコライ・コズロフですか……」

「ご存知の男ですか？」

有川涼子の問いに、神木は頷いた。

「ソ連時代に大使館員として日本にいた男ではないですかね」

もっとも、その名に記憶があるだけで、神木にはそれ以上のことは解らない。公安では常にソ連大使館員を視察下においていたが、コズロフという男が視察対象になった記憶はなかったからである。

「コズロフは昨年の六月から今年にかけて、すでに三度日本に入国しています。今年の一月に来日した時に、初めて新和平連合の新田雄輝に会ったことを突き止めました。そこにある磯崎を尾行していて、コズロフの存在を知ったのです」

神木は髪を七三に分け、眼鏡をかけた男の写真を手に取った。

「……この衆議院議員の磯崎がロシアとの仲介役だということですか」

「いいえ、そうではありません。添付の資料を見て下さい。そこに磯崎の履歴があります」

有川涼子の指示で、神木は資料として置かれた書類の中から、磯崎のものを取り出した。所属は国民新党日本、元社会新党、前参議院議員、当選二回……。

「……磯崎の選挙区は波田見市です……最初は新港建設に反対していた男です。これは、選挙地盤に漁業組合があったからだと思いますけど、ある時期から突然賛成派に変わりました。この時期から新和平連合と接触が始まっていたと推測しています。つまり、コズロフと新和平連合が接触した後で磯崎が登場して来たわけです。

新港がどうしても要る、ところが波田見港の拡張計画に反対する議員がいて、なかなか計画が進まない……その議員が磯崎というわけですね。それで新和平連合が磯崎を何らかの手段で懐柔した、これがストーリーだと考えています。むしろ、新和平連合の新田雄輝が仲介役で、コズロフと磯崎が会ったのだと思います」

「……暴力団が仲介役とは大したものですね……」

新和平連合は歴史的に海外とのネットワークを持つ暴力団なのだ、と有川涼子は説明している。ただ、関係が深いのはアメリカで、過去ロシアとの繋がりはなかった。ロシアと関係が出来たのは、昨年から。そして後を追うように、新和平連合は波田見市へ手を伸ばし始めたのだという。おそらくロシアからの何らかの要求で、新和平連合としては波田見市の新港を押さえる必要があった……と考えるべきだろう。

「日本海の港を押さえようというのは、ルートの確保ですか」

「港が自由になればやれることはいくらでもあるんじゃないですか。人身売買も、密輸も、合法の衣《ころも》をまとった企業廃棄物の処理も出来ます。ロシアが廃棄を請け負《う》うのですね。一回で億単位のお金が動くと言われています」

日本から廃棄物を持ち出すまでは合法だが、領海を越えたら荷は海の中に廃棄してしまう。ロシア・マフィアならそんなことぐらい平気でする。核廃棄物も平気で日本海に廃棄してしまった国なのだ。

「もう一つ、面白い動きがあるんですよ……」

と稲垣が膝を乗り出した。

「コズロフは波田見港に目をつけると同時に、新和平連合に銀行買収の話を持ち込んでいるんですね」

「銀行？」

有川涼子が言った。

「ええ、稲垣さんが言ったとおりです。暴対法以来ヤクザが苦しいというのは事実ですけど、それは末端の組員の話で、上は違います。相変わらず上納金で上がって来る金額はそう変わっていないのです。私たちの試算では、数兆円規模のお金が日本の暴力組織の手に渡っていると見ています。

彼らにとっての問題は、その資金をどうやってマネーロンダリング、つまり合法のきれいなお金に換えるか。海外に企業を起こし、そこを通過させてきれいなお金にするということは、今までもやってきているんです。

ただ、今回の話は少し違うのですね。新和平連合は旧ソ連の銀行を買収しようとしています。でも、この種の話は今までもずいぶんあったのですよ。ただ、どこの組織も手を出さなかった。大体がいい加減な話ですし、買ったところで経営が出来ませんから。

新和平連合は違います。もともと和平時代からあそこはアメリカで金融をやってきましたから、金融にはノウハウがあるのです。たとえば合法の衣をまとったイースト・パシフィックという会社は、実は和平系列の金融会社なんです。和平連合は壊滅しましたが、死に絶えることがなかったのは、資金がイースト・パシフィックにそっくりそのまま残っていたからです。

私たちは和平の肉体は殺しましたが、心臓を突くことが出来なかったのですね……そして今、生き返った新和平連合は、かつての路線を走り始めているのです。金融を押さえてリーダーシップを取る……新和平連合が旧ソ連、あるいは東欧の銀行買収に乗り出したことは間違いないと思いますし、この餌《えさ》で日本の暴力団を糾合《きゅうごう》する。

現に、新和平連合はかなりの組を昔のように自分の系列下に置くことに成功しています。関東の相当の組が、たった三百人しか構成員のいない新和平連合の系列下に入り始めているのですよ。和平というブランド名は今でも生きているのです」

銀行を押さえることがそんなに力になるのか、という質問に、有川涼子はそうだ、と答えた。

「マネーロンダリングだけなら、今までもいろんな形でやってきています。でも、新和平連合の凄いところは、将来をはっきり見据えているところです。現在、東欧の銀行の売値は一千五百億円くらいだろうと思いますけど、いずれ東欧諸国はEUに加盟する。そうなれば当然、買った銀行は何倍かの価値になります。これが至近的な利益。

でも、狙いは多分そこではないですね。もっと将来を見ている。それは、ネットバンクや電子マネーではないかと思います。銀行のオーナーになれば、匿名性《とくめい》も確保できるでしょうし、ネットバンクの設立も可能になるでしょう。電子マネーの時代が来れば、もうマネーロンダリングなどで悩むことはないのですよ。お金の流れで言えば、国境が間もなくなくなるわけですから。

これを率先して実行しているのが新和平連合です。そして新和平連合は、組織の名は絶対に表に出さない。日本のヤクザが考えなかったマフィア化を最初から目指している組織が新和平連合なのです。マフィア化というのは、日本のヤクザのように代紋までつけて、自分の正体を表に見せることのない組織ということです。ですから地下に潜ることもできますし、警察の監視も難しくなるのです。

これで私たちがどうして一番最初のターゲットに新和平連合を選んだのか、解っていただけると思います。新和平連合は放っておけば、間もなく、少なくとも関東ではトップの暴力団になってしまいます。武器は金、現代ではこれに勝るものはないのじゃないですか。警察組織が最も手をつけにくいところなのですから。

私たちが戦わなくてはならないのは、昔ながらのヤクザではなくて、マフィア化していく暴力団なのです」

狙いは解った。それでは、その新和平連合を倒す戦術はどうなのだ？　神木は、どんな手で新和平連合に立ち向かうつもりなのかと、その戦略について質《ただ》した。

「……神木さんはどこまでご存知か判りませんが、かつて私たちが成功した作戦は、すべて抗争を利用したものでした」

と有川涼子は苦しげな笑みを見せて言った。

「暴力組織同士の争いを利用して双方を壊滅に導く……非力なものには最上の作戦でしょうね。今回も私たちはそれを考えました。見てお解りのとおり、以前よりも私たちはずっと非力になっていますから、他の戦術を取りようもないのです。

まず、大星会です。新和平連合はこのグループを傘下におさめようとしました。大星会はテキヤグループですが、関東のテキヤでは最大の組織で、それなりに力を持っているところです。私たちは、これに大星会が反撥《はんぱつ》すると期待をしていました。抗争の根はあったのですよ。

会長はそこの写真にある三島興三。でも、大星会にはもう一つの勢力がありました。顧問であった片桐公正のグループです。片桐派はあの和平連合と海老原組との大抗争では海老原組に意を通じていた一派ですから、和平連合の血を引く新和平連合の傘下になることなど了承するはずがなかったのです。

でも、違いました……新和平連合の傘下になることに反対していた片桐派の宮城、布施という二人の組長があっさり殺されて、さあ抗争、となっても、片桐派は動かなかったのです。裏に何があったのか知りようもないのですけど、大星会はすんなり新和平連合のグループ入りをしてしまったのです」

「内部で、どんな動きもないのですか？」

稲垣が代わって答えた。

「少なくとも、本庁の四課の調査ではないようですね。三島という会長が、しっかり会を抑えているんでしょう。三島は三年前に星野に代わって会長になった男ですが、なかなかの器量と業界では言われている。下部までその指導は徹底しているそうです」

確かに非力な有川涼子が戦おうとすれば、抗争を引き起こし、その混乱時に活動するというのが最良の戦術に違いない。だが、簡単に抗争は起こらない。これも時代だ。抗争によるる経済的なダメージは、その組を潰しかねないのだ。ここが昔と違う点なのだろう。

「……どこにも弱点はない、ということですか……」

「可能性という意味では、まあないことはないですがね」

と稲垣が言った。

「波田見市の大間連合ですよ」

新和平連合が波田見港を手に入れるには、波田見市の大間連合を納得させ、傘下におさめなければならない。だが、このテキヤ集団の大間連合は、かつて関西の侵攻にも敢然《かんぜん》と立ち向かった組織である。その大間連合が新和平連合の侵攻に再び立ち上がるということは十分に考えられることだと、稲垣は言った。

「ただ、問題は、やっぱり大星会なんですな。大星会と大間連合は同じテキヤとして繋がりがありますから。新和平連合はこの大星会を使って、大間連合を説得するつもりでしょうね。これで大星会が上手く説得してしまったら、ここでも抗争にはならない。私たちが食い込む隙がないのですよ」

新和平連合、大星会、そして波田見市の大間連合……。

「それで、私たちが考えたのが、ニコライ・コズロフなんです。新和平連合はコズロフから動き始めたわけですね。コズロフが持って来た話から新和平連合は中堅の組織をまとめに掛かったわけです。金融を中心に大同団結を図る。昔で言えば大東亜《だいとうあ》共栄圏、今日ふうに言うとEUですね。共存共栄のためには大同団結の時代だ、ということです。

これが他の組でしたら、どこもそんな話には乗らなかったかも知れません。でも、新和平連合だと違うのです。資金力と金融の実績、そしてあの和平連合というブランド名、これで関東の組織変動が起こり始めたのです」

稲垣が言った。

「会長が言うように、発端はニコライ・コズロフだ。ここを叩く方策はないか。私たちが神木さんをどうしても捕まえなくてはならなかったのは、ここなんですよ。コズロフを手段の一つに使えないものか。私らには思いつかないんですが、何か突破口になるものがあるんじゃあないだろうか……どうでしょうな、神木さん、その方策を考えてもらえませんか」

　コズロフを叩く……理屈は解る。有川涼子の言うように、新和平連合が撒《ま》き餌《え》に使ったのは旧ソ連の銀行を支配する話だろう。これがいい加減な話だとなれば、糾合された組に新和平連合不信が沸き起こるかも知れない。

　だが、無理だ、と神木は思った。コズロフの話がまともなものだったら、話の壊しようがない……。それに、コズロフが今何をしているのか、神木には情報がない。本当に旧ソ連の銀行を代表して商談に来ているのか、あるいはマフィアとして動いているのか……もし後者であれば、そこに手をつけるのは危険に過ぎる……と神木は思った。

「……現在のコズロフの身分は判りますか？」

　神木が訊いた。

「いや。判らんです。私のコネに公安はないのでね」

「波田見港に絡《から》んでいるとすると、コズロフは旧ソ連の銀行だけに関係してるわけではないですね」

「一口に言えば、何でも屋のブローカーでしょうかね」

ただのブローカーならさほどの危険はないだろう。だが、彼の後ろについているのがロシアのマフィアだったら、公的な援助を持たない有川涼子や稲垣の戦力ではとても太刀打ちが出来ない。現在、世界最強といわれる暴力組織がロシア・マフィアなのだ。

「期待していただいたのは嬉しいが……コズロフには触れないほうがいいですね。藪《やぶ》を突いて蛇を出す……そんなことになりかねない」

と神木は答えた。

「……われわれが公的な機関なら、ロシアの官憲当局と連携を取ることも出来る。だが、このグループには公的なサポートがまったくない。新和平連合を相手にすることだけでも私の目から見たら、無謀。それにロシアのマフィアが加わったら、無謀どころかこちらが抹殺《まっさつ》される」

コズロフに関して、もっと情報が必要だ。背後にどんな組織がついているのか……それを調べなければならない。

「……新和平連合ですが、そこは新田雄輝という男がトップなんですね？」

と神木は新田に関する書類を取り上げた。稲垣が言った。

「なかなかの男ですよ。新田がいなかったら、新和平連合は出来なかったかも知れない。頭も切れるし、腕もたつ」

「……懲役十一年七ヶ月の実刑ですか……十一年なら、殺人ですかね」

殺人で十一年七ヶ月は刑としては軽すぎる気もするが、ヤクザ同士の抗争では刑は比較的軽いとも言われる。稲垣が説明を加えた。

「十六、七年前でしたかな、和平連合が仙台の矢島組ともめたことがあったんです。その時、仙台に乗り込んだのがその新田で、矢島の組長を日本刀で斬り殺した。それで十一年七ヶ月の実刑を食らった。例の海老原組との抗争時に、新田は府中に入っていましてね、それで生き残った。和平の残党は、この新田の満期出所を待って新和平連合を旗揚げしたわけです」

有川涼子にとって稲垣の存在は大きいことが神木にはよく解った。元警視庁のマル暴の刑事だけあって、こと暴力団に関して稲垣が知らないことはないのだ。

「……この新田や新和平連合の動きは、本庁から仕入れているのですか？」

神木の質問に、稲垣が苦笑した。

「いやいや、退職した者に情報などくれませんよ。新しい情報は皆、会長が仕入れたものです」

救済の会を主宰して、そんな情報を仕入れることが出来るのか、と神木は不思議に思った。

「情報の収集は、優秀なスタッフがいるからです」

と有川涼子が微笑んだ。

「この半年間の情報は、ほとんど電話の盗聴からです」

神木は驚いた。頼りないと思っている有川涼子たちに盗聴の技術があるのか……。

「盗聴の技術者が、スタッフの中にいるのですか？」

有川涼子と稲垣が顔を見合わせて微笑した。

「さっき会った榊くん……神木さんもそういう技術に詳しいのでしょうけど、榊くんも相当の技術者なんですよ。私たちは都内に前線基地をこしらえていますが、そこに盗聴のシステムを作り上げたのは、すべて榊くんなのです。盗聴は、現在、新和平連合の組事務所と、それからもう一つ、会長の新田雄輝のマンションですけど、なるべく早いうちに大星会の中にも細工をしようと考えています」

あの少年が盗聴の技術を持っている……驚きだった。

「パソコン、カメラ、通信、電子機器に関することなら、すべて榊くんの担当です。都内に部屋を借りていますが、そこが私たちの通信基地になっています。一休みされたら、そこを見ていただこうと思います。オペレーションのスタッフもそちらに詰めていますので、向こうでスタッフをご紹介します」

と有川涼子は嬉しそうに言った。

九

「……あそこにマンションが見えますね……」

バンが信号で停まると、有川涼子が言った。場所は都心の神谷町《かみやちょう》。指差す先の民家の屋根越しに、高層の建物が見える。神木の目測で二〇〇メートルあるかないかの距離だった。

「……あれが新和平連合の新田の住むマンションです。組事務所は、ここからは見えませんが、こちらの方向で、もっと近いんです。うちのマンションがこの路地奥ですから、距離は二〇〇メートルくらいでしょうか」

助手席に座る榊が、神木を窺うように、付け加えた。

「盗聴は無線なんで、これ以上距離があけられないんです」

神木の古い知識では、この距離でも驚きだった。現役を離れて五年、この間に通信機器も想像以上の発達をしているのだろう。ただ、無線機を使った盗聴は発見されやすい。電波を探られたらすぐ見付かる。この弱点は変わってはいないはずだ。神木は、その弱点について尋ねた。

「ああ、それは、多分大丈夫です。部屋からではないですから、すぐにはばれないと思いますね。向こうの回線をいじって、そこから無線に切り替わるように中継してますから」

と榊少年が答えた。

「……じきに、もっと凄いことになると思いますよ。盗聴器を衣服に付けるんです。尾行さえ上手く行ったら、それで向こうの動きもわかるようになります。盗聴器はもうすぐ出来ます」

「衣服に取り付けるのか？」

「ええ、そう、ボタンに」

隣りに座る有川涼子が言った。

「新田の住まいに入れればそれが出来ます。どうやったら新田の衣服に近づくことが出来るか。これは簡単ではないので、今考えているところです」

稲垣が運転するバンは路地の入り口にある月極の駐車場に入った。

「組事務所もマンションですか？」

「いいえ、そっちはちゃんとしたオフィスビルです。名義はファー・イースト。一応は株式会社になっています。ビルのオーナーはUK。UKはネットの配信会社で、オーナーは浦野孝一。つまり死んだ和平連合の会長だった浦野光弘の子供です。賃貸ビルですが、自社ビルのようなものですから、他の借主から文句は出ません。それに、新和平連合の組員は他と違って、ヤクザには見えませんからね、トラブルにはなりません」

「そのネットの会社以外にも、新和平連合はまだ企業を持っているんですか？」

「合法のものだけでも相当の数になると思いますね。六本木地区だけでも、レストラン、クラブのような水商売から、音楽プロダクション、輸入品の販売、化粧品会社、株を過半数近く持つというところまで数えたら数十社になるんじゃないかと思います。その他にも投資で大株主になっているところもありますし。もちろん名義が新和平連合になってはいませんし、正確に把握するのは難しいのです。外資の会社も幾つかあるはずです」

指定位置に車を入れて、エンジンを切った稲垣が周囲に視線を走らせ、言った。

「……大丈夫のようですね、降りますか」

「一緒に歩かないほうがいいわ。稲垣さんたちが先に行って」

有川涼子の指示に稲垣が頷いて、助手席の榊を促《うなが》し、先に車を降りた。榊と連れ立ってバンから離れて行く二人の後ろ姿は、親子に見えなくもない。

神木はすでに頭に入れた榊喜一《きいち》の履歴をもう一度思い浮かべた。東北の工業高校を中退して東京に。昼は「ウエーブ」という中小企業に勤め、夜は風俗店などでアルバイト。一年ほど前に姉の榊千絵《ちえ》と一緒に「救済の会・竜の子」に入った……。「ウエーブ」は通信機器の製造販売。高校と、この「ウエーブ」で通信機器の知識を得たという。

「あの若者だが……」

と神木は有川涼子に尋ねた。

「彼は、自分がどれほど危険な仕事をしているのか、きちんと理解しているのですか」

新和平連合のビルに入り、盗聴器を仕掛けて来ることは、通常のストーカー行為とは違う。発見されれば、警察に通報されるなどということでは済まないだろう。

「解っていますよ」

と有川涼子は答えた。

「経歴書には書いてありませんが、あの子は、すでに何度も死ぬほどの体験をしているのです。風俗店に勤めていた時に、榊くんは酷い体験をしていましてね。勤めていたお店は上野《うえの》にあったのですが、そのお店は千田《せんだ》組の経営でした。ちなみに、千田組は新和平連合の三次団体です。あの子はそこでお姉さんの千絵さんを探していることを知られてしまったのです。その時に、何人もの男たちに輪姦されてしまったのですよ。身体も心もそれでぼろぼろになってしまった……正常でいられたのは、姉の千絵さんを見つけて連れ戻す、という強い目的意識があったからです。

そして、千絵さんを見つけ出して、私たちの所に来たのです。ですから、千絵さんも榊くんも、ヤクザに対する思いは同じです。単なる興味とか、ちょっとした正義感で任務についているわけではないのです」

榊千絵……東北大学理学部中退。その後、東京のデート・クラブその他の風俗店で働く……。自分の意思ではない。鉄工場を営《いとな》んでいた親の借金のかたに、ヤクザに売られたのだ。両親の自殺後、弟の榊喜一は、その姉を捜して東京に出た……。これが榊という姉と弟の履歴だ。

「ただ、これは知っておいて欲しいのですけど、千絵さんにはハンディキャップがあるんです。長いこと覚醒剤を射たれていたのですよ。その後遺症で、まだ苦しんでいます。通常は榊くんか、あるいは他のスタッフが付くか、必ずペアでいるようにしています……そろそろ行きましょうか。もう良いと思います」

神木は有川涼子に続いてバンを降りた。神木は有川涼子と並んで歩き出した。周囲に二人を注視している人物はいない。野暮《やぼ》ったいコートに襟巻き、有川涼子が歩く姿はどこから見てもそこらのおばさんだった。生命を賭けて暴力集団に立ち向かっている人間には見えない。肌を刺す寒風に、襟巻きを直しながら有川涼子が言った。

「……もう一人、三輪章雄《みわあきお》さん、この人がいるので、ずいぶん助かっているのです。千絵さんも信頼していますし、救済の会も、彼に助けられた部分が大きいですね。医師としての技術は一級ですから」

三輪章雄、三十四歳。香川県出身。東大医学部中退。この男の経歴はそこまでしか書かれていない。その代わり、有川涼子から口頭で説明は受けている。無免許医として新潟県の病院で勤務しているところを逮捕。懲役刑を受けている。

「……ここです」

路地奥の、小さなマンションの前まで来た。ここが前線基地だというマンションは、今見た新田のマンションとは比較にならない貧弱なものだった。四階建てだがエレベーターはなく、中央の階段を挟んで左右に四戸、合計で八戸。どの部屋も2LDKだという。

一階の左手扉に「派出婦会・竜の子」と表札がある。

「資格は本物ですよ。ただし、実際に派出婦の仕事はしていませんし、そのスタッフもいませんけど。この表札なら、私たちのような女性がいくら出入りしていても、それで怪しまれることはありませんから」

とインターホンを押しながら、有川涼子は言った。

「もしもの時を考えて、二階も別の名義で借りてあるんです。ですから、物音が上に漏れる心配はありません」

もしもの時とは、逃げる必要に迫られた時だと有川涼子は言った。路地なので、逃走路がないのだ。

男と女が開けられた扉の先に立っていた。色白の二十代半ばの女性が榊千絵、隣りに立つ長髪の青白い顔の男が三輪章雄だろう。眼鏡を掛けたその顔は整っていて、優しげだ。医師として前に現われれば、患者はきっと良い医師にめぐり合えたと思うだろう。

室内には会議用のテーブルと椅子、そしてスチール製のロッカー。男が三人に女が二名。神木を加えて総勢六名。

「皆さん、お話しした神木さんです」

有川涼子がテーブルを前にして立つ一同に神木を紹介した。

定年退官をした元刑事に、無免許医師、覚醒剤中毒患者だったという女とその弟、そして有川涼子……。全員が食い入るように神木を見詰めていた。一つ間違いをおかしたら、彼らは死ぬ……その生命を俺が預かることになる……。

「神木です。よろしく」

神木はそう言って、スタッフを順に見ていった。

十

二周目に女の姿が見えた。事前に聴いていた通り、女はマスクをつけ、手に紙袋を持っている。

ドミトリー・クナーエフは運転手のチチコフに追尾の車の有無を尋ねた。

「ありません」

「よし、女を拾え」

メルツェデスが路肩に寄った。ドミトリーは女の名前を確認すると、日本語で車に乗るように告げた。書類を受け取るだけだと思っていたのだろう、女は躊躇《ちゅうちょ》の様子を見せた。

「急いで」

女が、わかりました、と応え、車に乗り込んだ。微かな香水の匂いが車内に漂《ただよ》った。

「尾行があるか確認しろ」

ともう一度チチコフに命じ、隣りの女に言った。

「これが資料だ。読んだら焼却するように神木に伝えてくれ」

ドミトリーの日本語は、訛《なま》りは強かったが、正確な日本語だった。

「中を確認してもよろしいですか？」

「かまわんよ」

ドミトリーは紙袋を差し出した。女が受け取った。女の手を見た。小さな、これまでに見たことのない美しい手だった。ただ、荒れている。贅沢をしている手ではない。仕事をしている女の手だ。それでも、ため息が出るほどに美しい。ドミトリーはマスクを外した女の横顔に視線を移した。驚いた。その横顔は、それほど醜かった。これほど美しい手を持つ女が、どうしてこれほど醜い容貌なのか。悲しくなった。やはり天は二物を与えてはくれないのか。

ドミトリーのメルツェデスはもう一度同じ道を辿《たど》った。

女は懸命に書類に目を落としている。横顔をじっと見詰めた。やっと気がついた。この醜さは生まれつきのものではない……整形の失敗だ。事故にでも遭《あ》ったのか。傷が残っているわけではないが……酷い医師にかかったのに違いない。

女が書類を紙袋にしまった。

「ありがとうございます。どこでもかまいません、降ろして下さい」

「もう少しドライブに付き合ってくれないか。車に乗ってもらったのは、少し話がしたかったからだ」

「どんなことでしょうか」

「……神木は無事に暮らしているのかね……？」

「元気です。よろしくとお伝えするように言われています」

女が応えた。その手と同じように綺麗な声だった。

「それは良かった。心配していたのでね」

ドミトリーはほっとしたように頷いた。

「神木に伝えてくれたまえ。コズロフに近付くのは極めて危険だ。そこに書いてあるように、今のコズロフにはエカテリンブルクの組織がついている。神木が現在どんな組織で働いているのかは訊かないが、舐めて掛からないことだ。ロシアのマフィアはおそろしく危険だ」

「わかりました、そう伝えます」

左折を繰り返し、元の場所まで来ると、ドミトリーは車を停めるようチチコフに命じた。

「もう一つ……今から言う番号を記憶してもらいたい」

ドミトリーは電話の番号を伝えた。

「この番号なら直接わたしのところに掛かる。盗聴はないから、安心していい。神木にはまだ私が必要なはずだ。必要なら、遠慮なく連絡をするように伝えてほしい。今のわたしは相当の力になれると思う」

「解りました」

「それでは幸運を」

女を残してドミトリーの車は路肩から離れた。女の残り香《が》がまだ微かに漂っている。

「……気の毒に……」

ドミトリーはまた女の醜い顔を思った。

ドミトリー・クナーエフは元KGBの要員だった。プーチン大統領と同じサンクト・ペテルブルク出身、大学もこれまた同じレニングラード大学。日本に初めて来たのは二十年も昔のことである。当時の身分はソ連大使館の二等書記官。むろんこれは表の肩書きで、本当の所属は国家保安委員会。つまりはKGBである。当時はいわば上役の下働き。この品性下劣な上役のおかげで散々の苦労をさせられた。

二度目の日本は十三年前だ。ソ連が崩壊し、政権がめまぐるしく変わり、ドミトリーは解体されたKGBと同じように、自分もまた時代に翻弄《ほんろう》される悲劇を味わった。一時は身分だけでなく生命まで危険な時期もあった。それでも何とか生き延びたのは、妻の父親が政府の高官だったからだ。ゴルバチョフからエリツィンに代わり、やっとKGB解体後の連邦対外情報局に身を置くことが出来た。

日本に対する知識が運を呼び、再び日本に駐在となったのである。所属名が変わっただけで任務は同じ。日本での立場は一等書記官。嫌な上役はいなくなったが、下っ端でなくなると、今度は日本の公安に付け回された。その代表が神木だった。

どこにいても常にこの男の目が在《あ》った。六年の間、この男の存在を意識しない日はなかった。公的なパーティーは無論のこと、私的な夜のコンサートの会場、家族との食事でのレストラン、どんな時にも彼がいた。これも当然のことだった。ロシアでは日本とは違い、国を守るための諜報活動は当然のものとして、秘密でも何でもなかった。したがって、日本の公安から付け回されるのは仕方がなかった。

そんな煩《うるさ》い日本の公安の神木と私的な関係を持つようになったのは、息子の事件がきっかけだった。ある年の夏、帰国命令が出ていたドミトリーは、家族を日本に呼び寄せた。日本を離れる前に、家族に日本を見せたいと、そう思ったのだ。すでにそのくらいのことは出来る地位になっていた。ただし、来られたのは十二歳になったレオニードだけ。妻や娘は来られなかった。

レオニードは初めての日本での夏休みを大いに楽しんだ。日本版のディズニーランドにも行き、美術館にも行った。息子はこうして夏休みを楽しんだが、ドミトリー自身には夏休みなどなかった。帰国の準備に忙殺されていたのだ。息子のレオニードには運転手を護衛兼ガイドとしてつけておき、ドミトリーは相変わらず宿舎とロシア大使館との往復で日を送っていた。

そんなある日、思ってもみなかった事態が発生した。レオニードが誘拐されかかったのである。誘拐犯は日本人ではなかった。チェチェン人のマフィアで、彼らは政治的な目的でドミトリーの息子を狙っていた。誘拐が成功しなかったのは、それを阻止した人間がいたからだった。それが神木だった。もし神木が息子を救ってくれなかったら、ドミトリーはチェチェンのマフィアグループから数多くの要求を突きつけられることになっていただろう。

ドミトリーは皮肉なことに、日本の公安の刑事に助けられたのだった。

ドミトリーは無傷の息子と共に、無事にロシアに戻った。ロシアに戻ったドミトリーは連邦対外情報局の要職についた。アジア通として、日本、韓国、中国などアジアに対する対外情報の責任を担うことになったのだ。ドミトリーは特命を帯び、各国を定期的に訪れ、支局を見回った。日本にも何度も訪れた。

そして、ドミトリーは、あの神木が公安を去ったことを知った。あり得ぬことは起こるものだと思った。少なくともドミトリーが知るかぎり、神木は一級の公安部員だった。そんな神木が、何故公安を去ったのか？

ドミトリーは消えた神木を追った。あらゆる手立てで彼の調査を続けた。神木の退職が、公安での特命かと最初は思った。もっとも、その時の神木はすでに公安の中で担当がロシアから北朝鮮に変わっていたことは知っていた。北朝鮮の担当になって、何か過失を犯したのだろうか？

三度目の日本訪問。今のドミトリーに正規の肩書きはない。だが、権力は大使以上と言っていい。ドミトリーは幸運の階段を登りつめ、今では大統領のプーチンに直接電話が出来る地位にいる。同じ世代、同じ故郷、同じ大学……プーチンに信頼されているドミトリーは恐ろしいほどの権力を持つ男になっていた。

神木から突然の連絡を受け、ドミトリーは喜んで会おうと言った。だが、神木はそれを断ってきた。

「わたしは公安部に付け回されている身だ。だから、あなたに直接会うことは出来ない」

納得した。すでにドミトリーは神木が何故公安を去ったかを知っていた。現在、公安部に追われているということは、それは神木がついにやるべき仕事をやってのけたのだと理解した。

「頼みがある。ニコライ・コズロフという男についての最新情報が欲しい」

と神木は言ってきた。コズロフなら知っていた。ドミトリーと同じように、かつて日本のソ連大使館にいた男である。現在は公職から消えた男だが、何をしているかくらいは想像がついた。元ソ連共産党員。その頃から胡散臭《うさんくさ》い男だった。政府内にいた元共産党員の中から転向した犯罪者はかなりいる。コズロフもそんな男の一人だ。

連邦保安局に問い合わせれば、すぐに現況が判るだろう。今のドミトリーなら、そんなことは電話一本で出来る仕事だった。判らないのは、神木が何でこんな男を追っているのか、ということである。その質問に、神木はこう答えた。

「公的機関とは何の関係もない。今、俺は日本のマフィアを相手にしている。その日本のマフィアの中にコズロフという名前が出て来た」

快《こころよ》く引き受けた。そんなことはわけもない。保安局だろうと軍諜報部であろうと、ドミトリーの調査依頼を渋るところはどこにもない。調査結果の報告はすぐに届いた。案定というか、現在のニコライ・コズロフは保安局でもマークされる人物になっていた。エカテリンブルクのマフィアが後ろに付く、ブローカー、これがコズロフの今の姿だった。

コズロフが何をしているかは判ったが、ここで神木についての不安が新たに芽生えた。コズロフを相手にするのはいい。だが、ロシア中部の都市を本拠とし、ロシア・マフィア最強と言われるエカテリンブルクのマフィアを相手にするのは危険に過ぎる。ロシアの保安局でさえ持て余す相手なのだ。その事実を神木に教えておかなくてはならない。日本の官憲でも相手に出来ない組織なのだ。

だから、そのことは神木に渡る報告書の中にも付記しておいたし、使いの女にも説明した。だが、ドミトリーは、そんな忠告がそう力にならないことも知っていた。それは神木のキャラクターだった。彼がやってきたことを考えれば、危険だから手を出すな、という忠告など、何の力も持たないだろう。何故なら、あの神木は、日本の国家権力を敵に廻しても、自分のやりたいことをやってのける男なのだから。

ドミトリーは、北朝鮮に協力して拉致を指揮してきた男を彼が追い詰め、そして殺した……そのことを知っていた。己の信念のためには職も捨て、そして殺人さえも厭《いと》わぬ男、それが柔和な顔を持つ神木という男の正体なのだった。

第二章　狙撃

一

三島興三は、幹部会に集まった七名の幹部の顔を順番に見て行った。一人、片桐を除いて、どの瞳も、どうなるのか、という目で三島と片桐を見つめている。

「顧問には、ゆっくりしていただく」

と引退を言い渡す三島に、片桐公正は目を閉じたまま、それに答えずにいるからだ。

「……ご異存はありませんね」

片桐に視線を戻した三島は、止《とど》めを刺すように言った。

「それが、皆の意思か」

やっと片桐が目を開き、呻《うめ》くように言った。

「私の言っていることにご不満なら、この場で確かめられますか？」

と三島は応えた。隣りの八坂が幹部たちに鋭い視線を配る。当然ながら、口を開く者はいない。

幹部会は一昨日までは九名で構成されていた。一昨夜、宮城と布施が殺されて二人減った。残った七名の幹部の中で事前にそのことを知っていた者が五名。他の二名は殺されてから二時間余り経った後に知らされた。

その二名は顧問の片桐公正と辰巳《たつみ》組の辰巳吾郎《ごろう》。殺された宮城も布施も大星会二次団体の片桐派。二次団体の長が殺されたのに、その知らせが片桐に届くまで何故《なぜ》二時間余も遅れたのか？　本部には十数分後には入っているのだ。会には届いている情報が、肝心《かんじん》の片桐には届かなかった……。

片桐には解っているはずだ。何故、自分の所に知らせがなかったのかを。そして引退の強要……。片桐は目を閉じたまま、何も言わない……。

片桐公正は今でこそ引退同様の顧問だが、かつては大星会の副会長だった男である。事情が違えば彼が大星会の六代目会長になっていて、三島がただの幹部、ということにもなっていただろう。だが、そうはならず、若い三島が会長の座に座った。時代が三島を会長の椅子に座らせたとも言える。

それは先代の故星野啓二がよく時代を読んでいたからだ。星野は、和平連合と海老原組との抗争時、和平連合の若頭の三村と五分の兄弟盃をしていたにもかかわらず、中立を守った。当時副会長の片桐公正が海老原組組長の海老原健一《けんいち》と同じように兄弟分の盃をしていたからである。

会長の星野啓二が副会長の片桐公正を立てた形の中立であったが、これは先代の星野にとって背水の陣とも言える選択だったに違いない。もし星野が和平連合の若頭の三村でなく会長浦野光弘と盃をしていれば、これはまた話も違っただろうが、相手が若頭であったことで決断した結果だったと、三島は想像している。

その星野は後継に片桐をはじめ何人かの幹部を退《しりぞ》けて、まだ若かった三島を六代目会長の座に据えた。これもまた星野啓二の相当の決断だった。若い三島を取り立てたのは星野が将来を見ていたからだろう。星野の偉大さがそこにあった。星野はテキヤの将来を見ていた。あの和平連合と海老原組との抗争の時も、星野は未来を見ていたのだ。

日本のヤクザ界を二分するほどの抗争でも、抗争を見ず、抗争後を見詰めていたのである。当時の海老原組は構成員一万余、対する和平連合は構成員数わずかに二千五百。数は力なり、というヤクザ社会の常識から言えば、海老原組圧勝と考えるのが当然だった。だが、星野はそうは考えていなかった。組の力は頭数《あたまかず》ではないと考えていたのだ。力は資金力だと、星野は考えていた。ただ、そう考えてはいても、現実には動けなかった。下手に決断すれば、大星会そのものが分裂する危険があったからである。だから、やれ海老原だ、いや和平連合だ、と二つに分かれて沸騰する大星会にあって、星野は頑《がん》として動かず中立を守った。当時、直系の六三会《ろくさんかい》若頭補佐だった三島は、常に星野会長の傍に付いていたから、この時の星野の苦悩を目《ま》の当たりにして来ている。

その星野から学んだことは、ヤクザの力は頭数ではない、ということだった。現に、会長の浦野光弘こそ死んだが、その抗争では、海老原組の四分の一の頭数しかなかった和平連合がヤクザ界の予想に反して事実上圧勝した。それは星野が見たように、和平連合が新しい考え方をする組織であったからだった。

この時の教訓を、三島は忘れていない。これからのヤクザが生き残れるのは資金力だ、と三島は考えている。現に、一度死んだ和平連合は、秘匿《ひとく》した資金力をもって再び新和平連合として生き返ったではないか。まるで浦野の亡霊に護《まも》られているかのように。

(和平を舐めるな。浦野は三代先を読んでいる男よ。もし舐めてかかったら、手痛い傷を負う。誰もそうは考えていないだろうがな)

この先代星野の言葉を、三島は忘れていない。だから今回、新和平連合からの要求を受け入れた。もし新和平連合が、先代浦野会長が目指していた方針通りに進むのなら、新田の要求も飲まねばならないと、危険を承知でグループ入りを承諾した。

周囲から見れば、これは意外とも取れる展開だった。かつては日本制覇を目前にしていた和平グループも、新和平連合となった今はわずか三百の構成員しか持たない小さな組織。数で言えば、大星会は構成員数は千五百。その大星会が昔はともかく、たった三百の組員しか持たぬ新興組織のグループに入る。グループ入りは、要するに新和平連合の傘下《さんか》に入ることだ。何で三島はそんなに弱腰なんだ、と誰もが思う成り行きだった。

これは必ず内紛になる、と関東八日会のヤクザ組織は固唾《かたず》を飲んで大星会の動きを見ている。だが、大星会に動きはない。それは、三島が初めて眦《まなじり》を決して事に臨んだからだ。何が何でも今度だけは俺の考えを通す……異議は許さない、と三島は会の統一を補佐の八坂に命じた。

　これは、確かに勝負だった。もし、大星会の中に僅かな反撥でも見えたら、その火はたちまち拡がる……。火は点く前にそれを抑える……と三島は出来るかぎりの手を打った。

　大星会の内部も様変わりしていた。副会長であった片桐公正が顧問として一線から身を引き、大星会はほぼ三島の統率下にまとまった。とは言え、周囲がそう考えているように大星会内部が三島を中心に一枚岩にまとまっているわけではなかった。外に知られてはいないが、二つの勢力が過去の亡霊をまだ引きずっていた。

　顧問の片桐がまだ会長でいる片桐会と辰巳組の辰巳吾郎の組である。一昨夜殺された宮城会会長の宮城も布施組の布施も、実は片桐派の団体。かつて、海老原組と和平連合の抗争時、海老原組に付くべきだ、と主張した一派である。

　その宮城と布施の暗殺に片桐がすんなり同意するはずもなく、三島は最悪の事態覚悟で、宮城、布施の暗殺を秘密裡《り》に了承した。もし片桐会が反撥し、事を起こせば排除やむなし、と三島は腹を括《くく》っている。そして新和平連合は三島に約束した通り、いとも簡単に反対派の宮城と布施を殺した。それは三島の想像以上の早業《はやわざ》だった。

　さすがは新田雄輝である。新田はまちがいなくあの浦野の血を継いでいる、と三島は思った。新田に率いられる新和平連合は、間もなくあの和平連合と同じ力を持つ組織になるだろう。新和平連合などただのチンピラの集団と考えていた関東の組織はこれで考えを改める、と三島は見ている。

あの浦野光弘の血を確実に持つ屈強な集団……これが、業界の新しい認識となるはずだ。だが、まだ安心は出来ない。引退同然とはいえ、かつて副会長であった片桐公正が残っているのだ。この片桐を掌握《しょうあく》出来るかどうかが、三島の腕の見せ所だった。片桐をねじ伏せることが出来たとき、三島は完全に大星会を自分のものにすることが出来る……。

そして三島は、今、その片桐をねじ伏せた、と確信した。

「それでは、次の議題に移ります……宮城会長と布施組長の葬儀委員長は国分《こくぶ》組の中条《なかじょう》組長に一任。お解りと思うが、関東八日会の取り決め通り、騒動は法度《はっと》。決まりを破った場合は、上部の責任とします。このこと、各人しっかり胸に入れていただきます」

八坂がすかさず言い切った。三島は有無を言わせぬ眼力で一同を見た。何か言うとすれば、傘下ともいえる宮城と布施の命を取られた片桐公正だ。だが、引退を宣告された片桐には何かを言う気力がなくなっている。目を閉じたまま、一言も発せずにいる。

「異議がなければこれで解散」

八坂が間を置かず、閉会を告げた。

三島は八坂と本部の会長室に引き上げた。会長席には座らず、応接用の椅子に腰を落とした。さすがに疲れた、と思った。向かいに腰を下ろした八坂の顔はまだ蒼《あお》い。緊張が解けないのだ。

「ビール貰っていいですかね」

「ああ。俺にもくれ」

八坂は廊下に立つ護衛の若い衆にすぐ冷えたビールを運ぶように命じ、

「片桐のおやじさんには調子が狂った……ああなると、かえって気味が悪い……」

と太い息を吐いた。八坂も三島と同様に今夜の会が荒れるものと予想していた。だから、そのつもりで手を打っている。もし片桐が何か言えば、その場で会からの除名を言い渡すつもりでいた。当然、片桐会は三島の処置に反撥し、大星会は分裂に向かう。そんな場合を想定し、三島と八坂は片桐会の会長補佐高井友也《たかいともや》を落としていた。会を守りたければ、大星会の決定に従え、そうすれば片桐会はお前に任せる、この三島の一言で、高井は落ちた。ここまで手を打って臨んだ今夜の幹部会である。だが、片桐はおとなしかった。片桐は大勢を読んでいたのだろう。無駄な抵抗をすれば、片桐会そのものが潰れる、と察したのだ。

ビールが若い衆によって運ばれて来た。面倒をみようとする若い衆に、

「俺がやる、行け」

と八坂は若い衆を退がらせた。

「……一応、片桐のおやじさんの後を追わせています。一人で出て行ったが、辰巳あたり

とどこかで会う手筈かも知れんですから。高井にも後で一発電話入れときます」

総会では黙っているのが片桐の作戦だったということもあり得る。八坂はそれを用心して片桐への尾行をつけた。八坂に頷いたが、三島はその点はそう心配していなかった。片桐にはもう何かを引き起こすほどの気力はない。七十八歳という高齢で、形だけの顧問、自分にもう求心力がないことは、片桐自身解っているはずだった。昔の気力が少しでも片桐にあったら、沈黙など守るわけがない。

「……片桐のおやじさんはともかく、よく辰巳が黙っていたな……」

辰巳組は宮城会や布施組と違って、片桐派の組織ではない。名門霧島一家《きりしまいっか》が解散した後、霧島一家から大星会に入った組である。だから、片桐会のように旧和平、海老原組の抗争にまつわる因縁《いんねん》はない。だが、組を率いる辰巳吾郎は三島の言いなりになる男でもなかった。

霧島一家の出だということがまだ頭にあるのだ。それだけに、三島と八坂は辰巳の不用意な発言を警戒していた。馬鹿な一言で、会の流れが変わる危険があったからだ。宮城と布施の暗殺を知らせなかったのも、同じ理由である。

「辰巳だって解っていたでしょう。死に体の片桐につけば自分も危ないくらいのことは、辰巳でも読める」

と八坂がやっと歯を見せた。

「それより、八《ハチ》……」

三島は八坂のグラスに新しいビールを注ぎ、言った。

「おまえ、よく堪《こら》えたな……」

「新和平連合のことですか？」

「そうだよ」

と三島はテーブルに備え付けの煙草をくわえた。八坂がすかさず傍にあるライターで火を点ける。

「……片桐のおやじさんより、他の幹部より、俺はお前のことを一番心配していた。お前が新和平連合嫌いなのはわかっているからな」

「仕方ないでしょう、会長が決めたことだ。私は会長について行くだけですよ」

と八坂が苦い笑みで応えた。

「俺について来るお陰で、せんでもいい苦労をするな」

真顔になって、八坂が言った。

「いや、せんとならん苦労でしょう。バブルの頃ならともかく、今日び、二億、三億の金が定期的に入って来るなんて話は滅多にない。波田見市の新港貫えるなら、目を瞑《つむ》らんならんとこは瞑らんならんでしょう。わしは会長に言われて、解ったですよ。面子守って、それで船に乗り遅れたら、大星会はどうなるか……。

そいつはわしだけでなくて、皆薄々は感じていることです。大星会が生き残るには、捨てるものは捨てんとならん。だから、今回も、皆がまとまった。これだけきちんとまとまったのは、わしが脅《おど》したからじゃあないですよ。会長が考えていることが、皆にも解っていた、ということです」

法に縛られ、庭場も失ったテキヤには残されている道はない。嫌でも変わって行かなければ生きて行けない。名を捨てて実《じつ》を取る、これが三島が選んだ道だ。

八坂が続けた。

「それに……新田です。好かん男だが、顎ばかりの男ではないんだと、解った。やる時はやるんだと解ったですよ。会長が言ったように、見掛けに騙《だま》されたらいかんということも解りましたね。なるほど、懲役に出ていただけのことはある。それを知らんと向き合ったらこっちが怪我をする。

今までわしらが見て来た人間と違うから、用心せんとならんが、ひょっとすると本当に山の上まで登る男かも知れんと、そんな気がせんでもない。

宮城や布施を殺ったやり方を見て、正直驚いたですよ。組の権威見せ付けるなんてことはまるで考えんと、平気でプロを使う。目的だけ果たせばそれで良し。それで新和平連合と名乗るでもなし。ああいう奴はこれまでのヤクザにはおらんのじゃないかと、思いましたね。だから、これからも何をやるか解らん。敵に廻すのはやばいと、わしにも解った」

「新和平連合のような組は、どこにもないよ。だが、新田が刑務所から出て来なければ、その新和平連合も、多分出来なかっただろうな。新田雄輝という男がいて、新和平連合は甦《よみがえ》ったわけだ。新田は死んだ浦野の跡をしっかり辿っている。浦野の倅《せがれ》と思うくらいだ。よく似ている」

「わしは、浦野光弘という男をそんなに知らんのですが、そんなに似ているんですか？」

「ああ、似ているな。姿かたちも似ているが、何かをやる手口も似ている」

「ほう……やり方は何となく解りますが、姿かたちまで似ているんですか」

「浦野も、ヤクザ者には見えない男だったよ」

「ひょっとして……実は息子、だなんていうことはないんですかね」

三島が笑った。

「それはないだろう。浦野光弘にはちゃんとした息子が一人いる。こいつは親父には似ていない、ぼんくらだったらしい。どこにどうしているのか知らんが、そうだな、もう二十代の後半くらいになっているか……親父が東大出の秀才だったのに、こっちは出来が悪くて、多分アメリカかどこかにやったんじゃなかったかな」

「ほう、アメリカですか」

と笑顔に戻った八坂が、この男には珍しくおどけた口調で言った。

「波田見市の新港を任されたら、相手はロシアだ。わしらもロシア語の勉強せんとならんのでしょうかね」

「無理だ無理だ。ABCも解らんお前に、ロシア語なんか出来るはずがない……」

と三島が笑うと同時に、八坂の携帯が鳴った。携帯を聴いた八坂の顔が蒼ざめた。

携帯を切った八坂が言った。

「会長……片桐のおやじが、死にましたよ」

「なに？」

「組に戻ってすぐ、チャカで頭撃ったそうです。こんなこともあろうかと、高井を押さえておいて良かった……もう一発、釘ぶち込んでおきますわ」

と八坂が携帯で片桐会の会長補佐を呼び出すのを、三島は何とも言えぬ思いで見ていた。これで唯一面倒だった男が消えた。そう思うのと、もう一つ、大星会の一つの看板でもあった男の最期がこんなもので良かったのか、との思いが胸を締め付けた。

「……よく聴け。組の中をがたがたさせるな。ここでへましたら、高井、お前の椅子はねぇと思え。そん時は、片桐会は潰すからな。腹括ってかかれ、わかったな！」

八坂には俺のようなおかしな情がない。それが八坂秀樹という男の持ち味だ。一から十まで強面《こわもて》の八坂を眺め、俺の補佐には確かにこの男しかいないと、三島はあらためてそう思った。

二「……行っちゃだめ……！」

すがりつく裕美《ひろみ》に、飯島高男は天井を仰いだ。泣きたいのは俺も同じだ、と裕美を抱きしめ、

「仕方ねぇんだよ、やるしかねぇんだ」

と飯島は裕美の髪の匂いを嗅《か》いだ。嗅ぎなれたシャンプーの匂い……。このまま部屋を出たら、二度とこの匂いを嗅ぐことはないだろう。生きてこの部屋に戻って来られる可能性は万に一つもないのだ。

「そんなことない、逃げよう、逃げればいいよ」

裕美は飯島を見上げ、必死に言う。

「逃げられやしねぇんだよ。そんなことは……何度も考えた。俺だってな、どこへ逃げるか、どうやって逃げるか、ずっと考えたよ。駄目なんだよ、どこへ逃げても捕まる。大星会のシマはな、関東だけじゃねぇんだ。その気になりゃあ、日本全国どこだって手を回せる」

下っ端の飯島でも、大星会がどんな組織かは知っていた。もともと博徒系ではなくテキ

ヤ系の大星会は、横の繋がりが強固なのだ。昔は全国を庭場としていたテキヤだから、回状はあっという間に全国に廻る。「この者、不始末あって……」と全国のテキヤ組織に回状を廻されたら、もう隠れる場所はない。どんなに身を小さくしていても、一月も隠れてはいられないだろう。必ず見つけ出されてしまう。

「外国に、外国に逃げたら駄目なの？」

飯島は布団から起き上がり、優しく裕美の髪を無事な右手で撫でた。今どきの若い女と違って、ホステスをしていても裕美の髪は黒い。丸い顔、丸い目、唇もぽってりと丸い。東京で再会した中学の同級生……いつか所帯を持とうと決めていた女だった。約束をこんな形で破らなければならないとは……。

「……逃げる気はねえよ。俺は、やっぱ、ヤクザだからよ、おまえは解らねぇかも知れねぇが、そこまでして逃げる気はねぇんだ」

右手で枕元の煙草を取り、一本くわえた。裕美が起き上がり、左手の不自由な飯島を助けて煙草に火を点ける。煙を大きく吸い込み、包帯を巻かれた左手を見詰めた。

とうに麻酔の切れている小指がドキンドキンと脈打ち、痛む。頭に浮かぶのは不運というう思いだ。何で俺が当番の日にあんなことが起こるんだ……なんでガードだというのにチャカ持たしてくれなかったんだ……。チャカさえ持っていたら、何とかなっていたのではないか。

だが、飯島には解っていた。拳銃を持っていても、やっぱり結果は同じだっただろう。相手は普通の男ではなかった。俺たちのように順番でやるガードなんかではない、殺しのプロだ。殺しなのに、平然と仕事をこなし、落ち着き払っていた男は、ただのヤクザじゃあなかった。そんな相手に、何が出来たか……。殺されなかったことが不思議なのだ。

「どうしてなの、どうしてよ」

と裕美がまたすがりつく。

「どうしてって……俺は、ヤクザだからよ」

と飯島は力なく答えた。

一昨夜、おやじを殺られて、何をしたらいいのか解らないままに、飯島は本能的に兄貴分の小西博史に連絡を入れた。呆《ほう》けてはいても、たった一つ、ボディガードを務めていておやじを殺られたらもう仕舞いだということだけは、飯島にも解っていた。

この飯島からの連絡で、布施組は、無論大騒ぎになった。幹部が慌てて組事務所に集まった。一体、どこの者に殺られたのか？　抗争時でもなく、集まった組幹部も、犯行が何故、どこの手によってなされたのかが判らなかったのだ。とりあえず組長補佐の吉村《よしむら》が本部へ布施が射殺された事実を報告した。

こうして幹部たちが右往左往している間、組長を護ることの出来なかった飯島は放っておかれたままだった。幹部たちは飯島に怒りをぶつける余裕も失っていたのである。

午前二時を廻り、組ではやっと組長を襲ったのが新和平連合が放ったヒットマンらしいと、そこまで辿り着いた。

「どんな野郎だったんだ？　くそ馬鹿が、しっかり思い出せ！　え、殺った奴はどんな面だった？」

と組幹部にとっちめられても、情けないことに飯島は、組長の布施を殺した男の顔を説明することが出来なかった。思い出せるのは、ヘルメットの風防の中で自分を見詰めていた色のない瞳だけだった。何を訊いても満足に答えられぬ飯島は、上の者に、

「馬鹿野郎！　この役立たずが！」

と二、三発ぶん殴られるだけで、その場は済んだ。だが、これで許されるわけがなかった。

「俺、どうしたらいいんですか？」

と一緒にいてくれた兄貴分の小西に訊くと、小西は、

「さあな、俺にも判らん。ま、指くらいは落とさんとならんだろうなぁ」

と答えた。幹部でもない小西も、こんな場合の身の処しかたなど、知るはずもなかったのだ。飯島はここで救われた、と感じた。もとより指を詰めるくらいの覚悟は出来ていた。指さえ落とせば、何とかなる……辛《つら》いのはどう詫《わ》びを入れたら済むのか、それが判らず、飯島は途方にくれていたのだ。で、飯島は一人アパートに帰り、途中の金物屋で買っ

た出刃で、小指の付け根をきつく縛ると一息で指を落とした。辛かったが、それですべてが許される、と思えば勇気も出た。そのまま医者に飛び込み、処置をしてもらうと、落とした小指をハンカチに包んで組事務所に引き返した。幹部たちはまだ全員が組事務所にいて、徹夜で情報を集めていた。組長補佐の吉村に、飯島は落とした小指を差し出した。

「おまえはどこまで馬鹿なんだ！　こんな汚ねぇもん、何の役に立つ！」

とまた張り飛ばされた。

組事務所の片隅で、うずく左手の痛みに歯を食いしばりながら蹲《うずくま》る飯島が声を掛けられたのは午後遅くになってからだった。組長補佐の吉村は飯島を死んだ布施組長の部屋に呼び入れると、据わった眼で飯島に言った。

「……飯島よ……おまえ、自分の立場、解ってるな？」

よく解ってます、と答えた。

「よし。だったら、命《タマ》取って来い」

と吉村は手拭《てぬぐ》いに包まれた拳銃を飯島の目の前に置いた。

「……誰の命ですか……」

ずしりと重い拳銃を手に、飯島はおそるおそる訊き返した。何故なら、こんなことが起こる理由が、末端組員の飯島には解らなかったからだった。大星会の内部が何だか荒れている、ということは薄々察してはいたが、大星会の中で組長の布施がどんな立場にいたのかも知らなければ、その組長が襲われる動機など見当もつかなかったのである。

「決まってるだろうが。新和平連合の新田だ」

「新和平連合……」

「ヒットマンの命取っても、それじゃあ勘定が合わん。取るのは、新田の命よ」

飯島はここで初めて蒼くなった。おやじを殺した相手を見つけ出して命を取る、これは解るし、そうしなければ組に戻してもらえないことも想像がつく。だが、その相手が新和平連合とは……。新和平連合は大星会と敵対していたのか？

「それじゃあ、あのヒットマンを送って来たのは、新和平連合だったんですか？」

「ああ、新和平連合だ」

と吉村は答えた。

「狙うのは、新田だけだ。他の者の命取っても駄目だぞ。おまえが殺るのは新田雄輝だけ。新田の命取るまで、組には戻るな。いいな」

吉村が言ったのはそれだけだった。なぜ、新和平連合がヒットマンを送り込んで来たのかの説明はまったくなかった。

渡された拳銃を持って飯島は自分のアパートに戻った。そこで待機していろと言われたからだった。夕刻に使いの小西がやって来た。応援か、と思ったら違った。小西が来たのは、わずか十万の金と新田雄輝が住んでいるマンションの住所を走り書きしたメモを届けるためだけだった。

「根性入れてやれよ。へまするな」

それだけ言って、頼りにしていた兄貴分は逃げるように帰ってしまった。こうなれば、やるしかなかった。下っ端で、ヤクザになって五年足らずの飯島でも、相手にする新和平連合がどんな組かは知っていた。ヤクザでなくてもその名を知っている名門和平連合が母体の、滅法《めっぽう》勢いのいい組だ。新田雄輝の名も知っていた。長い懲役から戻って新和平連合を再興したという男だ。懲役に出ていたということは、それなりの男ということだろう。短期刑でないのだから、ケチな罪状ではないはずだ。

そんな新田なのだから、簡単に殺せるわけがない。飯島などその足元にも近寄れない大物だ。ガードだって半端じゃあないだろう。自分のようなチンピラがガードでいるとはとても思えない。殺しにプロを雇うくらいだから、付けているガードだってプロだろう。

そんな相手を、俺一人でどうして殺る？　殺れる自信が急速に失われて行った。渡された拳銃を眺めながら辿り着いた結論は、とにかく突っ込んで行って死ぬことだった。

短くなった煙草を裕美に渡し、飯島は立ち上がって服を着た。呆然とする裕美に、飯島は背広の上着のポケットから通帳を取り出して言った。

「大して入ってないけどな、百万くらいはある。こんな金じゃあどうにもならないだろうけど、店辞めて故郷へ帰れ」

無理やり通帳を渡された裕美がまた泣きだした。

「いやだ」

「向こうで待ってろ。仕事終えたら、俺も行く」

「うそ」

「うそじゃない。上手くやったら、必ず帰る」

「高男ちゃん、死ぬつもりじゃないか。解ってるんだから」

「死なねぇよ」

「うそ」

「死んでたまるかよ。この金は、いざって時のための金だ。だから、三重に帰ってろ。帰れる時が来たら、必ずおまえの所に行く。おまえに、うそはつかねぇよ」

「高男ちゃん……！」

枕もとのバッグを取り上げた。中には十万の金と、拳銃が入っている。

「なるべく早くここから出ろよ。もしもの時の用心だ。上手く殺ったら、今度はこっちが狙われるからな。おまえのことも、探り出すかも知れねぇからよ。だから、三重に帰れ。解ったな」

裕美は布団の上に腰を落とした。蹲る裕美はうんと小さく見えた。うつむいたまま裕美が言った。

「……楽しかったよ……」

「……裕美……」

「東京で、高男ちゃんに会えた時、神様って本当にいるんだ、と思った。短かったけど、後悔してないよ」

「……俺もだ……」

飯島はそのまま部屋を出た。扉を閉め、階段に向かった。マンションとは名ばかりの三階建てにはエレベーターもなかった。立ち止まり、二度と訪れることのない部屋を振り返った。三重で会うこともないだろう。左手の小指がズキンと痛んだ。

バッグを小脇に抱え、右手でポケットの煙草を取り出してくわえた。煙草をしまい、代わりにメモを取り出した。小西から渡されたメモ……新田雄輝の住所は麻布台《あざぶだい》……。

（……ええい、くそっ、死んでやらぁ、見てろ、格好良く死んでやるからよ……）

飯島はくわえ煙草で階段を駆け下りた。

三

寒かった。革ジャンの中にも寒気が忍び寄る。洟《はな》を拭おうとして風防が邪魔だということを思い出した。視線だけはマンションの駐車場ゲートから外さず、飯島高男はヘルメットを脱いでバイクのシートに置いた。そっと手袋を外し、ポケットから出したティッシュで洟を拭《ふ》く。左の手には汚れた包帯が痛々しい。

どうせヘルメットを外したのだからと、煙草を取り出してくわえた。かじかんだ指先なのでライターの火が点けられない。やっと火が点いた。思い切り吸い込む。路地を一台、軽トラックが通って行った。こちらを気にするようなことはなかった。

飯島がバイクを停めているのは表通りから脇に入った二車線の道路だった。新田のマンションは大通りに面しているが、付属の駐車場は今、飯島が見張っている脇の小道から出入りする設計になっている。ここに住む新田が玄関から徒歩で出入りすることはない。護衛の車に前後を守られ、マンション駐車場に消えて行く……。

一週間見張りを続け、飯島は新田のおおよその動きを摑んでいた。午前十時にマンションを出る。行き先はまちまちだ。そのまま近くの組事務所に行くこともあれば、違う所に行くこともある。帰宅は午後十時前後。チャカを飲んで監視を続けていた飯島は、考えていたように接近して発砲することは出来ないと知った。新田が路上で車から出ることはないのだ。奴の車はまっすぐマンション駐車場に入っていく。

通りで待っていては駄目だと、駐車場に潜り込んだこともある。用心深い新田でも、そこでは必ず車から降りるからだ。だが、そこでのガードも凄かった。まず、新田の車には運転している奴も含めてガードは三人もいた。全員がチャカで武装していることは間違いなく、近寄るすべがなかった。しかも、前後を守る護衛の車は必ず駐車場の中までついて来た。運転手だけ残し、あとの二人が護衛車に乗って帰って行く。

迎えも同じだ。護衛の車が二台到着して、それから新田は住み込みらしいガードを連れて駐車場に現われる。

車の乗降時を狙って襲うことを考えていた飯島は、自分の計画がいかに杜撰《ずさん》なものかが解った。新和平連合の会長のガードは、そこいらの組のような柔《やわ》なものではなかったのだ。

生命を捨てる覚悟は出来ている。死ぬのは構わないが、新田を殺《や》らずに殺されるのは嫌だった。どうしたら殺れるのか。監視をつづけながら考えた。思い付いたのは、自分が組長の布施をガードしていた時のことだった。バイクに乗った男に襲われたのだ。それならこっちもバイクで襲う。走行中に接近し、窓越しに発砲する。走行中なら相手も油断しているはずだ。

これなら殺れるのではないか。ぎりぎりまで接近して何発か撃てば、チャカを撃ったことのない自分でも的《まと》を外すことはないのではないか。しかもチャカはトカレフなんかではない特別のものだ。命を捨ててかかる飯島への餞別《せんべつ》が、後で兄貴分の小西に聴いたが、厚い鉄板でも撃ち抜くという、スミス・アンド・ウェッソンM５８６.の３５７マグナム。えらく重いし、撃った時は凄い反動がくるという。

　小西は言った。

「車に乗っているとこ狙うんなら最高のチャカだぞ。ボディをそのまま貫通する凄《すげ》えチャカなんだからな」

　そんなチャカ、本当に撃てるだろうか……。

　まだ、問題があった。バイクのアクセルは右手だ。チャカを取り出して撃つのも右手だ。同時には出来ない。つまりチャカは左手で扱わなくてはならない。だが、それは無理だった。時間を掛けて訓練すれば、左手での射撃も出来るようになるのだろうが、そんな時間はない。第一、落とした小指の痛みはまだ消えていない。

　それではどうするか。チャカは右手、その代わりハンドル操作とアクセルを、接近時だけ左手でやる。これなら小指の痛みはあっても、やれるかも知れない、と思った。長い時間は無理でも、左手でのバイク操作は接近し、発砲するまでの短い時間だ。バイクは乗りやすい五〇〇cc以上。相手の車はドイツの高級車だ。見付かって振り切られる惧《おそ》れがあるから、大型でなくては追いつけない。

　飯島はそこで兄貴分の小西に電話を入れた。車の新田を殺るにはどうしてもバイクが要るのだと泣きついた。最初は、てめぇで調達しろ、と言われたが、最後には飯島を哀れに思ったのか、小西は七五〇ccの中古バイクを手に入れてくれた。

五〇〇でも七五〇でも、バイクなら自信があった。三重にいた頃は族で鳴らした飯島だった。この中古バイクで左手操作の練習に一日掛けた。直線で三十秒ほどならば問題はなかった。左手でハンドルとアクセルを固定し、右手のチャカで新田を狙う。発砲し、弾丸が相手に当たったことを確認して離脱する。

護衛は前後に二台いるのだから、最低でもその内の一台は自分を追うだろう。だが、場所さえ良ければ逃げ切れるチャンスはあると思った。車の入れない路地に突っ込む。もっと良いアイデアは高速道路だった。高速を逆走するのだ。車で逆走するのは無理だが、バイクなら出来る。もしかすると死なないで済むかも知れない。

死んだような気持でいた飯島は、ここで生きる力を取り戻した。新田の命《タマ》を取り、そして堂々と組に戻るのだ。見ていろ、必ず新田の命は取ってやる……。

飯島は煙草を吸い終え、ヘルメットを被《かぶ》りなおした。時刻はまもなく午前十時……。駐車場からは高級車が何台も出て行くが、その中に新田の車はない。これまでの習慣から新田が護衛車なしで出て来ることはない。まず迎えの車がやって来る。車は二台。どっちも新田の前後を固める護衛の車だ。その二台が駐車場に入って行く。新田の車は護衛車に挟まれるようにして出て来る。

これが奴らの手順である。だから、飯島はアイドリングで待つ必要はない。三台が走り始めてから、ゆっくり後を追えばいいのだ。

小便がしたくなった。これだけ冷えこめば、尿意をもよおすのも当たり前だった。だが、便所を探して監視を中断するわけにはいかない。飯島は仕方なく、その場で小用を始めた。車が一台通り過ぎ、運転している男が嫌な顔をして見せたが、知らない振りをした。

小便を終え、ジッパーを引き上げたところに待ちに待っていた車が現われた。二台のクラウンだ。飯島は慌ててあげていた風防を下ろし、バイクに跨《また》るとエンジンキーを廻した。キック一発でナナハンが吼《ほ》えた。飯島にはそれが雄叫《おたけ》びのように聞こえた。さあ、殺ってやる……。腹に差したチャカを確かめた。撃鉄を引き、引鉄《ひきがね》を絞る……それで奴はくたばる。

駐車場からゆっくりと先導の白いクラウンが姿を見せた。続いてターゲットのドイツ車……。しんがりが濃紺のクラウン。いつもの通りだった。慌てるな、慌てるな、と呟き、飯島はヘルメットの中で大きな息をついた。

先頭のクラウンが大通りを左折する。続いて新田の乗るドイツ車。飯島はゆっくり走り始めた。飛び出して行って発砲したいという欲望が沸き起こる。それを飲み下す。

三台連なる車は新和平連合の組事務所には向かわず、霞が関方面に進んだ。どこへ行く気だ？　そのまま首都高に入る。チャンスが来た、と思った。高速ならば逆走して離脱が出来る！

そのまま接近せずに後を追った。料金所でも焦《あせ》らなかった。距離が少々あいても、バイクならすぐ追いつける。間に車が何台入ろうと、それが障害になることはないのだ。だが、まだ接近は出来ない。車が多すぎる。焦るな、と飯島は自分に言い聞かせた。

新田の一行はレインボーブリッジに向かった。ブリッジを渡ると湾岸線へ。どこへ行くのか。成田《なりた》か？　湾岸線に入ると、道路は突然広くなる。四車線は危険な気がした。セダンでも転回が出来るからだ。湾岸線に出る手前でやったほうが良かったか。一瞬、後悔の念が襲った。

歯を食いしばり、そのまま走り続けた。思い直した。道路は広いが、要はセダンが転回し難いタイミングを狙えばいいのだ。つまり、あの三台の周囲に他の車が集まっている状況を待てばいい。浦安《うらやす》を過ぎた。奴らが向かうのは成田だろうか？　そうだとしたら、まだ先は長い。必ずチャンスが来る。

脇を同じようなバイクが通り過ぎた。一四〇は出している。バイクは一〇〇〇cc以上、ＢＭＷ……。族だった本能で、飯島も速度を上げた。一三〇を超すとわずかに車体がふらついた。中古だから、どこかが狂っているのだ。慌てて速度を落とした。

浦安を過ぎ、習志野《ならしの》まで来た。飯島は待ち続けていたチャンスが来たことを知った。車が混み始めたのだ。四車線のすべてが車で埋まっている。速度が落ちた。料金所が近いのだ。

殺るのはここだ、と思った。そのまま飛び出した。さっき追い抜いて行ったBMWのバイクを追い越した。目指す三台は目の前だった。三台が速度を落とす。接近した。濃紺のクラウンの横に出る。続いてドイツ車。何という車か判らないが、ベンツのようにも見える。

いつものように、新田は後部シートの左側に座っている。ツキがある、と思った。右側だと、ガラスから距離があり過ぎる。右手から攻めれば、肝心のチャカを使うのが難しい。

やるぞ、見ていろ。覚悟を決めて接近した。右手のグローブを何とか外した。左手を伸ばし、アクセルを押さえた。右手で革ジャンのジッパーを開け、チャカを摑んだ。えらく重い。撃鉄を起こし、銃口をガラスに向けた。

新田がこちらを見た。驚くかと思ったら、そのまま睨《にら》みつけられた。一瞬だが、凄い根性だと思った。銃口を突きつけられて睨み返せる者なんかいないと思っていたからだ。

「死ねっ！」

引鉄を絞った。

バカでかい発砲音。だがガラスは割れない……！　弾丸がはじき飛んでしまったのだ！

そんなバカなことがあるか……！　チャカは凄いもののはずなのだ。近づき、続けて撃った。やっとガラスに白いヒビが入った。三発目でガラスが粉砕した。それでもまだ発砲を続けた。と、同時に左肩に鉄棒を食らったような衝撃を受けた。それでもまだ発砲を続けた。もう一度、衝撃が来た。今度は腰だった。何が起こったのか判らなかった。

転倒しそうになり、チャカを落とした。右手でアクセルを握り直すと、それでも夢中でバイクを転回させた。斜め前方にあのBMWがいた。やっと気がついた。そいつはただのツーリングバイクではなかった……。

四

「どうです、凄いでしょう？　これで接近して追いかける必要がなくなるんです」

榊喜一が後部座席からパソコンを覗く神木に嬉しそうに言った。少年が得意になるのも無理はないな、と神木は頷いた。パソコンの画面には疾走する車の前方の景色が綺麗に映し出されている。榊が昨夜、新田のマンションの駐車場に忍び込み、マイバッハのバンパーにCCDカメラを取り付けたのだ。

例によってバンは稲垣が運転している。助手席に榊少年。後部座席に神木。神木たちは新田のマンションを張り、マイバッハの尾行を実施したが、少年の言う通り、接近しなくても電波が届く距離ならば新田がどこに向かうか、その映像が正確に教えてくれる。電波の発信と受信を調節すれば、尾行も必要なくなる。これで新田の動きはほとんど摑めるのだ。神谷町の事務所にいる有川涼子たちにも、この映像は同時に届いている。榊少年が威張るだけのことはたしかにあった。

「……凄いな。お手柄だ。だが、これは減点一。三点になったら任務から外す」

「そんな……」

と榊が頰を膨《ふく》らますが、神木は本気だった。新田のマンション駐車場への侵入は神木が榊に指示したものではなかった。榊の独断である。この少年は、新和平連合を甘く見ている、と神木は思っていた。盗聴機器の設置がスムーズに運んだことに過剰な自信を持っている。だが、そのしっぺ返しはいつか必ず訪れる。

市販の盗聴発見器で調べたくらいでばれることはないが、もし新田が専門家を雇って盗聴の有無を調べれば、どこでどんな形で盗聴されているかは判ってしまう。盗聴器が発見されたらどうなるか。ほんの少しでも敵に頭脳があれば、慌ててそれを取りはずすようなことはしない。そのままにしておき、受信場所を探す。同時に発信装置をチェックしに来るはずの相手に罠をかける。

そのトラップを見抜ける力がこの少年にあるか。そんな状況判断が出来るのは、稲垣か、経験を積んできた有川涼子ぐらいだろう。この二人とて、神木の目から見たら、かなり危《あや》うい。だから、神木は初日からスタッフ全員に言い渡した。独断で敵に接近してはならない、と。

榊少年はその命令を破って、独断で新田のマンション駐車場に侵入した。駐車場に誰もいないことは確認した、と少年は言うが、この榊に監視の有無を見極める能力はない。そして、もし判断を誤れば、恐ろしい危険が待ち受けている。

当人の生命はむろんのこと、プロジェクト自体に壊滅の危険があるのだ。もし敵にスタッフの一人でも捕《とら》われれば、囚われた者は自分の意志力に関係なく、間違いなくプロジェクトの存在を口にする。どんな拷問《ごうもん》にも頑強に耐え抜く、などというのはテレビドラマや映画の中だけのこと。つまり、状況はそれほど危険なのだ。

ただ、榊という少年の電子機器に関する知識と技術力は神木の想像以上のものだった。

神木は二日前、この少年が作ったという新しい盗聴器を神谷町の基地で検分した。試作品だが、ボタン型の、それは極めて精巧なものだった。

ターゲットの背広に取り付ければ、会話は確実に聴き取れる。超小型だから、電池の寿命に問題はあったが、受信距離も長く、実際に使用出来れば、電話の会話だけでなく、ターゲットがどこにいても背広さえ着ていれば、その会話のすべてが聴けた。

もちろん神木はその種の盗聴器を何種類か、実際に見たことがあった。アメリカに派遣された際に、ＦＢＩで見たのだ。それらの中にはボタン型のものがあり、中でも凄いのはワイシャツのボタン型の盗聴器だった。それは旧ソ連の諜報機関が使っていたものだとFBI側から説明を受けた。

数多くの技術者と莫大《ばくだい》な予算で作る想像を超えた諜報機器だが、榊少年のものは違う。技術的なアドバイザーもなく、予算もなく、個人の手作り。趣味から始めてよくここまで、と神木でも舌を巻く技術力だった。問題は、いかにしてターゲットの背広にそのボタンを取り付けられるか。

「新田というのは一人暮らしですよ。ガードが一人一緒に寝起きしているけど、新田が出かけるときは一緒について出るんです。だから、留守になるのを確認して潜入出来ますよ。開錠の技術なら大丈夫です。大抵の扉は開けられるし、新田のマンションなら、駐車場から入れます。玄関はオートロックだけじゃなくて、警備員が何時《いつ》もいるから難しいけど、駐車場からビルに入るのは磁気カード型ですからね。そんなものはすぐ作れます」

と言った榊に、二度と新田のマンションに近付いてはならないと、念を押した神木だった。諜報活動など縁のなかったスタッフに、潜入や離脱などの専門技術はないからだ。発見され、身柄を拘束《こうそく》でもされたら、今のスタッフでは奪還は不可能。せいぜい警察に通報するぐらいしか救出の方策がない。

だが、警察とかかわりを持ちたくないのは敵もこちらも同じだ。通報は同時にプロジェクトの終了を意味する。もし、榊を制止しなかったら、多分、この榊のアイデアは実行に移されたに違いない。

神木はそんな実態を知ってぞっとした。正直、よくここまで正体を隠してやって来られた、と思った。そして、自分たちが死と隣り合わせにいることさえ気づいていない……。神木はスタッフ全員に、もう一度危機の状況というものがどんなものかを何らかの形で再教育しなければならないと思った。


新田の乗るマイバッハは首都高速からレインボーブリッジに入った。

「羽田《はねだ》か、いや、成田だな……」

とハンドルを握る稲垣が榊の膝の上のパソコンを覗いて呟いた。マイバッハの前方には白のクラウンがスタート時から映っている。護衛の車だ。神木はすでにそのクラウンのナンバーを書き取っていた。後方にも色は濃紺だが、同じクラウンが続いているはずだ。前後二台の護衛車にガードされたマイバッハを襲うことはまず無理だろう。新田はそれほど用心している。つまりは、自分が常に危険なところにいることを自覚しているのだ。

マイバッハは稲垣の予想通り湾岸線に入った。

「面白くなって来ましたね」

と稲垣が言った。行き先は成田……外国へ飛ぶのか、あるいは迎えか。

「成田だとすると、コズロフか……」

と神木がつぶやく。だが、新田のマンションの電話回線からも新和平連合の事務所の電話からも、コズロフに関しての通話記録はない。

「……稲垣さん、もう少し距離を詰めてくれないか、車の後ろを見たい」

取り付けられているカメラは前部のバンパーだけだ。これでターゲットの行き先は判るが、ターゲットの後方は見えない。稲垣がバンのスピードを上げた。マイバッハは多分、一一〇から二〇キロで走っているだろうから、追いつくためには一三〇キロださなければならない。

「後ろ、頼みますよ」

とバックミラーをちらりと見た稲垣が言った。おんぼろバンの一三〇キロは、走っている当人にも凄いスピードに感じられるが、傍《はた》から見ていてもかなり目立つ。ここでパトカーにでも捕まったら元も子もない。それで、後方を見ててくれ、と稲垣が言ったのだ。

幸いパトカーは現われず、設置されているスピード感知カメラもすり抜けて、神木たちはマイバッハが確認出来るところまで接近した。斜め後方の車線には、濃紺のクラウンがいる。

「……やっぱりな……」

と神木が呟いた。

「なんです？」

「危なかった……後ろのクラウンの隣り、左にバイクがいる……」

「ああ、バイクね、見えますよ」

「あれは飯倉《いいぐら》からついている。それを確認したくて、接近してもらった」

「誰かが、つけているってことですか」

「いや、違うな。それだったら、マイバッハはあんな走り方はしない。ガードの車もバイクの進行に関心を持っていない」

「それでは……？」

「多分、二重のガードだろう」

「……護衛って、クラウンだけじゃないんですか？」

と榊が愕然とした声で言った。

「罠だ。前後のクラウンだけだと思って接近したら、こっちが狙われる。なめてかかると、この相手は危ない」

バイクがスピードを落とす。マイバッハとの距離が七、八〇メートルほども開いた。

「……いいですよ、もう。こっちも距離を開けましょう。どうせ行き先は判る、後は榊くんに任せればいい。ただ、これからは追尾には気をつけて欲しい。二重、三重の監視があると思っていたほうがいい」

解りました、稲垣と榊が頷いた。

この会話は神谷町のスタッフにも聴こえていた。六畳間を改造した通信室には有川涼子、そして千絵と三輪がパソコンの前に座っていた。

並ぶパソコンは十一台。新和平連合の電話の盗聴受信に大半が使われているが、今三人が見詰めているのは疾走するマイバッハの前方を映した画像だった。マイバッハに設置したカメラからの映像が、神谷町でも受けられるかのテストのために、三人がここに残ったのだった。

「……危なかったですね、バイクで二重のガードをしていたのですか……」

と吐息をついたのは三輪だった。

「神木さんに行ってもらって良かった……」

と有川涼子が呟いた。もし、追尾が榊と稲垣だけだったら、と思うとぞっとした。

「それにしても、凄い用心ですね。政府の要人警護並みじゃあないですか」

と三輪が呆れたように言う。有川涼子も、感想は同じだった。通常、ヤクザはこんな用心はしない。せいぜい若い衆を二人かそこらガードに付けるだけだ。要するに、新田にはそれほどの警備をしなければならない理由があるのだろう。

だが、それは一体何なのだろう？　他の組に狙われているからか？　有川涼子たちが摑んでいる状況では、そんな組はなかった。新興の新和平連合に良い感情を持たない組はいくつかあるだろうが、新田の命を取ろうとする組があるようには思えない。

最近、新和平連合が三つの組織を吸収したことはすでに摑んでいる。別当会、橘組、そして大星会だ。その中では大星会に動きがあった。これは稲垣が警視庁の四課から仕入れて来た情報で判っている。

大星会内で二番手の組織である片桐会が、新和平連合の傘下に入ることに反撥しているらしい、という情報だった。二次団体であった宮城会と布施組のトップが殺され、そして片桐会会長が自殺して、ひょっとしたら内部抗争か、という事態になったが、期待に反して大星会は沈黙を守った。

だから、有川涼子たちには付け入る隙がなかったのだ。そして巨大化を進める新和平連合は今、ロシアとの提携を実行に移そうとしている。この過度にも思える厳重な新田への警護は、先代浦野光弘が爆殺されたことへの教訓から学んだ用心なのか。その時、

「何だ、あれは?」

と言う声がスピーカーから流れた。神木の声だった。一同はマイバッハのCCDカメラから送られているパソコン画面から、隣りのパソコン画面を注視した。その画面は稲垣が先刻運転するバンに取り付けられたカメラから送られている映像である。その液晶画面に先刻とは違うバイクが映っていた。そのバイクがマイバッハに接近して行く……。

神木は一台のバイクがマイバッハに急接近して行くのを見ていた。これまで注視してい

たＢＭＷではなかった。

五

神木たちのバンと新田のマイバッハの間には四台の車が入っていた。急ブレーキで前の車が次々に停まる。何が起こったかは判っていた。突然マイバッハに接近したバイクに乗っていた男が発砲したのだ。と、同時に神木たちの前をあのＢＭＷのバイクがもの凄いスピードでマイバッハに接近して行った。

神木はＢＭＷに乗っている男が左手に拳銃を持っているのに気づいた。発砲音は聴こえなかったが、その男が前方のバイクに向かって発砲したことは判った。驚いたことに、ＢＭＷの男の拳銃には消音器が取り付けられていた。日本ではまずお目にかかれない代物である。ハンドルを握っている稲垣もそのことに気づいていた。

稲垣が見事なハンドル捌《さば》きで急停車した前方の車を避けて前に出る。もっともその先にも行く手をふさぐ形でセダンが横向きにスリップした形で停まっていた。ドン、ドンという車がぶつかる音が後方から聞こえた。ブレーキが間に合わず、後ろの何台かの車が玉突きしたその先に、発砲したバイクが転倒しているのが見えた。ほとんどの車が今は急停車をして停まっていた。

マイバッハの後ろを守っていたクラウンから三人の男たちがばらばらと降り、転倒したバイクの男をクラウンに引きずり込むのが見えた。マイバッハがそのまま何事もなかったようにゆっくり走り始める。

「……追って下さい……」

「解りました！」

稲垣が懸命に車の向きを変えている間に、新田たちの三台の車は襲撃者を確保、料金所を突破して走り去っていた。前方を塞《ふさ》がれているために、追走にかかったときにはもう三台の車は視界から消えていた。

「あっ、進路が変わった……！」

ＣＤカメラからの映像がマイバッハが湾岸線から進路を変えたことを知らせていた。マイバッハは千葉北から高速を降りた。おそらく新田に何かが起こったのだ。負傷したか、あるいは射殺されてしまったか。

前方を守っていたクラウンが画像から消えている。そのまま成田に向かったのだろう。もし、新田が射殺されていたら、護衛のクラウンがそのまま走り続けることはあり得ない。三台とも病院なりへ急行するはずである。それでもクラウンを先に走らせ、マイバッハが高速を降りるということは、新田に何かが起こったとみるべきだ。

「どっちを追いますかね？」

稲垣の問いに、

「何とかクラウンを追ってみて下さい。新田のほうは、多分組事務所に戻るんでしょう。新田が射殺された可能性もあるが、これはどうせ盗聴で判る。それより、成田で誰を迎えるかを知りたい。大事な客でなければ、三台とも戻るはずです。そうしないということは、多分、ロシアからの客だ。だから、ガードの一台を成田に向かわせた……」

「了解です」

全速で走り続けた。時速一四〇キロほどで追っているが、なかなかターゲットのクラウンに追いつけない。富里《とみさと》まで走ってもまだクラウンの姿はなかった。

「検問がありますがね。どうしますか」

成田に入るのは身分証明が必要である。搭乗券、パスポート、あるいは迎えに来たと言って運転免許証を警備の警察官に見せなければならない。その場合には便名か、どこから来た機を迎えるのかを申告することになる。モスクワからの便が本当にこの時間に着くのか、神木たちは調べていなかった。

「君はインターネットでモスクワからの便を調べられるか？」

神木の問いに、榊は得意そうに答えた。

「もちろん、お安い御用です」

LANカードをパソコンにつないだ榊は、あっという間にモスクワからの便の到着時間を取り出した。

「モスクワからの便は十一時です。あいつら、モスクワからの客を迎えに行ったのではないですよ」

その時、稲垣の携帯に神谷町の無免許医師の三輪からの通話が入った。

「情報です。新田のガードから組事務所に通話がありました。新田が負傷したそうです！何かあったのですか？」

銃撃は受けたが、それで新田は射殺されてはいなかった。これは神木が推測した通りである。稲垣がこちらの状況を説明した。

「あっ、あの車だ！」

助手席の榊が叫ぶように言った。速度を落としたクラウンが視界に入った。成田空港を目前にして高速から離れる……。もっとも高速を降りても空港に行けないことはない。だが……稲垣が通話を切り、懸命にクラウンの後を追う。

「……間違いない、やつらのようですね……」

と稲垣が嬉しそうに言った。

「だが、どこへ行くんだ……こんなところに何がある？」

神木が言った。

「ホテルだな」

クラウンは高速を降りると右折した。側道は二車線の一方通行路である。左手前方にヒルトンホテルが見える。クラウンが向かう右手には全日空《ぜんにっくう》ホテル……。道路の左手には駐車場が軒《のき》を連ねている。外国へ行く客が利用する駐車場だ。

クラウンはそのまま走り続ける。稲垣のバンも距離を置いてクラウンの後を追う。クラウンは全日空ホテルを通過し、高速道路をまたぐ形で右折を続ける。つまりはユーターンしたことになる。やっぱり前方のクラウンが向かった先はホテルだった。

クラウンがホテルの車寄せに入って行く。向かう先は駐車場ではない。駐車場は車寄せの前にある。稲垣はその駐車場にバンを入れた。駐車場から車寄せの動きが見えるとの判断だった。

「客が誰かはここから見えます。もっとも、客が外に出て来ての話ですが」

「出て来る可能性は八割かな。第一、護衛のクラウンにはガードしか乗っていないだろう。ガードに大事な話が出来るわけがない。まあ、新田にアクシデントがあったと、それを説明するぐらいでしょう」

「ガードが、ロシア語を喋《しゃべ》れるんですかね」

稲垣の疑問に神木は笑った。

「相手がコズロフと決まったわけではないですがね、これも九割の確率ですか。もしコズロフだったら、多分、ロシア語は必要ないと思いますよ。コズロフのほうが日本語を話すはずです」

「なるほど、コズロフは以前日本にいたのでしたね」

「当時はソ連大使館の下級官吏《かんり》だった男です。ロシアのマフィアは官僚と繋がって力をつけた。コズロフは日本通ということで、日本相手のロシア・マフィアとくっついたんでしょう。だから、日本語は上手いのではないですかね」

神木は用意して来た三十倍率の双眼鏡を取り出した。榊も二〇〇ミリの望遠レンズを取り付けた一眼レフを覗いて車寄せのクラウンを窺っていた。

新和平連合の若い衆らしい男がスーツケースを持って出て来ると、続いて赤毛の男が現われた。神木が太い息を吐き、呟く。

「……やっぱりコズロフだったな……」

コズロフは巨漢だった。サングラスを掛けているが、周囲を窺う様子は判った。成田空港では直接接触せず、いったん空港に近いホテルに入り、それから改めて移動する、という用心深い行動だった。

スーツケースを持ち出したということは、新たな宿舎に移るということだろう。

「稲垣さん、追尾を願います」

「了解」

コズロフが乗り込むと、クラウンが発進する。

「おそらく、敵さんは尾行の有無に相当神経を使っている。十分に車間を空けてください」

稲垣が頷き、クラウンがホテルの敷地を出てから後を追う。クラウンは再び高速に入った。方角は東京方面だ。神木は前方のクラウンよりも周囲に気を配った。他に追尾の車両はないか。追尾らしい車もバイクもなかった。

「どうやら追尾はわれわれだけらしいですね。だが、上り線のどこかで張っていることもある……」

「張っているというのは、大星会とか、そういう組ですか」

と言う稲垣に、

「いや、私が心配しているのは組ではないですよ。追尾があるとしたら、公安でしょう。ドミトリーに接触してみなければ判りませんが、磯崎という代議士が嚙んでいるとなれば、公安が動く可能性はある。こっちもそいつを警戒しないとならない」

と神木は答えた。

六

飯島はぼんやり頭を振った。塞がってしまった目は片方しか開かない。目の前に何人かの男が立っているのが微かに判るだけだ。わずかに開いている目から涙がこぼれた。出来ることなら意識など戻ってほしくなかった。こいつらは、俺の意識が戻るのを待っていやがる……くそっ……。

目の前の影が動いた。先刻、木刀を振るった男ではない。もっと小さい……凄くいい匂いがする……香水だった。本能的に顔を上げた。革のつなぎを着た若い女が目の前にいた。手が伸びて来た。懸命に顔を引く。だが、スチールの椅子に縛られている飯島は身を引くことは出来ない。痛めつけられるのかと思ったら、違った。女の手にはハンカチが握られていて、切れた瞼から流れ落ちる血を拭き取っている。

「見えるか？」

と女が訊いて来た。こいつ、日本人じゃないのか……妙な訛りだった。中国女か……？

「見える」

応えたはずが、ただの呻きになった。顔面も潰されていて、口が石榴《ざくろ》のようになってしまっているから、言葉にならないのだ。なんとか片目を開き、女を見た。若い、綺麗な女だ。だが、その表情を見て絶望を知った。美しい顔には一片の優しさもなかった。

「よく見て。じきに見られなくなるよ」

ボッという音が聴こえた。女が手袋をした手に持っているものが判った。スプレー缶……だが、殺虫剤の缶などではない、携帯用の溶接バーナーだった。ゴーッという音と共に凄まじい炎が噴出していた。

「さあ、言って。誰に言われてやった？　やれと言った人の名、言う」

見える目で炎を見つめた。これで、俺を焼くのか……！

「言わないと、目を焼くね」

言ったら許してくれるのだろうか。そんなはずがないことは判っていた。口を割ろうが割るまいが、こいつらは俺を殺す。

「殺れよ、さっさと殺せ！」

言葉にならない声で叫んだ。

「駄目。殺さないよ。焼くだけ。少しずつ焼く。辛いよ。どうせ、あんた喋る。だったら、早く喋るほうが利口ね」

女が腕を伸ばした。炎がゆっくり口元をなめた。凄まじい痛みが襲って来た。耐えられない。飯島は絶叫した。

「誰に言われた？　どこの組か？　早く言う。言わないと本当に焼くね」

スプレー缶の火を止め、女が飯島の顔を覗きこむ。

「さあ、言うね、どこの組？　言わないと焼かれて死ぬよ」

「……馬鹿野郎……言ったたって殺すくせに」

必死に言い返した。

「そう、言っても言わなくても、おまえ死ぬ。でも、言えば優しく死ぬね。言わないとゆっくり焼かれて死ぬね。焼かれて死ぬの、とても苦しい。豚みたいにこんがり焼くよ。皮膚、焦《こ》げてしまうね」

女が飯島のシャツを広げた。無傷の胸が露出する。女が手のひらで胸をさする。

「ここ、綺麗。今度、ここ焼くか」

今度は広げられた胸を炎が襲った。炎が何度も胸の上を往《い》ったり来たりし、皮膚がジリジリと音を立てて焼けた。飯島は絶叫し、そして泡を吹き、失神した。

女が肩をすくめ、炎を止めると、飯島を押さえつけていた男たちに顎をしゃくった。あまりの残虐さに、目を背けていた二人の男が女に急《せ》かされ、用意したバケツの水を飯島の頭にぶちまけた。だが、ぐったりとうな垂れた飯島はピクリともしなかった。

「駄目だね。もっと焼いてみるか」

と言い、女は部屋に入って来た男を振り返った。

「……兄さん」

男も女と同じ革のつなぎを着ていた。

「新田会長は、大丈夫、死なない。傷は軽い」

と男たちに言うと、無造作に飯島に近付き、髪を持って顔を上げた。

「……こいつ……どこかで見た……」

と男が言った。

「どこで見た？」

「どこか、判らない」

飯島を取り囲む男たちがざわめいた。男たちの中で一番大きな男が訊いた。

「思い出せ、劉《リユウ》。どこで見たんだ？」

「俺が殺った男のガードかも知れない。ボディガードだ」

「大星会か……」

「多分。だが、判らないね。暗かったからね」

男の一人が部屋から飛び出して行った。

「……どうするか、この男……？」

「吐かせろ、こいつの口から言わせるんだ！」

残った男が言った。

「もっと焼けば、目、覚ますね」

女がまたバーナーにライターで火を点け、炎を飯島の顔面に近づける。飯島の顔半分、そして広げられた胸はすでに焼けただれ、ところどころに水疱《すいほう》が出来ていた。突然、飯島は覚醒した。同時に悲鳴……。必死にもがく飯島に男が近寄り、言った。

「おまえ、会ったことある。おまえ、ガードしていたな？」

飯島は懸命に炎から頭をそらせて叫んだ。

「……殺せっ！」

「早く殺せ！　頼む、殺してくれ！」

女が優しい声で言った。

「だめ、殺さないよ、焼くだけ。話さないと、今度は、こっちの目焼く。おまえ、何も見えなくなるよ」

炎が開いている目に近づけられた。

「止めろッ、止めてくれ！」

もう駄目だった。飯島は泣き叫び、布施組の名を言った。

「てめぇ、大星会の布施組か……そいつは間違いねぇんだな？」

男が飯島の髪を摑んで尋ねた。

「……間違いない……」

「布施組の誰に言われた？」

「吉村……」

「吉村？」

「組長補佐の吉村さんに言われた……嘘じゃあねぇ」

男はそれを聴くと、煙草を吸っている革のつなぎの男に言った。

「兄貴に報告して来る。あんたら、ここで見張っててくれ」

男たちが部屋から飛び出して行くと、女はつまらなそうにバーナーの炎を消した。

「……いつ、日本出るか？」

「なるべく早く」

「そうね、兄さん、いろんな人に顔見られた。早く出たほうがいいね」

「顔は見られてない。ヘルメットしてるから、顔、判らない。だが、バイクはもう危ない。あれは使えない」

二人は飯島を見下ろした。飯島はぐったりと頭を下ろし、ぴくりとも動かない。最初に出て行った男が二人を呼びに来た。

「中村さんが呼んでる。ガードのことで話があるんだと。早く来てくれ！」

「ガード？」

「ロシアの客だ。そのことで話がしたいとよ。こいつのことはいいから、早く来てくれ」

二人が男について部屋を出て行った。部屋には誰もいなくなった。ほとんど死んだような飯島には、もう見張りなど必要ないと思ったのに違いなかった。

飯島は呻きながら顔を上げた。全身が激痛に悲鳴を上げていた。肩と腰に銃弾を受け、新和平連合の組員たちに木刀でしばかれ、そして中国女のバーナーで顔面と胸を焼かれた飯島は、生きているのが不思議なくらいの状態だった。

何とかそれでも意識が戻り、呼吸をしていられるのは、新和平連合の組員によってバケツの水をかけられたからだった。飯島は体を動かしてみた。動かせるのはわずかに脚だけだった。パイプ椅子に座らされ、腕は背中でナイロン製の結束バンド、ケーブルタイで拘束されている。

若い衆が見張りも残さずに出て行ったのは正しかった。とても動くことは出来ない。飯島は瞬《まばた》きする力ももう残っていないと思った。俺はもうすぐ死ぬ……それは解っていた。だが、ここでは死にたくなかった。あの中国女の手で焼かれて死ぬのだけは嫌だった。死ぬなら、もっと男らしい死に方をしたかった。

気力を振り絞りもがいた。ケーブルタイはきつく手首に食い込み、痛みだけが走った。それでも何とかこの場から逃れようと、もがき続けた。両足首がパイプ椅子に縛りつけられているために立つことも出来ず、飯島は椅子ごと床に倒れた。そして飯島はそのまま再び気を失った。

体を動かされ、飯島はまた覚醒した。椅子ごと持ち上げられていた。誰かが助けてくれるのか……？　朦朧《もうろう》とした頭に襲って来たのは激痛だった。だが、傍で誰かが話しているのが聴こえた。片目を開けた。何人かの男たちが目の前で話していた。

「……こんな顔じゃあ判るわけがねぇだろう……」

「とぼけるんじゃねぇ！　てめぇんとこの者だってことは判ってるんだ。もう歌ってるんだよ、いい加減にしろ！　てめぇも同じようにされてぇか」

新和平連合の男たちに取り囲まれているのは、何と組長補佐の吉村だった。

「……吉村さん……！」

飯島は歓喜して叫んだ。助けに来てくれたんだ、と思った。

「俺です、飯島です！」

口が裂け、歯が折れているためにはっきり話すことは出来なかったが、それでも必死に叫んだ。

「知らねぇな、こんな野郎は見たこともねぇ。いいがかりもいい加減にせいや」

何が起こっているかがやっと判った。吉村も拉致されて来たのだ。助けに来てくれたのではなかった……。そして吉村はあくまでとぼける気でいた。

「いい根性だ。こいつみたいに我慢出来るかやってみるか」

吉村はあっという間にパイプ椅子に縛りあげられた。

「おまえら、俺は大星会なんだぞ、そんな真似して済むと思ってるのか！」

「大星会がどうした？　さあ、どこまで頑張れるか、根性見せろや」

吉村が四人の男たちによってしばかれるのを飯島は途切れ途切れの意識の中で聴いてい

た。飯島と同じようにパイプ椅子に固定され、木刀で殴られ続けていた。組で組長補佐になるほどのヤクザだ、ぺーぺーの自分とは違う。自分は拷問に負けて口を割ってしまったが、吉村さんは絶対に歌わない。飯島はバーナーの炎に負けた自分を恥じた。だが、その吉村は、中国女が出てくる前に、あっさり口を割った。耳の穴にボールペンを突っ込まれただけですべてを歌い始めた。

「……何だ、何だ、この根性なしが。この坊やは体焼かれても簡単には歌わなかったぞ」

と男たちが嗤《わら》い、一人が飯島に言った。

「おまえも哀れだな、こんな頭《カシラ》持ってよ」

飯島は初めてヤクザになったことを後悔した。

七

神谷町の基地にやっと二つの情報が入った。一つは新和平連合の組事務所に仕掛けた盗聴器から入ったもので、会長補佐の品田才一と大星会の会長補佐八坂秀樹との通話であった。

「入りました、入りましたよ！」

パソコンに張り付いていた三輪が普段のおっとりした風貌とは似合わぬ声で通信室から

飛び込んで来た。

（……まあ、これがおたくでなかったら大変だぞ。幸いうちの会長がかすり傷で済んだからいいが、それはこっちのガードがプロだったから済んだ話で、もしそうでなかったら、ただでは済まん。下の管理もよく出来ん組なんてのは、恥っさらしもいいとこだ。で、肝心の三島会長はどこにおるんだ？　え？）

これは新和平連合の品田の声だ。会話の内容は一昨日に起きた大星会二次団体、布施組の若者が新和平連合の会長を銃撃した事件に関するものだった。

この通話にもあるように、湾岸高速を走行中、会長の新田はバイクで追走して来た大星会二次団体布施組の飯島に撃たれた。だが、この襲撃は失敗、飯島が放った銃弾は新田の肩に当たったが、死には到らなかったのだ。通話は続く……。

（会長は外せん義理事で和歌山に行っとるんです。連絡入れましたんで、もうこちらに向かっております。今回のことは、言い訳はせんです。責任はすべてうちにありますから。とりあえず、布施のところは潰します。会長が向こうから戻り次第、そちらに伺うつもりですが、エンコ持って行くくらいで済む話でもなし、一応事前に、どんな形で収めたらいいか、品田さんのお知恵をいただいておきたいと思いまして。それで電話さしてもらいました。ひとつ、よろしくお願いします）

日ごろ強気な大星会会長補佐の八坂が、この通話では、あくまでも低姿勢の会話だった。それは無理もない。しばらく前の関係ならいざ知らず、現在の大星会は新和平連合の傘下に入ったばかり。そんな大星会の二次団体の若造が、あろうことか親筋になった新和平連合の会長を襲ったのだ。大星会会長の三島は絶縁、大星会は解散というのが、まあヤクザ業界の常識的な解決。だが、二人の会話は違った。

(指なんて、駄目だよ、八坂さん。そんなもん貰ってもゴミに出すだけだ。それから金も要らんよ。うちの会長は、そんな古めかしいことは考えていない。布施組は潰して貰わんとならんだろうが、それもこっちはどうでもいい。むしろおたくの内部の問題だからな。要は、あんたのところが大間連合のほうをきちんとやってくれればいいんだ。一体、そっちのほうはどうなってるんだ?)

(波田見市のほうは和歌山から会長がそのまま廻る予定でおりました。大間連合の神泉会長にも会う段取りをつけてあります)

(つまらん詫びよりな、大事なのはそっちだよ。うちへ挨拶に来るんなら、そこらへんのことを考えろ。その代わり、いい加減な話は駄目だぞ。いついつまでに、こうすると、はっきりせんことには話にならん。これは今から念を押しておくからな。

会長に会ってもらえば解るがね、たぶん会長も同じことを言うはずだ。血の雨降らしても、あそこは押さえろ。期限内にな。これがあんたのとこの責任だ。で、三島会長は今夜来るんだな?)

（到着次第、なるべく早くに伺います）

（病院なんかに行くなよ。来るなら自宅のマンションか、組事務所だ。その代わり、来る前に電話入れてくれ。そうしたら、どっちに来たらいいか教える。こっちにも用意があるからな）

（解りました。いろいろ面倒かけますが、ひとつご尽力、頼みます）

（とにかく、大間連合だよ、大間。うちが今回のことを不問にして、大星会に何も注文はつけん、というのはそういう意味だからな。場合によっちゃあ布施組の処分だけじゃあ済まなくなるんだからよ。あんたにもここはしっかりして貰わんとな。新和平連合は大星会に甘い、と別当会や橘組から文句が出たらうちの会長も辛い立場になるんだ。会長が、あんたたちのために体張ってるちゅうことを忘れるなよ）

品田の言葉遣いは優しいが、内容は脅しも交えた結構厳しいものだ。

（……解りました。温情、重々解っております。それでは、三島会長とわしとで、出来るだけ早くそちらに伺います）

この通話記録でかなりのことが判った。まず通話に何回も出てくる大間連合という名だ。新和平連合が波田見市の新港を狙っていることは判っている。波田見市を牛耳っている大間連合を傘下に収めなければ進出は出来ない。新和平連合はテキヤ系の広域組織である大星会をグループに吸収することで、大間連合への手立てを目論んだ。

博徒系の組が交渉に当たれば反撥も強かろうが、大間連合とテキヤの大星会とは縁続きであることを考えての搦《から》め手だ。そのために、大星会の会長の三島が波田見市に出向こうとしていることが判った。

その三島が義理事で留守中に、大星会布施組の若い者がグループのトップの新田を襲う不祥事を起こしたのだ。だが、新和平連合ではこのことを問題にはしない、と言う。ここでも抗争の火種は上手く消し止められたようだった。

もう一つの情報は盗聴からのものではなく、帝国ホテルでニコライ・コズロフと思われる人物を張っている神木からの連絡だった。

「……コズロフに視察がついた。危険なので、撤退する……」

神木はコズロフに、日本の公安の監視がついたことを有川涼子に報告してきた。

「他に客が一組いるのですがね。こいつの後をつけたいが……公安に気づかれずに追尾する方法がない」

有川涼子は、神木に現場からすぐに離脱してくれと応えた。神木が尾行出来ない、と言うのであれば、それは本当に出来ないのだ。なぜなら、神木は追尾のプロだからだ。それに、もしその公安に神木が発見されれば、最も大切なスタッフを失うことになるかも知れない。そもそも神木は警察にいては出来ない仕事をするために公安を辞めたのだ。常に公安に所在を問われている身だろう。

三十分後、神木と榊が神谷町に戻って来た。有川涼子は新和平連合の組事務所の張り込みを続けていた稲垣と榊千絵にも基地に戻るよう携帯で連絡した。神谷町基地にこうしてすべてのスタッフが集まった。神木が状況を説明した。

「……一昨日のチェックイン以来、奴が客室から出たのは一度。それもホテルの中のレストランに行っただけだった。ただ、今朝、客が三人、奴の部屋に来た。いや、新田ではない。若い男と連れが二人。これは榊君が撮ったビデオがあるから後でみんなに見て貰う。三人ともヤクザには見えない。彼らが部屋にいたのは小一時間。実はコズロフが食事に出た間に盗聴器を仕掛ける手筈だったが、先にお客さんがついているのに気づいた。公安の一課、対ロシア班がべったりついている。判らないのは、なぜコズロフ程度の男に視察がついたかだ。

一つ考えられるのは、クナーエフの通話だ。ドミトリー・クナーエフは私の頼みで本国とコズロフに関して何らかのやりとりをしたはずだ。この通話は、内容が内容で、国家機密ではないから、普通の回線を使ったかも知れない。その通話か何かにコズロフの名が出た。公安はそれでコズロフを張る気になった……まあ、こんなところではないかと思うが」

と神木はコズロフに公安が張り付いたことについての推測を一同に説明した。そんな通信も公安でチェックしているのか、という有川涼子の問いに、

「していますよ。公安部も無駄に給料は貰っていない。通信の傍受は防衛庁の専門だが、これは稲垣さんも知っているとおり、警察庁も独自で研究していますからね。もちろん、どこも普通の回線で大事な連絡はしない。スクランブルを掛けたり、いろんな細工をするわけだが、コズロフの問い合わせだと、それほどの用心をしなかったのかも知れない。普通の会話ではないにしても、日本の解読機能も同時に進んでいるから、分析が上手く行った可能性はある。

防諜、盗聴の技術はイタチごっこです。向こうだけじゃない、こっちもすべてやられていると思っていい。日米自動車交渉のときの例でも分かる通りです。これはアメリカさんにこちらの打ち合わせを皆盗聴されてしまった例だが、よほど用心しないと、日本の情報はすべて筒抜けになる。そんな手段は卑劣だ、などと怒るのはたぶん日本だけでしょう。どこの国も諜報活動は国家安全対策の基本だと考えている。

平和を無料《ただ》で買えると念仏のように唱《とな》えている政党が存在するのが、不思議としか言いようがない。平和は無料では買えない。日本もそれなりにやっているわけです。それも、哀れなことに、国民の目を忍んでね」

と神木は苦い笑みを見せた。

「ただ、榊くんは良い仕事をした、コズロフの客のビデオを上手く撮ってくれたからね」

榊がにんまりとショルダーバッグを叩いて見せた。そのバッグは普通のバッグではなく、中にはビデオカメラが仕込まれている。バッグを肩から提げたままで、盗撮することが出来るのだ。もちろん、榊の手製である。

「すぐパソコンで見ましょう」

一同は隣りの通信室に入った。

エレベーターホールに三人の男が映る。エレベーターから降りたところだ。若い男はセーター姿だ。前には大きな男。だが、体格がいいだけで、ヤクザには見えない。きちんとスーツを着ていて、見たところはサラリーマンという印象を受ける。最後の男は痩《や》せぎすで、縁無しの眼鏡をかけている。手に重そうな鞄。先頭の男がビデオカメラで盗撮をする榊に訝《いぶか》しげな視線を送る。ひやりとする一瞬だ。だが、若い榊に不審な点もないと、三人は廊下を進む。ビデオはそこで終わっているが、男たちの顔は鮮明に映っている。

榊がビデオを静止して、それぞれの顔を拡大して見せる。

「資料の中にある写真では見ていないが、知った顔ですかね」

神木の問いに有川涼子は首を振った。

「いいえ、全員、初めて見る顔です」

「稲垣さんも見たことはないですか？」

稲垣も初顔だ、と応えた。テープをもう一度戻す。真ん中のセーターの若い男がこの中でのリーダーらしいと判った。前を行くスーツがガイド兼ガードか。重そうな鞄を提げている男はセーターの秘書か、あるいは弁護士……。

「これまでコズロフとの接触を確認しているのは新田の周辺だけですか？」

「前にお話ししましたが、もう一人磯崎がいますよ」

「国民新党日本の代議士でしたね」

「そうです。でも、ただ一度だけ」

「そこの秘書ということはないですか」

と三輪が訊く。

「最後の男はそんな感じがしますがね。セーターの男は違うでしょう、若すぎる」

と稲垣が渋い顔で言った。

榊が三人の顔をプリントアウトして一同に配った。顔ぐらいは全員の頭に叩き込んでおこうということだった。

考えこんでいた有川涼子が、顔を上げた。

「……稲垣さん、死んだ浦野光弘には息子が一人いましたよね……」

稲垣が膝を掌で打って言った。

「それだ、それですよ」

有川涼子が神木に説明した。

「爆殺された元和平連合の浦野会長には、孝一という息子が一人いるのですよ」

「覚えています」

「当時はまだ中学三年だったと思いますが、現在、この若い男くらいの年齢だと思うんですね」

「現在何をしているかは判っていないのですか？」

「アメリカに留学していたはずですが、それ以上のことは摑んでいません。待って下さい……」

と有川涼子は席から立ち上がり、ロッカーから資料を取り出した。

「和平連合はアメリカに近い組織で、あちらにも投資会社を持っています。金融のイースト・パシフィックの系列会社ですね。そこの会長は富田勲《とみたいさお》。また、ラスベガスにもホテルを一つ持っているはずです。こちらの責任者は高倉信《たかくらしん》という男です。この二人が、浦野の遺児である浦野孝一の面倒をみてきたのだろうと思います。経過した年数を考えると、年齢的にはこのビデオの若い男と合致はしますね」

「だが、その浦野孝一という名前は、これまでどこにも出て来てないのですね？」

と神木が訊く。

「出ていませんね。新和平連合の中にもありませんし」

「だが……コズロフと会っている……」

興奮の面持ちで稲垣が言った。

「新田が一昨日の襲撃事件で負傷して、それで仕方なく出てきた……新田の代役ですかな」

「いいえ、反対ね。むしろ今まで出てきていた新田のほうが、浦野孝一の代役ということでしょう。今までは用心して、すべてを新田に任せて来た……でも、新田が負傷したので、仕方なく本人が出てきたと、そう解釈したほうがいいかも知れません」

「なるほど、確かにそうですな、そのほうが正しい読みかも知れないな。絵図はぴったりしますな。バックには、やはり浦野の一族が嚙んでいる、か……」

有川涼子が書類を神木に渡して言った。

「そういうことでしょうね、浦野の個人資産は天文学的数字だったはずです。新和平連合の資金も、結局はその浦野から出ているんです……新和平連合の名こそ出ていませんが、新和平連合がバックにある企業の数は国内でも相当の数になります。その企業を洗って行けば、必ず浦野孝一の名が出て来る気がします。合法的に作られた会社でも、実は新和平連合が間接的に関わっている企業は多いですから」

「……浦野孝一ですか……ひょっとしたら、名前を変えているかもしれないですね。少し若い気もするが、結婚していて姓を変えたか、あるいは養子になっていることも考えられる……こいつを追いたいが、困ったことに、今日から公安がついた……」

腕を組む神木に、有川涼子が訊いた。

「コズロフに公安が付いたことは解りますが、この三人組のひとりが浦野孝一だと仮定して、通常、彼らにも公安が付くものですか？」

「難しいところですね。われわれが盗撮した段階では、まだ公安の姿はなかったわけですがね。コズロフに公安が付いたのは今日の午後からだと思う。三人組が登場したのは、午前九時だが……ただ、われわれが公安の存在に気づいていなかった、ということもある。公安部員が張っていたのはロビーで、客室のあるフロアーに視察はなかった。われわれは運良く十七階で張っていたので助かったわけです。もし、成田の時点から視察下に置いていたとすれば、当然この若者も公安の視察対象になる。何とかこいつを洗いたいが……」

それなら公安から情報を取ればいいようなものだが、今のプロジェクトには公的な支援はない。警視庁の古株だった稲垣でも、公安部には顔もきかない。公安は警察庁が元締めだからだ。

「やっぱり弱点は大星会だな……三島は会を抑えられないでいる……ここを突くとどうなるか……」

「新和平連合と抗争になりますかね？」

と稲垣が言うのに、

「可能性はありそうね」

有川涼子はそう頷いた。

「でも、黙っていたら抗争にはならないでしょうね。誘爆させるような材料があれば可能性はありそうだけど」

「末端の闇金ではバッティングがあるでしょう、それとも、ないのですか」

と神木が尋ねた。

「バッティングはずいぶんあると思います。でも、それで抗争が起こるほどでもないでしょう。大星会の上がなんとか抑え込んでいるんでしょうね」

「すると、この一件で様子を見るしかないのか。有川さんは、どう思うんです？　三島が詫びを入れるだけでこのまま収まる？」

「ええ、残念ですけど、問題はこれ以上大きくならないでしょうね。また同じようなことが起これば、事情も変わって来るでしょうけど」

神木の顔に微笑が浮かんだ。

「つまり……同じようなことを起こせば情勢は変わる……そういうことですか？」

「確実に変わるとは言えません。あくまでも可能性がある、というだけです」

「もう一つ。ここには銃器はありますか？」

有川涼子が首を振った。

「残念ですけど、そういうものは何もありません。武器というものは、そうですね、スタンガンだけ。八王子のほうに、一つあります」

「スタンガンで感電させても抗争にはならないですね」

　と神木は一同の緊張を解くように笑った。一同も、それにつられたように笑った。有川涼子だけは笑わず、心配そうに訊いた。

「……もしかしたら、新田を襲撃しようと考えていらっしゃるの？」

「やってみても、悪くはないでしょう。もう一度同じことが起これば、三島はもう頭を下げるだけでは済まない。普通なら、大星会は解散、組員はそれぞれに散ることになる……それに反撥するなら、あとは抗争覚悟で新和平連合に歯向かうしかなくなる。これまでにも宮城会を潰され、布施組を潰され、そして片桐公正まで死ななければならなかった組ですよ。そんな所が出てきてもおかしくはない。だが、ここには肝心の銃がない……銃なしで、どうやって事を起こすか……無理かな……」

　突然、それまで黙っていた三輪が手を挙げた。

「あのう……その銃のことですが……」

「なあに、三輪さん」

　三輪がおずおずと言った。

「それ、手に入ると思います」

　三輪は無免許医師として実刑を受けた男だ。暴力行為で逮捕歴のある男ではない。その三輪をこのグループに引っ張って来た稲垣が言った。

「手に入るというのは、どういうことだ？」

「……それは……知り合いに、そういうのを扱っている男がいて……」

「銃を扱っている？」

三輪が困ったように一同を窺いながら答えた。

「ええ。私の、刑務所時代に、同房だった男で……銃の密輸と密売をしている男がいるんです。ですから、そいつに言えば……銃は手に入ります。ただ、お金はかかりますが……」

神木が言った。

「抗争にまで発展させられるか、それはわからないが、新和平連合はともかく、大星会がダメージを負うことは間違いない。大星会がおかしくなれば、それは波田見市の大間連合にもひびく。どうです、ひとつちょっかいを出してみますか」

八

宮台俊之《みやだいとしゆき》は鞄の中から本を二冊取り出してテーブルの上に置いた。場所は人目を気にしなくてもいい都心のホテルの一室である。ホテルの部屋を取れと、三輪に場所を指定したのだ。勿論、部屋代は客持ちである。

「その本の中から選んでくれればいいですよ。ただ、発注から、そうね、どうしても一月見てほしいけどね」

テーブルの上に置かれたのは市販されている銃の図鑑だった。載っている銃の写真を見て選べば、同じものが一ヶ月後には入手出来る、と宮台は目の前に座る男に説明した。

「……一ヶ月はかかりすぎだ……」

目の前の男がぶっきらぼうに言った。

サングラスを掛けた背の高い男が何者か、宮台は知らない。ベッドに腰を下ろしている三輪が紹介してきた相手だが、人を見抜くことにかけては人後におちない宮台も、今回は相手の正体が判らなかった。ヤクザ者に見えなくもないが、どこか感触が違う感じがする。警戒しなければならないのは、相手が警察かということで、そんな匂いもしないではない。だが、連れて来たのは三輪だから、それはないだろう、と不安を飲み下し、銃の説明を始めた。

「……拳銃なら、自動かリボルバーか、どういう風に使うのかで違うけどね。オートマチックは排莢《はいきょう》不良がまったくないとはいえないけど、装弾数がうんと違う。これなら十八発入る。弾倉が二列になっていて、薬室に一発入るから、全部で十九発」

「どんな銃でも届く日にちは同じなのか」

と客が言った。

「まあ、同じだね。ほとんど変わらない。その代わり、大抵のものが手に入る。まあ、もしものことを考えて、二つ候補出してくれれば、必ずどっちかは手に入るよ」

アメリカの密売屋も実は宮台が今テーブルに載せた本と同じものを持っている。何ページの何番の写真の物、と連絡すれば、向こうはそれと同じものを船に載せてくる。税関の抜き取り検査に引っかかることは、まずない。ただ、航空機が使えるわけではないから、どうしても一月はかかる。

「駄目だな」

と客は煙草の煙を吐き出した。煙が勢い良く流れて来る。煙草を吸わない宮台は思わず身を引いた。さっきから煙たくて仕方がない。

「一週間ぐらいで手に入る物はないのか。その代わり、銃はショットガン以外の物ならなんでもいいんだ」

「何でもいいって……拳銃でもライフルでも、どっちでもいいってことか？」

と宮台は尋ねた。普通、ヤクザが欲しがるのは拳銃だ。ライフルを買いたがるヤクザはまずいない。

「ああ、どっちでもいい。その代わり、ハンマーがこっちに飛んでくるような安物は駄目だ。もう一つ、銃身にライフルが切ってないものも駄目だ。真正《しんせい》の、ちゃんとしたものなら、拳銃でもライフルでもいい。どうだ、あんたの所に一挺や二挺、ストックぐらいあるだろう？」

ないことはなかった。ライフルはないが、拳銃ならば幾つかある。ただし、今持っているのはトカレフだけだ。拳銃としてはもう旧《ふる》くて人気がないので、商売にならず、売れ残ったものだった。今どきはヤクザも贅沢になり、どいつも最新、高性能の銃を欲しがる。車ならベンツのＳ６００を欲しがるのと同じで、拳銃もブランド志向なのだ。トカレフなど馬鹿にして、欲しがる奴は今どきどこにもいない。

「……拳銃ならあるがね、ただしトカレフだ。それならすぐ手に入れられるがね」

と宮台は客の顔を窺いながら答えた。

「トカレフしかないのか」

「ああ、あるのはトカレフだけだ。その代わり、安くするが」

「いくらだ？」

「弾丸を五十つけて、二十万……」

「馬鹿を言え、そんな相場があるかよ、足元見るな、この野郎」

と客が今度はまともに煙草の煙を吹き付けて来た。宮台は顔をしかめて応えた。

「……こっちは別に買って貰わなくてもいいんだよ。あんたが急ぐって言うからトカレフなら手に入ると言ったんで、どの道、こいつは売り物じゃあねぇんだから」

「幾つあるんだ、そのトカレフが」

「三挺は揃えられるよ」

「よし。三挺に実包百五十つけて、三十。これでいいな？」

と言って客が短くなった煙草を灰皿に押しつぶした。

「冗談言うなよ。それじゃあ一挺が十万だ」

足元見ているのはどっちだ、と思った。三輪に紹介料の一割払えば、手残りはもっと減る。冗談じゃあねぇ、と宮台は、

「三挺まとめて買ってもらえるなら、三輪の顔を立てて五十万にしておくよ。それが精一杯だな」

と言い返した。

相手がまた新しい煙草をくわえた。

「あんまり欲かくな。トカレフなんて屑《くず》は、今どき相場は七万かそこらだ。そいつを一挺十万だしてやろうと言ってる。その代わり、まだあるんなら出して来い。十挺でも二十挺でも買ってやるぞ。ただし、コピー物は駄目だぞ」

「……三挺しかねぇよ」

と宮台は舌を打って答えた。ま、たしかにチャカの相場はガタ落ちだった。二十年も昔ならトカレフでも七十や八十で飛ぶように売れたが、ヤクザ業界も拳銃はだぶつき、しか

も良い物でなければ欲しがらなくなった。トカレフなんか抱えていても、この先、金になるとは思えないのが現実だ。

それにしても、十挺でも二十挺でも買ってやるとは、どういう意味だ？　どこかで抗争でも始まるのか？

「仕方ねぇな。いいよ、三挺で三十、その代わり、弾丸は全部で六十しか付けられねぇよ」

「ああ、それでいい」

新しい煙を避けて、宮台は居心地悪げにベッドに腰を下ろしている三輪に言った。

「……ところでね……さっきのライフルの件だけど……」

と煙を避けながら宮台は身を乗り出した。

「実をいうと、ライフルもあることはあるんだがね……」

「どんなもんだ？」

「レミントンの700。実は、売りもんじゃあねぇんだ。そいつは、俺の銃。値段によっちゃあ売ってもいいけどね」

「値段を言ってみろ」

「高いよ、良い銃だから。七十……スコープもついてだ」

「何倍のスコープだ？」

「三倍から九倍のズーム」

「そいつもすぐ手に入るんだな？」

「ああ、明日にも用意できる」

「それなら買おう。ただし、そっちは五十だな。こっちも三十発の実包つけて、全部で八十、それなら買ってやる」

「そんな……」

「言っただろう、あんまり欲出すな。その代わり、良い出物《でもの》があれば幾らでも買ってやる」

男が頷くと、三輪が金を出した。

「解った、仕方ねぇ、三輪の顔立ててやるよ。だが、次はそんなに安くは出来ないからな」

三輪が寄越した金は三十万しかなかった。

「おいおい、何だよ、これ？　前金《まえきん》だと言っておいただろう」

サングラスを掛けなおした客が笑って言った。

「全額渡しておまえにフケられたらどうする。俺はな、逃げた野郎は必ず捕まえるがな、今はおまえを殺しに行くほど暇じゃあねぇんだよ。残りは現物と引き換えだ。それが嫌ならそいつを返せ。チャカ売りてぇ奴なら他にいくらでもいる。三輪の顔立ててるのはおまえじゃあねぇ、俺のほうだ」

声音は優しげだが、どこか凄みがあった。こいつはヒットマンだ、と思った。だが、普通、ヒットマンは慎重に銃を選ぶものだ。安物のトカレフを一度に三挺も買ったりはしない。訳がわからなくなった。

「解ったよ、品物は明日、同じ時間にここで渡す。あんたたちが先に来て残金をここに置いて行く。ロビーで部屋の鍵をあんたたちから貰う。俺は品物を部屋に置いてくる。ロビーでもう一度俺が鍵をあんたたちに返す。あんたたちが品物を取りに部屋に行く……それでいいな？　これが通常のやり方だ。絶対に、俺が最後に部屋に行くってことはやらねぇからな、それだけは今から言っておくぞ」

「物が不良品だったときはどうする？　今、言っただろうが。のんびりおまえを捜してい る暇はねぇ。順序を変えろ。お前が先に品物を置くんだ。間違いのない物なら、金をここに置いて行く。それでいいな？　新しいお得意さんが出来たんだ、そこんところをよく考えろ」

これも通常のやり方ではなかった。警察の張り込みを考えて、銃の売買はみんな前金が当たり前だ。引き渡しも、ただ指定の部屋に品物を置いておくだけ。それなのに、この客は支払いを二度にした。赤信号が宮台の頭の中で点滅した。あるだけの銃を買う、というのはどういう意味だ？　ヤクザっぽいが、なにやら臭い。銃器を何が何でも欲しがるところは、テロ組織に似ている。宮台の頭はますます混乱した。一体、三輪の野郎は何者を連れて来たんだ？

「解ったよ、それじゃあ今回だけは特別だ。その代わり、良いものが入ったら、本当にいくらでも買うんだな？」

「ああ、出物があればな。ただし、ライフルは一挺でいい。良いチャカを持って来い。相場の値段なら、幾らでも買ってやる」

と男は言って立ち上がった。

「……あ、俺が先に……」

慌てて図鑑を鞄にしまおうとする宮台を横目に、

「後をつけられるのはごめんだ。おまえは後から出ろ」

と男は三輪を促《うなが》してさっさと部屋から出て行ってしまった。

「くそっ、人を舐めやがって……」

そこで宮台はテーブルの上に残されたルームキーに初めて気がついた。

「なんて野郎だ……」

部屋代は宮台が払わなくてはならなかった。

九

医者が帰り、集まって来た幹部たちが帰り、新田はやっとベッドに戻り、枕に頭を下ろした。状況をコントロールすることに、ほとんどのエネルギーを費やしてしまったようだった。発熱のせいか悪寒《おかん》が酷く、起きているだけでも辛かった。

肩に受けた傷そのものは大したことはないはずだが、体が言うことを聞かない。明日にはコズロフを連れて波田見市に行かねばならないのに、こんな状態でどうなるのか。新田は悪寒を歯を食いしばって耐え、枕元にある解熱剤をまた口に含んだ。

マイバッハのガラスを貫通して右肩に命中した357マグナムの弾丸は、先端がひしゃげて肩の骨に当たり、かなりの肉を奪って飛び出して行った。弾頭がひしゃげていたために、えぐって行った肉も多かったわけだ。だが、呼び寄せた蒔田《まきた》という医師は、

「運が良かったですよ。大事な血管を傷《いた》めたわけではないですし、それほどの心配はないでしょう。安静にしてこれ以上の出血を誘わないようにして下さい。抗生物質で感染に気をつければ、一週間もすれば動けますよ」

と止血の手当てをし、抗生物質を注射して引き上げて行った。

だが、一日置いて新田の容態は予想と違って悪化した。発熱し、四十度近くの高熱に苦

しめられた。

傷そのものの痛みはどうということもなかったが、高い熱に苦しんだ。入れ替わり立ち替わりやって来る幹部たちに指示を与える作業が辛かった。高熱のために頭が朦朧とした中の指示で、判断を誤ることが心配でもあった。こんな状況の中で新田がため息をついたのは、捕らえた襲撃犯に対する幹部たちの判断だった。

襲撃された際に新田の後部を護衛していたのは、中村組の若頭とその配下で、前方の護衛車には品田組から選抜された組員たちが乗っていた。襲撃犯を捕らえたのは、後方の護衛を受け持っていた中村組の組員だった。銃撃された新田の車はそのまま引き返し、車から医師の手配をした。

新田は受けた傷は軽傷だと考えていたから、病院に駆け込む気は最初からなかった。傷を調べられれば銃によるものだと医師は気がつく。医師には警察に通報する義務があり、救急病院での口止めは難しいととっさに判断したのだった。

そんな場合の医師はいた。新和平連合にはお抱えの蒔田という医師がちゃんといたのだ。この医師は外科医で、常に法外な金を支払っている。新田のマイバッハに同乗していた品田は、この医師を新田の自宅マンションに呼びつけたのだった。

一方、後方を警護していた中村組の組員がその間に襲撃犯を捕らえていた。べつに彼らの警護が優秀だったわけではなく、いつものようにもう一組、別の角度から状況の監視が出来るガードを雇っていたから襲撃犯の確保が出来たのである。香港《ホンコン》から呼び寄せたこの兄妹コンビの本来の仕事は中国風に言えば殺手《きっしゅ》、すなわちヒットマンだが、実は警護も優秀で、その日は兄の劉がバイクで後方の監視を請け負っていた。

真っ先に襲撃犯を発見したのがこの劉で、彼は襲撃犯が発砲するのと同時に応戦していた。劉の放った弾丸が二発襲撃犯に命中。バイクから転落した襲撃犯を確保したのが後部警護の中村組だったのである。劉の使用した銃は22口径であったから、戦闘能力を失わせただけで、襲撃犯は生きていたのだ。

問題は、捕らえた襲撃犯の処置を中村組に任せたことだった。新田は銃撃を受け、その後に起こった出来事を、病院代わりの自宅に戻るまで知らなかった。襲撃犯を捕捉した中村組では、すぐさま襲撃犯の身元を洗う作業を開始した。誰に命じられたかを聴き出す、要するに拷問である。そこまでは仕方がないだろうと、新田も思う。自分も若ければおそらく同じことをしただろう。この拷問による尋問で、襲撃犯は飯島高男という大星会布施組の組員であることが分かった。

口を割らせた中村組はここでいきり立った。大星会はつい先ごろ新和平連合の傘下に入った組である。あろうことかその大星会系列の布施組組員が会長を襲撃したということで、中村組はすぐ報復の準備を始めた。これも自然な流れだが、ここまで来る間に中村組の幹部たちは上の指示を待たずに二つのことをやってしまっていた。

一つはやっと口を割った襲撃犯から出た名前の男を強引に拉致して来たことである。この男は布施組の組長補佐で、吉村という男だった。二番目は、襲撃犯の飯島と拉致して来た吉村の二人をしばき上げた末、結果的に殺してしまったことだった。

しばくところまではいい、ここまではどこでも誰でもやるだろう。困ったことは襲撃犯だけでなく、後から拉致してきた吉村という男を、上の指示を待たずに殺してしまった、ということだった。これは新田が望んだことではなかった。

子分たちの憤懣は解るが、事の収め方は下《げ》だ。くずを二人殺したところで、新和平連合が得るものは何もない。中村組の幹部はそこが解っていなかった。

大星会会長の三島はどこかへ出かけていたようだったが、その日のうちに会長補佐の八坂秀樹を同行して詫びに来た。だが、新田の思惑とは違い、飯島という若い衆と吉村という布施組の幹部を殺してしまったことで、大星会への貸しが大幅に減った。

三島自身はそんなことでチャラにならないことは重々解っていたが、大星会内部の感情はまた別である。新和平連合に対して反抗心を持つ者がまた増える。新田はそれを案じた。

高熱にさいなまれるなか、幹部を招集し、今後の指示を与え、大星会の三島に応対する。これらのことを捌《さば》くことで新田は体力のほとんどを消耗《しょうもう》した。だが、寝ていられる状況ではない。明日には波田見市の視察がスケジュールに入っている。この視察はロシア側の要望で、浦野孝一も同行する。

問題は波田見市がまだ新和平連合の縄張りではないことだ。波田見市は大間連合が押さえている土地だから、視察は隠密裏にやらねばならない。今回のこともあり、警護には万全を期さねばならない。警護も視察も品田の役目だが、品田だけに任せるわけにはいかない大切な日程だった。どうしても自分が行かなければならないのだ。

新田は体がもう一つあれば、と心底から思った。こんな状態で波田見市に行けるのか……。新田は歯軋《はぎし》りする思いで眠りに落ちた。

何かの気配で目が覚めた。どれくらいの時間眠っていたのか判らない。目を開けると、目の前に女がいた。

「……すみません、起こしてしまいましたか？」

ベッドの上の新田はベッドの傍に立つ家政婦を見た。一週間前から通っている家政婦である。以前から来ていた家政婦が病気で、この家政婦に代わったことは同居させている若《わか》衆《しゅう》の木原純一《きはらじゅんいち》から聴いて知っていた。

独身で家庭を持たない新田は、普段自分のマンションに女は入れない。掃除や洗濯なども部屋住みの木原がやるが、木原ももう駆け出しではないのだからと、半年ほど前から新田は家事に家政婦を雇うようになっていた。

住まいに組員以外の人間が入ることに抵抗がないわけではなかったが、現実に、住居には他人に見られて困るような物は用心して置いていない。もともと手入れがあっても証拠になるものなど何一つないというのが、新田の住まいなのだった。

「何ですか?」

新田がヤクザ以外の人間に話す言葉は丁寧で優しい。部屋にあるものにも、主がヤクザだと判るものは何もない。だが、幹部をはじめ、さまざまな男たちが出入りして来た。家政婦が雇い主の正体に気づいた、ということはあり得る。

「アイスノンを換えたいのですけど」

と女が言った。特別これまでと変わった様子はない。新田はほっとした。

「ああ、これか。お願いします」

と新田はいったん上げた頭を枕に落とした。

「……酷い熱……」

アイスノンを換えた女が言った。

「お薬、効いていませんね。病院に行かれなくて、本当によろしいのですか」

「ああ、大丈夫です」

と新田は答えた。熱は相変わらず酷いが、肩に関しては、眠る前ほどの痛みはなくなっている。

「何かあったら呼んで下さい、まだしばらくおりますから」

「ああ、有り難う」

「こんなときに何ですけど、一つお願いがあるんです」

「何ですか？」

女が手のひらのものを見せて言った。

「ボタンが落ちていたのですが、私がおつけしてもいいでしょうか」

「ボタン？」

「お召しになっていたスーツのものだと思います」

「ああ、いいですよ、頼みます」

「では、つけさせてもらいます」

女が部屋から出て行く。顔はまずいがよく働く女だった。後ろ姿を見送り、おしいな、と思った。面はまずいが、後ろ姿は優しげだった。よく気がつき、仕事ぶりも良い。立ち居振る舞いで、人間はおおよそ出来が判るものだ。家政婦をしているが、生い立ちは良いのではないか、と新田はそう思った。

実を言えば、新田の生い立ちも世が世ならば、というものだった。父親は一流企業の役員で、高校は名門の私立だった。それまでの成績は常に上の中ぐらいで、大学も、東大は無理でも一流私立を受験出来るくらいの位置にいた。新田家の家庭が崩壊したのは、一家の中心だった父が急死してからである。

職場で団体交渉の最中に急死した父の退職金は出なかった。私財を増やすことに関心のなかった父親は、会社に巨額の借金をこしらえていたのだ。借金の動機は遊興費。ほとんど毎晩午前にしか帰宅したことのない父は、会社に巨額の借金をしてまで部下と飲み歩いていた。会社の接待費には決して手をつけず、部下と飲む金はすべて自腹、という金に綺麗な豪快な遊び人だった。借金はいずれ退職金で返すつもりであったのか、それは想像を超える巨額になっていたのだった。

父が死ぬと、新田家には突然の借金苦が襲って来た。母親も暢気《のんき》であったから、いざという時のための預金などまったくなかった。一人いる兄はすでに大学に在学中だったが、父親が死ぬと、仕方なく大学を中退し、中小企業に就職し、家を助けた。兄が家に入れる金などたかが知れていたから、新田家は食べて行くのがやっとの暮らしになった。当然、新田は大学進学を諦めた。暢気者だった母は、厳しい現実に突然放り出されたことが原因だったのか、父を追うようにして一年後にくも膜下出血で死んだ。

高校を卒業してどこかに勤めるはずだった新田は、そこからグレ始めた。小遣い銭を稼ぐために、悪友と一緒に恐喝をしたり、引っ掛けた若い女を風俗に売り飛ばしたりして、小金を稼いだ。小金でも、その収入は中小の建材会社で働く兄よりも多かった。

だが、無法に暴れる新田がそのまま好き勝手に生きて行けはしなかった。当然ながら、地元のヤクザに目をつけられた。怖いもの知らずの新田は、ヤクザを相手にしても腰が引けることがなかった。それはまだ新田がヤクザの怖さを本当に知らないからでもあった。ヤクザが出て来ても、新田はそれで怖れることもなく、放蕩《ほうとう》を続け、ヤクザと喧嘩を続けた。

だが、所詮《しょせん》はカタギの不良が本物の暴力団に勝てるわけもない。新田は地元の暴力団形勝会に捕まり、生まれて初めてヤクザたちにヤキを入れられた。死ぬかと思われるほどの制裁を受けても新田は泣きを入れはしなかった。半死半生になってもまだ歯向かおうとする不良少年に興味を持ったのは、形勝会の若頭の坂本《さかもと》という男だった。坂本は不良少年新田に特別な何かを見つけたのである。

坂本は新田を自分の弟のように可愛がり、間もなく新田は坂本の組の正式な組員になった。本物のヤクザになってからの新田は坂本が見抜いたようにあっという間に頭角《とうかく》を現わした。二十代の半ばには坂本の片腕として坂本組の若頭になり、三十前で坂本から組を引き継いで坂本組の二代目組長に就任。三十代に入ると、上部団体形勝会の若頭に抜擢された。

頭が切れるだけでなく、喧嘩になっても決して後に引かない新田は形勝会一の武闘派として名を上げ、形勝会も新田の存在で当時の和平連合の中で最も過激な武闘派集団に成長した。そして新田が形勝会の若頭になって間もなく和平連合と東北の雄、仙台の矢島組との抗争が勃発。この抗争で真っ先に仙台に侵攻したのが、新田が率いる形勝会だった。若頭の新田は先頭に立って仙台入りすると、自ら日本刀を手に矢島組事務所に乗り込み、そこにいた矢島恭三組長を斬殺したのだった。この事件で新田は十五年という懲役刑に服した。模範囚でもあって三年五ヶ月の減刑。殺人罪で十一年と七ヶ月で釈放というのは短かったが、これは斬殺された相手が同じヤクザ者で、しかも事件の際に拳銃を持っていたことにも減刑の理由があったのだった。

この服役で、新田の後半生が変わった。和平連合と関東の最大組織海老原組との日本国中を騒がせた最大の抗争時に、和平連合を代表する武闘派形勝会の新田は服役していたのである。十一年七ヶ月後に釈放された時には、肝心の和平連合は解散していたのだ。通常ならば、会のために働き、十二年近くもの長い懲役を送った新田は会を挙げての出迎えを受ける立場だった。だが、その肝心の和平連合が消えていたのである。

行き場を失った新田を迎えに来たのが、和平連合のバックにいた国際金融組織イースト・パシフィック代表の富田勲であった。ロスアンゼルスからわざわざ日本までやって来た富田に新田は驚いた。その富田に、

「がっかりすることはない。われわれは君が釈放されるのを待っていたんだ。浦野会長の遺志を継げるのは君しかいない。息子さんの孝一氏も、君を頼りにしている」

と声を掛けられ、新田は会の再興に命をかけた。幸い、資金はうなるほどあった。必要な金は、イースト・パシフィックからいくらでも調達が出来るのだ。和平連合は解散し、当時の組員は散らばってしまい、和平連合としての集団は消えてしまっていたが、形勝会の組員は新田の帰りを待っていた者が多く、まだ業界に生き延びていた。

イースト・パシフィックの富田の要請を受けて、新田の活動が密かに開始された。

「新田くん、新しい和平は、これまでのようなヤクザ志向では駄目だよ。亡くなった浦野会長の遺志を忘れたら駄目だ。幸いに、われわれには孝一氏がいる。孝一氏も君がこうして出てくるのを長いこと待っていたのだ。ただの再興ではない。新しい、これまでにない組織を作るのだ。そのための金はある。浦野会長の遺志を継いで、どうか新しい組織を作ってくれ。頼む」

こうして新田の手で新和平連合という新しい組織が誕生した。その新和平連合は現在すでに関東の中堅組織である別当会、橘組、そして関東から東日本にかけて根強い力を持つテキヤ組織大星会を傘下にし、さらに関東恒星会《こうせいかい》、小川《おがわ》組の二組織が加わる。この時点で、新和平連合は関東圏で最大最強の組織になる。

もし、ロシアとの提携が上手く進めば、そこから新和平連合は新たな海外進出へのルートを生み出せるだろう。狙うのは政治が混沌《こんとん》とする旧ソ連圏。関西の組織が力をつけたといってもそれは小さな日本だけの話だ。頑張って中国マフィアと手を組むぐらいが精一杯だろう。だが、新田は、中国は鬼門だと思っていた。中国は何百年という秘密結社の歴史のある国である。中国マフィアといわれている連中は、結社から見れば不良孤児のようなものだ。下手に手を組めば、こちらがやられる。

だが、ロシアは違う。最凶と言われ、怖れられているが、彼らは時代が生んだ徒花《あだばな》にすぎない。中国の結社とは違う。言ってみれば、戦後のヤクザ社会に登場したアプレの暴力団と変わらない。奴らには掟《おきて》も絆《きずな》もない。

中国と違い、その点、思考が判りやすい。奴らはひたすら金のために動く。ということは、暴力も、金でどうにでもなるということでもある。戦争での敵味方すら何の意味も持たないものにしてしまう中国の結社とは規模が違うのだ。もっとも、ロシアと手を組むことを決めたのは新田ではない。それは浦野光弘の遺児、孝一だった。

「ロシア・マフィアはアメリカでも苦しい状況にある。今やイタリアのマフィアに代わる存在として、FBIの最大の敵ですからね。だから、ロシアの連中は、FBIの目をくらますためにも、仲介になる組織が欲しい。同時に日本の市場も欲しい。そんな現状だから、アメリカとロシアの間に入れれば、新和平はいやでも日本一になります。

今一番、政治も経済も怪しいのは旧ソ連圏でしょう。ロシアのマフィアはそもそもこのいい加減な金融を手に入れて強大になったわけです。銀行を手に入れたのですよ。つまり、それほどロシア系の銀行は管理が杜撰で、攻略しやすい。われわれはガードの甘いそこの金融に食い込む。

それにね、国境なんて、間もなく地図の上だけのものになるんですよ。ＩＴ社会が国境をなくしてしまう。すでに商売ではもう国の色分けはなくなっている。政治だけが現実から取り残される。巨大企業を見ればこれからどうなって行くかが判るんですよ。企業はもう国で分かれてはいないでしょう。

どこの国の企業かわからなくなってしまうほど巨大化し、その巨大資本がいずれ国をなくす。そんな未来のために、僕らは闇でネットを張る。ヤクザも、そうやって変わって行かなければならない。

父は、まだ国境がなくなるなんて考えてはいなかったと思うけど、アンダーグラウンドで組織を広げて行くという考えはあった。だから、僕がそれを実現する。それには新田さん、どうしてもあんたの力が要る。おやじの夢を実現するには、あんたの力が要るんだ……」

浦野孝一はただのドラッグに溺れる男ではなかった。父の遺産でＩＴ企業を立ち上げ、すでに年間一千億を商いするまでになっていた。その浦野孝一に請《こ》われ、新田は今、先代浦野光弘が作ろうとした組織を、昔の倍の速度で作ろうとしている……。

新田はまた眠りに落ちた。心地よい眠りではなく、悪夢で目を覚ました。今度も傍に女がいた。家政婦だ。眠っている間に外れてしまったらしい、アイスノンを額《ひたい》に置きなおし、女が言った。

「パジャマを換えなければ……酷い汗です」

朦朧とした頭で頷いた。ベッドの上で起き上がろうとしたが、自力では出来なかった。

「お手伝いします」

新しいパジャマを持って来た女が新田の体を抱き、汗でぐしょ濡れになったパジャマを取り替えてくれた。ぼうっとした頭に微かな香水の香りがした。女に支えられていることが心地よかった。そのままでいたいと思った。

「……すまない……」

女に身を任せ、新田は礼を言った。

「差し出がましいようですが、このままではよくないとおもいます。どうしても、病院は嫌なのですか?」

と新田を胸に抱いたまま女が囁いた。

「……寝ていれば……よくなります……」

肩が女の乳房に触れていた。

「病院がどうしても駄目なら、もう一度お医者様を呼びます。このままではちょっと危ない感じがします」

と女が耳元で諭《さと》すように囁いた。確かに身動き出来ないほどの状態になっていた。呼吸も荒くなっているのが自分でも解った。

「寝ていれば、治る……」

女はそれ以上何も言わず、新田をそっとベッドに寝かせると、汗で汚れたパジャマを手に部屋から出て行った。混濁した意識の中で、新田はまた夢を見た。今度は悪夢ではなく、今抱かれていた家政婦の女と同衾《どうきん》している性的な夢だった。酷く醜い女のはずだったが、夢の中で抱くその女は何故か美しかった。しなやかな体、ふくよかな乳房、そんな女を抱き、抱かれ、新田は苦しい呼吸に喘《あえ》ぎながら、不思議な快楽を味わった。

次に目を覚ました時には大勢の男たちが集まっていた。体に触れているのはあの家政婦ではなく、蒔田という医師だった。その後ろには部屋住みの木原と幹部の中村や品田の顔も見える。医師が蒼い顔で話していた。

「……私の手にはもう負えないんですよ。何かのウイルスに感染しているかも知れない。私の抗生物質では効果がないんだ。すぐ救急病院に運んだほうがいい。そうでないと、私は責任が持てません」

新田は荒い呼吸の中で、ぼんやりと思った。あの家政婦が医者を呼んだのだ。新田はその家政婦を目で探した。だが、いるのは男たちばかりで、彼女の姿はなかった。

新田はその場で救急車によって慶応《けいおう》病院に運ばれた。

十

神木と涼子は、榊がコンビニから買って来た弁当を持ち、大テーブルの皆から別れ、二階へ上がった。この二階は、支部に常時待機している榊千絵の宿舎であると同時に、緊急時の避難場所でもあった。間取りは一階とまったく同じ2LDK。家具は最小限しか置かれていない。

神木はLDKの、これは一階と違って小さな食卓テーブルに有川涼子と向かい合って座った。プラスチックの袋からウーロン茶の缶を取り出して、神木の前に置き、

「神木さんがおっしゃりたいことは解っています」

と、まず涼子が言った。

「でも、行動には細心の注意を払って来ましたし、これは実は何ヶ月も前から計画立案されていた作戦だったのです。家政婦紹介所の免許を取ったりしたのも、そのためです。そのところを解って欲しいと思います」

神木は煙草を取り出し、有川涼子の顔を見詰めた。腫《は》れぼったい瞼の下で、光る瞳がしっかりと神木を見詰めている。

「つまらない弁解をしますね。貴女らしくもない」

「すみません、怒らないで下さい。神木さんに事前に説明しておかなかったことは、確かに私の失点です。謝ります。でも、説明はするつもりでいたのですよ。これも弁解になってしまうけど、そんな話をゆっくりしていられるような状況ではなかったでしょう？　神木さんのチームはコズロフに張り付いていたのですから。べつに神木さんを無視したわけでもなんでもないのです」

　煙草に火を点け、神木は苦笑した。すがるように見詰める有川涼子には何か特別な雰囲気があった。元検事補らしい気丈さと、そんなキャリアとは相反する弱々しさが入り交じっているのだ。意識してそうしているのか、あるいはそれが自然なキャラクターなのか、判断がし難《にく》い。

　こんな複雑な女を、義兄の岡崎はどんな手段でコントロールしていたのだろうか。ひょっとすると、逆に岡崎がコントロールされていたのかも知れないと神木は思った。

「困りますね。貴女と向き合っていると、なんだか、まるで僕のほうが意地が悪いような気になる」

　と苦笑し、神木は弁当のプラスチックの蓋《ふた》を開けた。干からびたような海老《えび》のてんぷら、妙に形の整った卵焼き、ウィンナーソーセージ、冷えた飯……。見ただけで食欲がなくなるような夕食だった。考えてみれば、このところ、神木だけでなくスタッフの誰もが満足な夕食を摂《と》っていない。ひょっとするとホームレスの頃のほうが良いものを食べていたかもしれなかった。

神木は立ち上がり、シンクで何か灰皿の代わりになるものがないか、探した。有川涼子が笑って隣室から灰皿を持って来てくれた。

「千絵さんも煙草を吸うの」

「有り難う」

神木はいったん開けた弁当には手をつけず、煙草の火を点けた。

「今の続きです。しつこいようだが、これだけは理解してもらわなくては困る。これはスタッフ全員に言ったと思うが、リーダーを含めて、全員が事の危険性を理解していない。その点に関しては、榊くんも貴女も同罪だ。たしかに盗聴器の設置はわれわれにとって重要な戦術です。だが、極めて危険な行為でもある。

盗聴は、利点もあるが欠点もあるんですよ。専門家が調べれば、われわれくらいの技術では発見される可能性は極めて高い。これまで発見されなかったのが不思議だと考えるべきでしょう。つまり諸刃《もろは》の剣だということです。

もし発見されたらどうなるか。いいですか、ここが肝心だ。向こうに知恵があれば、盗聴器を発見したからといって大騒ぎはしないでしょう。そのまま放置しておき、電波の受信位置を探し出す。つまり、われわれは奴らが何時《いつ》盗聴に気づいたかを知る手段がない。気づかれたことに気づかず、罠にはまる可能性もある。

うかうか現場に出向けば、あっさり捕まる。そして、仮に誰かが発見されて拘束されたとする。われわれには昔のような法的な力はない。仮に貴女が拘束されても、いや、誰が拘束されても、法的な救出の手段がない」

「解っています。そのことについては、全員で取り決めたことがあります」

と有川涼子は割り箸《ばし》を割り、落ち着いた口調で答えた。

「どんなことです？」

「もし、そんな状況になっても、救出を期待しないということ」

「なるほど。だが、そんな危機に陥ったことは、幸いにまだない。さて、現実に誰かが新和平連合に拘束されたらどうだろう。おそらくその人物は生命をも危険な状況になる。拷問されれば、全員口を割りますから、ここも八王子も安全な場所ではなくなる。だが、われわれは警察に保護を求めるわけにはいかない。それをしたら、この対新和平連合作戦は瓦解《がかい》する。

そして、これが一番肝心なところだが、誰かが拘束され、酷いことになったら、貴女たちは多分それを放置しておくことが出来ない。無謀な正義感とか、責任感とか、そんなものにけしかけられて、おそらく絶望的な救出行動に出るでしょう。はっきり言いますよ。多分、貴女たちは何の勝算もない救出を実行する。結果は最悪だ。拘束だけで済めばいいが、何人かは殺される。それは解るでしょう？

現に、大星会のヒットマンも、布施組の吉村という男も殺害されたと考えていい。彼らも人生がかかっている。生き延びるためなら、殺人も厭《いと》わない。つまり、やつらは容赦なくわれわれを抹殺《まっさつ》する。要するに、貴女と榊くんがして来たことはそういうことです。貴女だけではない、スタッフ全員を危険に陥れる行動を貴女はとった。しかも貴女はチームの責任者だ。貴女を失えばどうなるか。それは言われなくても解るでしょう」

弁当の箸を止め、有川涼子が言った。

「弁解のしようもありません。すべて神木さんのおっしゃる通りです」

神木は拍子抜けして、ため息をついた。

「全面的な肯定が貴女の戦術ですか」

「だって、本当に弁解のしようがないのですもの。私のしたことがどれほど危険なことか、本当に十分解っているんです。ただ、今の状況を切り崩すためには、どうしてももっと情報が欲しかった……軽率を承知で、ですから盗聴器を取り付けました。それに、既に設置した盗聴器の電池交換もしなければなりませんでしたしね。私があそこにいたほうが、それをする榊くんも安全だと思ったのです。少なくとも作業中に新田や組員と鉢合わせする危険だけは避けられますから」

なるほど、有川涼子が言うように、今の状況では盗聴が唯一の戦略手段だ。追尾の技術もほとんどないチームにとって、作戦を立てるのも、次の行動に出るのも、この盗聴による情報入手だけが頼りなのだ。それは、解る。だが、理解出来るからといって、無謀な行動は止めさせなくてはならない。有川涼子が頭を下げて言った。

「とにかく、この件に関して、謝ります」

神木は苦笑し、

「それなら約束してもらいます。僕の許可なしに、二度とああいう危険な行動をしないと誓って欲しい」

と言った。間髪を入れず涼子が答えた。

「誓います」

「貴女だけでなく、これはチーム全員についても同じことを約束してもらう。すべて事前に僕と打ち合わせをすること。僕の許可なしに絶対に動かないこと」

「誓います。皆にもそれを徹底させます」

神木は笑い出した。

「こう素直だと、これ以上何も言えなくなる」

今度は涼子が微笑んだ。

「私が悪いのですから、仕方がありませんね」

「だが、しつこいようだが、ああいった行動が成功したのは今までだけですよ。そんな幸運がいつまで続くか判らない。多分、もう運を使い果たしたと、そう思って下さい」

「解りました。もう決して貴方に相談しないで危ないことはしません。誓います」

「まったく、こう素直だと困るな……貴女は、岡崎にもいつもそうだったんですか?」

涼子の表情がわずかに変わった。笑みが消え、その瞳が茫洋《ぼうよう》としたものになった。

「……悪いことを言ったかな……」

神木はウーロン茶を口にした。

「いいえ、悪くなんかありません。そうですね……チーフに対して、逆《さか》らったことは、たしかになかったような気がしますね。そもそも、チーフはとても逆らえるような人ではありませんでしたから。でも、一度だけ、私のほうがお説教をしたことがありました」

「説教ですか?」

神木は尋ねた。

「ええ、そう。煙草を吸い過ぎるって。貴方と同じ。チェーンスモーカー……」

「なるほど」

「神木さんも、少し煙草は控えめにしたほうがいいわ」

「……これには、反論のしようもない……」

神木は急いで短くなった煙草を灰皿に捨てた。緊張が解け、二人は遅い夕食を始めた。

「……仕事の話に戻ります」

あっと言う間に弁当を食べ終え、神木はまた煙草を取り出した。

「新田雄輝の状態がそれほど悪いとなると、まだ大星会を突くチャンスはあるかも知れないわけだ。もう一度銃撃でもあれば、新和平連合と大星会は元通りの関係にはなれない……銃も手に入れたし、そろそろ始めてもいい頃合いかも知れないですね」

「たしかにとても悪い状況です。新和平連合の中村組の組員は、襲撃犯の飯島という若者だけでなく、布施組の組長補佐の吉村を殺してしまったわけですからね。そもそも布施組は組長の布施を新和平連合に殺されているんです。そして今度はその補佐の吉村です。会長の三島は懸命に組織の中の調整をはかっているわけですが、これは正直、大変でしょう。どこまでやれるか、相当の苦労をすると思います。大星会内部ではいろんな動きがあるはずですから」

「ところで、新田の状態はどうなんです？」

「本人はそう思っていなかったようですけど、かなり危険な状態だと私は思いました。ただ、一応、蒔田という医師の処置が済んでいますから、病院側が銃撃による負傷と判断するかどうかは微妙です。蒔田という医者が傷をどんな風に処置したかにもよりますが。弾丸はガラス窓を破って新田の肩に当たったわけですけど、貫通していたそうですから、体内に弾頭はないのです。弾頭の破片でも見付かれば、病院の医師も銃撃による負傷と判断するはずですが。それも一応、蒔田という医師が手当てをしていますからね、綺麗に洗浄していれば見付からないでしょうね」

「……新田が、この負傷で死ぬ可能性もあるわけですか」

「さあ、どうでしょう。三輪さんの意見では、予後の感じから見て、何らかの感染症を起こしているに違いないそうです。最悪の場合は壊疽《えそ》になる可能性もあるそうです」

「たった一発の弾丸で壊疽ですか」

「なんとかいうウイルスに感染したりすると、そういうこともあるそうです。いずれにせよ、蒔田という医師から与えられた抗生物質はまったく効いていなかったのですね。医師免許はなくても三輪さんは相当の人ですから、あの人の判定は蒔田という医師よりずっと上ですよ」

「仮に、新田が今回のことで死ぬとしたら、どうなりますかね」

「まず大星会は解散させられ、組員は新和平連合のどこかに吸収されるのではないでしょうか。でも、そんなことはたいしたことではないですね。それよりも新田を失った新和平連合がどうなるか、でしょう。今の新和平連合は新田がいて初めて出来た組織です。私の判断では、後継者はいません。現在の幹部は中村、杉井、そして三番目に品田ですが、とても跡を継げるほどの器量はありません」

神木が苦笑して言った。

「要するに、新田さえ消えれば、新和平連合は潰れる……貴女は、そういうことを知っていて、新田を病院に入院させるようなことをした。これも理解するのが難しい。そうではないですか？　あのままにしておいたら、新田は死んでいたかも知れない状態だったのでしょう？　それを、貴女は蒔田という医師を呼んだり、組の幹部を呼んだりしたわけだ」

「そうですね。それも、叱られても仕方のない行為だったと思います。ただ……」

「ただ、何です？」

「病人を、苦しんでいる病人を、そのままにしておけなかった……矛盾《むじゅん》していますけど、そういう形で新和平連合を壊滅させる考え方は、私にはなかったのです」

「解る気もするが、だが、それもわれわれチームにとっては許されざる利敵行為であることは間違いない。われわれが厳しいパルチザンかなんかだったら、貴女は裏切り者として処刑される」

「そうでしょうね、これも弁解出来ることではないのだと思います」

「だが、貴女の顔を見ていると、まるで後悔などしていない。当然のことをしただけだ、という顔をしている」

「そんなことはありません」

「いや、そうだな。貴女は自分のしたことに満足している。人間として、当然の行為だったと満足している。だが、よく考えてみて下さい。もしかすると、新田を助けたことで、貴女はわれわれのチームの誰かを殺すことになるかも知れない。新田を病院へ運ぶようなことをしたために、新田は生き延び、そのためにうちのチームの誰かが死ぬことになるかも知れない。そうなったときに、貴女は耐えられますか？

僕は、それが心配だ。だから、今、言っておきますよ。そんなときになって、後悔しないこと。そんな時に後悔されても、死ぬ者には何の慰めにもならない。むしろそこで流される涙は被害を受ける者にとっての冒瀆《ぼうとく》だと、心しておいて貰いたい」

泣くか、と思ったが、有川涼子は泣いたりはせず、神木をしっかりと見詰め、

「解っています。多分、いえ、私のしたことは間違っていたのでしょうね。隙はいくらでもあったのですから、私があの男を殺してしまうぐらいのことをしたほうが良かったのでしょう。出来ないことではなかったのですから」

と言った。

「……それは、貴女には無理でしょう。人を殺すのは、実はとても簡単なことなのですが、これも人による。ある種の人にとっては、人を殺すことはとても難しいことなんです。ある種というのは、心のことですがね」

「……私はもう人を一人殺しているのですよ、神木さん……」

予想しない言葉に、神木は煙草に火を点けたまま、有川涼子を見詰めた。

「貴女は、殺人を犯したことがあるんですか……」

「ええ」

「……それは、知りませんでした……」

「貴方が調べた資料に載っていなかっただけ。私はヤクザを一人殺しているのです。白木《しらき》健夫《たけお》というヤクザでしたが。そして、そのことを後悔したことも、それを思い出して悪夢を見たことも、私は一度もないのです。神木さんはどう思っているのか判らないですけど、私は見かけほどやわな女ではないのですよ」

ウーロン茶の缶を開けながら、有川涼子が続けた。

「……八王子で、神木さんは、やっぱり私と同じように人を殺したと、そうおっしゃいましたね」

「ええ、そう言いました」

「任務中のことではなかったとおっしゃいましたね」

「違います」

「あの時はただ人を殺した、と言っただけで、詳しいことは話して下さいませんでした。そのことを話すのは、嫌ですか？」

「別に。ただ、聴いて楽しい話でもないですからね」

「聴かせて貰えますか？」

「いいでしょう。ただ、内容はかなり複雑です。だから簡単にはしょりますよ」

「はい」

「例の拉致事件の知識はありますね？」

「ええ。ただ、一般常識のレベルだと思って下さい。公表された情報以外の知識はないのです」

「解りました。まず、北朝鮮による拉致事件が一般に知られるようになったのは、九〇年頃からですが、日本の治安機関はかなり以前からその事実を摑んでいたのです。そもそも工作員が日本国内で活発な動きを始めたのは一九六八年頃からですが、六九年には金日成《キムイルソン》が明確に日本人拉致を命じている。拉致はその頃から始まっていたのです。

われわれはかなり詳しいところまで拉致の実態を理解していた。日本国内に北朝鮮の工作員が入り込んでいた事実も判っていた。個人名も判明していましたよ。だが、当然ながら、これは公安だけで処理出来る問題ではなかったわけです。外務省との連携が必要だった。だが、外務省は動かない……そんな状態が何年も続いたんですね。

拉致に関わったのは北朝鮮から日本に不法潜入した工作員、在日朝鮮人などですが、あまり知られていないが、中には日本人もいた……」

「日本人も関わっていたのですか」

「そう、れっきとした日本人です。日本のヤクザも関わっていたが、僕が言うのは、ヤクザではありません。驚いたことに、そいつは、一般にも名を知られている有名な政治家だった。北海道出身のね。彼が北朝鮮に強いということはすでに知られていましたが、誰一人、彼が北朝鮮のために動いていることは知らなかった。

公安は、この事実をほぼ九三年に摑んでいたんです。だが、相手は一時期某党の党首候補にも挙げられた衆議院議員でもあり、そいつを立件することはいろんな事情で出来ませんでした。

僕がこの件に関わったのは、実は任務の中ではなかった。当時、僕はロシア担当から北朝鮮担当になっていましたが、拉致の調査は違う班がやっていて、僕は任務外のところにいたんです。僕がアメリカに留学していたことは知っていますね？」

「ええ、知っています。警察庁からの派遣留学でしたね」

「そうです。その留学で、ある日本人女性と知り合った。やはりアメリカに留学していた女性です。そう、義兄の岡崎が傷害致死事件を起こした頃です。その後、僕は公安に戻ったわけですが、その女性も大学を出ると日本に戻り、代議士の第三秘書になった。その代議士が、偶然にもその北朝鮮に絡む男だった……これで絵図が見えたでしょう」

「ええ、大体」

「しばらくは何も起こらなかった。僕らは再会し、時々会って将来のことを話したりしていた。まだるっこしい話ですが、僕の職業が職業ですし、その女性ももっとも忙しい代議士の秘書でしたから、そんなに頻繁《ひんぱん》に会うことは出来なかった……」

「婚約者だったのですか、神木さんの？」

「まあ、そう考えてもらっていいでしょう。その人には身寄りがなかったのです。アメリカ留学も、自力で、苦学した末のことでしてね。だから結納を交わしたわけではないし、ただいつかは結婚を、とそんな感じでいたのです。そんな関係が何年か続いて、そして彼女が消えた……」

「いなくなってしまったのですか……」

「文字通り、消えてしまったのです。ただし、日本国内で消えたのではなかった。ある日、出張だと言ってヨーロッパに出かけて行き、そのまま消息を絶った」

「拉致されたのですか？」

「そうです。もちろんその代議士のところでは、被害を受けたのは自分のほうだと主張しましたよ。ヨーロッパへ行ったのは個人の意思で、出張でもなんでもない、情報を持ち出して姿をくらました、というわけです。関与など、言いがかりもいい加減にしろ、ということですね。彼女の名は、後に公表された拉致被害疑惑者の名簿にも載っていますが。

これが普通の婚約者なら、ただ失意の中で耐えるだけでしょう。だが、相手は重大な過ちを犯した。それは、僕が公安の人間だったということです。僕は全身全霊で彼女の行方を追った。そしてその代議士の関与の証拠を握った。だが、それを訴えて彼女を取り戻す方策がない。こと政治が絡む事件では、法は無力なのです。理屈も通らない。で、公安を辞めた」

「……殺したという相手は、その代議士だったのですか？」

苦い笑みで神木は言った。

「いや、違います。その代議士は、今でも議員として生きている……僕が殺したのは、オランダのハーグで直接彼女に会って、北に拉致した男です。この男はその代議士の選挙事務所に出入りしていた貿易業者ですが」

「……それで、その婚約者の方の消息は摑めたのですか？」

「摑めてはいません。ただ、生きていてくれたらと、そう思うだけです。それでも、北朝鮮には何度か行ってみましたがね。危険を覚悟で相当きわどいこともしましたが、救出は出来なかった」

「……何と言ったらいいのか判らない……」

「だが、諦めているわけではない。何時か必ず取り戻す。そして借りは返す。だから、こうして生きている。そういう思いがなくなったら、もう生きては行けませんよ」

と言って神木は微笑した。

第三章　潰滅

一

ライスカレーを食らっているところに携帯が鳴った。

「誰や？」

片桐会の若衆・千石節夫《せんごくせつお》を呼び出して来たのは笹村真一《ささむらしんいち》だった。笹村は闇金を経営しているが、組員ではない。千石が尻《ケツ》をもっている半ヤクザ、いわゆるフロントである。関西から東京に流れて来た千石は今でも関西訛りが抜けず、諦めて関西弁を通していた。

「なんや、お前か。どないした？」

またバッティングだった。相手はヤクザっぽい男だという。

「ヤクザっぽい？　それで、ナンボ食われとるんや」

笹村は七十万だ、と答えた。客はクラブのホステスで、今、女のところにいるという。千石は場所を聞き取り、「解った、今行くわ」と携帯を切って、ため息をついた。大星会の闇金では、このところいたるところでバッティングが発生している。バッティングの相手はすべて新和平連合だった。一昔前なら一芝居あって、五分とか四分六分で話がついた。だが、大星会が新和平連合グループに入ってから事情が変わった。話がつかないのだ。

特に今月に入ってからが酷かった。新和平連合にやられた、という話が四方から聞こえて来た。やつらはあこぎに四分六分どころか全額かっさらって行く。新和平連合の名を笠《かさ》に着て、まさにしたい放題だった。幸いに、千石自身やられたことはなかったが、いつかは自分の所にもお鉢《はち》が廻って来るだろうと覚悟していた。

問題は、その時にどうするかだった。他の奴らと同じように、上の指示通り大人しく引き下がるか、それとも突っ張って見せるか。千石は片桐会の所属である。会長の片桐公正がとんでもない死に方をしたお陰で、会はがたがたになっている。

高井がとりあえず代行になって、何とかやっているが、昔のような勢いはもうない。代行の高井は根性なしだから、上しか見ない平目《ひらめ》野郎だ。本部の八坂秀樹が何か言えば、直立不動になるような男である。片桐が幹部会で屈辱を味わされて死んだことなど、もう忘れているのだろう。ま、おやじが死んでくれたお陰で会長代行になれたわけだから、悔しいどころか棚からぼた餅くらいの気分なのかも知れない。

そんな会だから、新和平連合と事を起こせば本部から高井はうんと締め上げられる。だから高井から千石たちはきびしく言われている。新和平連合とトラブルは絶対に起こすな、という命令だ。だが、末端はそれではやって行けない。落ち目の片桐会は他所《よそ》より苦しい。たとえぶつかった相手が新和平連合系の闇金でも、取れるものは取りたい。たとえ五分でも四分でも、取らないことには生きて行けないのだ。

そんな思いのところに笹村の電話だった。嫌な予感が頭をよぎる。バッティングの相手はヤクザらしいと笹村は言った。さて、どこの組か……。新和平連合以外なら問題はない。状況を見て、話をつける。こちらに分がなさそうなら四分六分、あるいは三分七分あたりで話をつける。どんなに不利な状況でも、必ずいくらかは取る。そのくらいの根性がなければ今のヤクザは務まらない。

ライスカレーを半分残し、千石は重い気分で立ち上がった。子分の田代《たしろ》を連れて行こうと思ったが、あいにく田代には自分もやっている闇金の集金をさせていた。

いつも事務所代わりにしている喫茶店を出ると、千石は呼び出された場所へ急いだ。出向いた場所はビルの谷間にあるしけたマンションの四階。このマンションには近くのヘルスやデートクラブに通う女たちが住んでいる。言ってみれば、風俗専門のマンションだ。千石も何度か来たことのあるところだ。

エレベーターもなく、体重が九〇キロもある千石は、階段を三階まで上がっただけで息が切れた。狭い踊り場で一息ついた。少し体を鍛えんとならんな、と思った。三十七歳になる千石は、今でこそヤクザだが、十八歳でボクサーになった。その当時はフェザー級の体重で、すんなりした筋肉質の良い体をしていた。それが今では九〇キロ。女と酒に明け暮れたためだった。

だが、ヤクザとしては、この九〇キロが役に立った。背丈は一七五センチしかないが、幅が凄いから、見た目はプロレスラーと違わない。その体で目を剝けば、大抵の相手はすくんでしまう。それくらいの迫力はあった。抜けない関西訛りも大いに役立った。

「相手見て物言わんかい、こら」

とやれば、相手がヤクザでも腰が引けた。

千石は踊り場で煙草を吸い、呼吸を整え、四〇一のドアをノックした。四〇一の角部屋が笹村の客の部屋だ。

「開けろ、わしや」

扉が開いた。蒼い顔の笹村が立っていた。

「どないした？　ああ？」

「……なんか……新和平連合の息のかかっている奴みたいで……」

「なんやて？」

千石の悪い予感は当たった。ついにわしのところまで来よったか。ため息が出た。

千石は覚悟を決めると、笹村を押しのけて靴のまま中に入った。おさだまりの間取りだ。入った所は食堂兼居間、その奥が寝室。居間には生意気にソファーが置かれている。そこにサングラスの男と赤い髪の女。女は俯《うつむ》いているが、男は長い足を投げ出し、煙草をくわえていた。女の足元にスーツケースが一つ。ふけるところを捕まったのだろう。

「……わしは片桐会の千石や、あんた、どこの者かね？」

新和平連合らしいと聴いたこともあり、千石は珍しく下手《したて》に出て、丁寧な言葉遣いで言った。

「おう、来たか。この兄ちゃんにも言ったが、女はうちの客なんでな。証書、見るか？」

と男がくわえ煙草のまま言った。相手は細い男だ。立てばたっぱはあるんだろうが、こんな野郎なら一発で吹っ飛ぶ。

「証書は見んでもええ。あんた、どこの者か訊いとるんや。新和平連合さんの者かいな」

「そうだと言ったら、おとなしく引っ込むか？」

「ま、条件次第やね」

と千石は笹村を後ろに、食堂の椅子に腰を下ろし、短くなった煙草を流しに投げ込んだ。ま、ここは時間をかけて話を進めなければならない。

「条件なんか何もねぇ。こいつはうちの客だ、と言っている。聞こえなかったか？　てめぇら、さっさと出て行け」

と男が嗤《わら》った。えらく突っ張った野郎だった。

「たいそうな言い草やな。新和平連合さんやと、こいつが言うから、こっちもおとなしゅう出とる。あんまり図にのるなや」

と千石は三白眼《さんぱくがん》でねめつけた。だが、相手のにやにや笑いは消えなかった。

「おまえも、そこの兄ちゃんと同じ馬鹿か。さっさと消えろ」

「そうはいかん。あんた、いったいその女にナンボ出したんや」

「こっちは百万から出している。他に何か言いたいことがあるか」

「こっちも七十食われとるんや」

「おまえらが、なんぼ食われようが俺には関係がない。俺は自分の金を取り返すためにこの女を連れて行く。こいつは金を持ってねぇからよ。体貰うしかねぇ。それをこの兄ちゃんがごたごた言う。気にいらねぇな」

千石は後ろの笹村を見た。女は金を持っていない……。金がなければ持ち物を探す。持ち物も金にならなかったら、女の体で返してもらう。ま、これはどこでもやることだ。笹村もそのつもりでここに乗り込んで来たのだろう。ところが先客がいた、という訳だ。

「さあ、行くぞ。立て。スーツケース忘れるな」

と男は女の腕を取って立ち上がった。立つと相手は千石よりも頭一つ背が高かった。だが、体は細い。

「まてまて、まだ話はすんじゃあいねぇ……」

と椅子から立ち上がった千石は男から足を払われた。九〇キロの体が宙に浮き、そのままフローリングの床に落ちた。凄い地響きがした。

「……こ、このやろう！」

脳天を打つことだけは何とか避けたが、すぐには起き上がれなかった。

「……いいか、他人の家に上がる時はな、靴くらい脱ぐもんだ……」

と男は千石を見下ろして嗤った。

「や、やろう……！」

飛び起きようともがく千石は、喉元を足で押さえつけられた。腕で払おうとする千石に、男が言った。

「暴れると、このまま喉を潰す。嫌なら、大人しくしろ」

相手の足首に手を掛けたが、足の側面が喉仏をしっかりと押さえ、不思議なことに、足は外れなかった。

「文句があるなら会のほうに来ればいい。本部に来いよ、金が欲しいって頼みに来い。新和平連合の事務所は解ってるな？　なんなら、うちで尻持《ケツ》ってやってもいいぞ」

と足を千石の喉に置いたまま、男は呆然としている笹村に言った。男の足が喉から離れた。千石は懸命に起き上がり、女を部屋から先に出し、靴を履いている男の背に向かって突進した。

「待てっ！」

男の首に伸ばした手が払われると、何かが顔面に飛んで来た。両目を激しく叩かれ、千石は棒立ちになった。靴べらで叩かれたのだと解ったが、それだけで目が見えなくなっていた。

「ううっ……」

と両目を押さえる千石に、男が言った。

「喧嘩《ゴロ》まくときはな、相手をよく見ろ。てめぇの腕じゃあどうにもならねぇよ。次は目だけじゃあねぇ、殺すぞ」

男は靴べらで千石の頬を二、三度叩き、女を連れ部屋から出て行った。

「……兄貴……！」

笹村の声に、千石は両目から溢れる涙を手の甲《こう》で必死に拭いながら、

「くそっ……野郎、なんて名だ？」

と叫んだ。

「名前は……知りませんよ……ただ、新和平連合と言っただけで」

「そんなことは解ってる……野郎の名だ、奴の名を知りてぇ！　このままじゃあすませんぞ！」

と喚《わめ》いてみたが、今度出会ってもまたやられるという予感があった。昔ボクサーだったから、腕には自信があるだけに、相手の強さが判るのだ。千石はよろめきながら、手探りで食堂の椅子に座った。

「くそっ……酒かなんかねぇのか、なんか持って来い！」

千石はまだ噴出して来る両目からの涙を懸命に拭い、馬鹿みたいに立っている笹村を怒

鳴りつけた。笹村が、困ったように言った。

「そんなこと言っても、この部屋には何にもないんですよ。冷蔵庫の中だって、からっぽで……」

二

相手に追いかけるだけの力がないことが解っていたから、神木は急がなかった。携帯で応援を呼ぶ惧《おそ》れもないではないが、それには五分くらいはかかるだろう。五分もあれば、離脱には十分なゆとりがある。

神木は榊千絵から偽装のスーツケースを取り上げ、

「……怖かったかい？」

と声を掛けた。

「いいえ」

千絵はそう応えて微笑んだ。

千絵はこの二週間の間、クラブに勤めると同時に大星会系列の闇金で借りられるだけの金を借りていた。源氏名は同じだが、使った国民健康保険証の名前はすべて偽名、それも当然で保険証自体が三輪が偽造したものだった。どこも十日で四割以上の高利だったが、むろん返済はしていない不良債務者。かつらで髪型を変えたり、いろいろ細工はして来たが、既に不良客の通知が闇金間になされていて、今回が限界の仕事だった。

常にそばには神木がついていたが、かなり危険な状況に身を置いて来た千絵だった。それでも、今のような修羅場は初めてのことである。それにも拘《かか》わらず、千絵は顔色も変えなかった。大した度胸と言わねばなるまい。

神木は寄り添って歩く千絵を見下ろし、履歴で見た彼女の過去を思った。ヤクザに風俗に売られた千絵は、俺以上にヤクザに詳しい。そんな過去から見たら、あんな修羅場など怖れるほどのものでもなかったのだろう、と思った。

「東京は、これで終わりだ、ご苦労だったね」

「……これで、抗争になりますか？」

「この程度では駄目だな。そう簡単に抗争にはならないだろう。だが、大星会の内部で新和平連合を憎む連中は相当多い。小競《こぜ》り合いくらいは起こるんじゃないか。上手く小競り合いでも起こってくれれば、そこに油を注ぐ」

「どうやるんですか？」

「新田がどうなるかで、戦法も変わる。死ねば、新和平連合は自壊作用を起こす。だが、無事に退院して来たら、計画を実行に移す。そのための道具は揃えたからね」

神木は違法駐車のバンに乗り込んだ。バンには稲垣が受信機を抱えて待機していた。

「……荒っぽいことになりましたねぇ……」

受信機で成り行きを窺っていた稲垣が笑って言った。稲垣はいざという時の救援役だった。以前はその摘発が仕事だったこの元刑事は、違法の拳銃トカレフを懐中に隠している。

「いや、失敗ですね。あんなに勢いよく倒れるとは思わなかった。下の階に人がいたら警察を呼ばれてしまう」

と神木は苦笑した。

「さあ、離脱しましょう」

稲垣がバンを発進させた。バックミラーで追っ手のないことを確認する。神谷町からの携帯が鳴った。受信機を助手席に置いた稲垣が携帯で応答した。

「任務、終了です。今から帰りますよ……」

と報告した稲垣の表情が変わった。

「なに、コズロフが動いた？　それで、有川会長が追ったのか？　榊くんとか？　わかった、とにかくすぐそっちに戻る」

携帯を切った稲垣が言った。

「会長が榊くんとコズロフを追ったようです」

「……まずいな……千絵さん、有川さんを呼び出して下さい」

「解りました」

今度は千絵が自分の携帯で有川涼子を呼び出した。有川涼子がすぐ通話に出た。

「千絵です。神木さんからお話があるそうです」

千絵が神木に携帯を手渡す。

「有川さん、これから僕の言うことをすぐ実行して欲しい。応答はしないで。すぐ離脱。いいですね、離脱すること。それから、すべての送受信を切って八王子に向かって下さい。理由は後で説明します。支部にも携帯で電話をしないこと」

と携帯を受け取った神木が厳しい声で言った。

「……解りました。言われたことを実行します」

有川涼子は勘が良かった。一言も余計なことを言わない。神木はほっとして、千絵に言った。

「今度は、三輪さんを呼んで下さい」

千絵も、突然の緊迫を理解した。携帯で神谷町に待機する三輪を呼び出した。

「出ました」

神木が携帯を受け取り、三輪に言った。

「緊急事態だ。会長に連絡してはならない。事情は後で話します」

三輪が慌てた声で言った。

「今、会長に電話してしまいました……」

「何時《いつ》です？」

「たった今です……すぐ切られましたけど」

「その前にも電話したんですか？」

「何度もしました。進行状況をずっと話し合っていましたから」

「解った。だが、これからは駄目です。二度と掛けてはいけない」

「解りました」

「それでは、そっちはずっと当該車両の……いや、新和平連合の車の画像を追っていたんですね？」

「そうです。それで、会長と連絡をとりあっていたんです」

「現在も、画像を受信しているのですか？」

「ええ、しています」

「すぐ中止して下さい。電波を盗まれている可能性がある」

「ええっ……！」

「例のマイバッハは、現在どこを走っているんですか？」

「首都高の、高井戸《たかいど》を過ぎて、もうじき調布《ちょうふ》です」

「調布？」

「そうなんです、車で波田見市に向かうんなら、関越だと思うんですが、高井戸で環八《かんぱち》に向かわないで、中央高速に入って……おかしいんですよ」

「その車に誰が乗っているのか判っているのですか？」

「ええ、乗り込むところを会長が見ていますし、榊くんがビデオ撮影しています。乗っているのは新和平連合の品田という男と、コズロフです。それに浦野孝一。これは会長が写真と照合して確認しました。あと誰かは判りませんが、日本人の中年の男が一人乗っています。会長の判断では、多分、磯崎という代議士ではないか、ということです」

「了解した。これからそっちに戻りますが、さっき言ったようにすぐ送受信を中止すること。そして携帯電話は使わない。いいですね？」

「解りました」

「それから、多分、そういうことはないと思うが、拙《まず》い状況が来るかも知れない。重要なものをまとめて千絵さんの所に移動。重要な物が何だかよく考えて下さい。要するに見られたら困るものです」

「解りました。すぐそうします」

「頼みます」

神木は通話を終え、太い息をついた。

「……まずいことになりましたか？」

稲垣が不安の顔で訊いた。

「僕のミスです。みんなに公安の説明をするのを怠《おこた》った……公安がコズロフに張り付いているとすれば、あの車も追尾されている可能性が高い。有川さんはCCDカメラを監視しながら距離をあけているから気づかれないと思っている。確かに新和平連合の連中には気づかれないでしょう。

だが、公安は違う。どの程度の規模で追尾しているかは判らないが、車の主の通話を拾おうとしているかも知れない。すると、あのマイバッハからは常時電波が漏れていることにも気づく。その電波を拾っている者がいることにも気づく。

今度はその受信を調べる……解りますか？　彼らは自分たち以外の者が同じように追尾していることに気づく……一チームで追尾しているなら、そのままマイバッハを追う。だが、二組、あるいはもっとチームが多ければ、受信者にも関心が向く。下手をすると有川さんの車両を特定されてしまうこともあり得る。ついでに、有川さんの通話も拾おうとするかも知れない。発見したら、一チームが今度は有川さんの車をつける……つけられた先が神谷町支部では最悪の事態になる。

だから、有川さんには八王子に向かってもらった。八王子なら、最悪の場合でもある程度は釈明が出来る。中央高速なら、具合のいいことに帰り道ですからね。ま、少々慌てたのは、そういう理由です」

今度はハンドルを握る稲垣が蒼くなった。

「……そりゃあまずい……公安はそこまでやりますか？」

「さあ、どうですかね。どこの部署かにもよる。追尾のチームが何チームかにもよる。ただ、僕が在職していた時代より秘聴《ひちょう》の技術が進んでいることは間違いない。分析の精度もスピードもかなり変わっていると考えたほうが良い。例の核マルに秘聴されてから、公安の通信システムはもの凄く進歩しましたから、交信の秘匿性だけでなく傍受、秘聴システムも凄くなっているはずです。神経過敏というくらいにね。だから、新和平連合を相手にするのとは、レベルが違う。素人とプロとの違いで、われわれはそこに飛《と》び込んでしまった……」

「……まずかったですな……公安に張り付かれるようになったら、確かに、私らは身動き出来なくなる……それに、貴方にも迷惑をかける」

「僕のほうは、どうということもない。今までもずっと追われていたが、それで身柄を拘束されはしない。日本国内で逮捕されるようなことはしていませんからね。ただ、確かに、こっちは何も出来なくなる。

さて、どうするか……新和平連合の事務所からの盗聴はさほど危険ではないと判断しましたが、公安が付いた時点で、新和平連合の車からの受信は切ってしまう必要があった。あの車にはコズロフが乗る可能性が高いわけだったのですから。それを指示するのを忘れたのは、彼女ではなく、僕のミスです」

千絵が言った。

「……公安というのは、そんなに怖いんですか？」

「追われる立場になったら、怖い。日本の唯一の防諜《ぼうちょう》機関だからね」

稲垣がため息をついた。

「……会長の追跡が気づかれないことを祈るだけですな……私がついていて、無力で申し訳ない」

「何を言うんです。稲垣さんは刑事部の出だ。公安の中身なんか判るわけがない。要するに、僕がいながらのミスですよ」

「……喜一がついていて、そんな危険に気がつかなかったなんて……」

と千絵が震える声で呟くのに、神木が優しい声で言った。

「それは榊くんが悪いんじゃない。彼は機器の技術的なマニアで、秘匿行動のプロではないんだ。だから新和平連合の情報もずいぶん取れた。ただ、今度そこに本物のプロが登場して来た。通信の技術も、連中はプロだから、太刀打ち出来ない。装備もわれわれとは桁違いなんだから。そのことを僕が説明しておかなければならなかったのに、それをしなかった。今回に限って、榊くんが失点を犯したわけではないよ」

神木が稲垣に尋ねた。

「このバンに、東京都の道路地図は、積んでありますかね？」

初めて、稲垣が元気のいい声で応えた。

「ありますよ、あります。千絵さん、グローブボックス、見て下さい」

千絵が急いでグローブボックスから道路地図を取り出した。

「これで、いいんですか？」

「ああ、これでいい」

神木が地図帳を開いて中央高速を指でなぞる。

「……近いところで気になるのは調布飛行場か……」

「なるほど。飛行機をチャーターして波田見市に向かう手はありますな」

神木が微笑んで言う。

「さて、そうなると、公安の連中も、ちょっと慌てるな。車の追尾はそこで出来なくなる」

「それがいいことか悪いことか、判らんですよ。コズロフを諦めて、こうなったらと、会長の行方に専念されたらかなわない」

「どうですかね、さっきも言ったが、どこの公安部門が出てきたかによってやり方も関心も違います。願わくば、警視庁の公安であってもらいたい。チヨダあたりが出張っていたら、かなり厄介なことになる……」

「……チョダって、何なのですか？」

と千絵が訊く。

「公安の中にある特殊部隊と言ったらいいかな。昔はサクラとか、第四係とか言われていた部署だ。公安の中で最強の精鋭部隊だから、歯が立たない」

「……神木さんの、元いたところだよ」

と稲垣が小声で言った。

「まあ、とは言っても、コズロフが調布でチャーター機に乗るとは限らない。やつらが波田見市に行くことは想定内だが、むしろ他のところに行くことのほうが困る。舞台はこれ以上拡大してもらいたくない」

バンが神谷町に着いた。

「周囲を確認して下さいよ」

と稲垣が呟く。賃貸駐車場の周辺に異常はなかった。エンジンを切る稲垣に、神木が言った。

「稲垣さん、このまま車を借りますよ」

「それはいいですが、何をするんです？」

「まず千絵さんと、支部に戻って緊急避難を実行して下さい。あの部屋から、調べられたら困るものを、とりあえず二階の千絵さんの部屋に移して下さい。電話では言えなかったが、まず銃器。ガサかけられて、ハジキが出てきたら、釈明しようがありませんから。元刑事、拳銃の不法所持。これはどうにも格好がつかんでしょう。ということで、支部の一階は当分封印する。電波の送受信を暫くの間止める。頼みます」

「解りました、すぐやりましょう。で、神木さんは、どうするんです？」

「八王子に行きます」

「八王子に？」

「向こうの無事を、この目で確認しておきたい」

「やっぱり、気になるんですな？」

「不安の種《たね》は潰しておきたいんですよ」

「解りました。だが、一人で大丈夫ですか？　何なら私も同行しますが」

「いや、貴方はここにいてくれなくては困る。相手が公安の場合に対応するのは、千絵さんたちより稲垣さんのほうがいい。多分、本庁の公安でしょうからね。やつらが来る可能性はほとんどないと思いますが、それでも用心しておいたほうがいいですから」

「了解しました」

と頷いた稲垣は、腰のベルトに押し込んでいた拳銃を見せて言った。

「持って行きますか？」

「いや、まだ要りません。そいつが必要になるのは、もう少し後だ。その代わりに、携帯を借ります」

神木は携帯を稲垣から受け取ると、

「それでは、後をよろしく」

と稲垣に代わってハンドルを握った。

三

「……民間のシェルター？　代表者川島彩子……警視44、了解」

森村《もりむら》は通話を終え、助手席で双眼鏡を覗く結城《ゆうき》に言った。

「……ということだ。民間の駆け込み寺だとよ」

「それが、なんでおかしな受信機つけて走ってるんです……あの車がコズロフを追っていたのは間違いないんだ」

二人は警視庁公安部外事一課のスタッフだった。彼らは警視庁内の本部に、追尾して突き止めた施設の住所を報告し、その照会を求めていた。

八王子市の市外で、周囲に住家はない。雑木林と畑が混在している。人影などは無論なく、走行する車も見えない。そんな環境だから、森村も結城も先方の民間施設のシェルターと報告された建物に注意を集中していた。

森村はそう言って再び無線で班長の車両を呼び出した。

「警視44から警視224、応答願います……」

警視224は班長の坂本《さかもと》が乗る車両のコードナンバーである。

「こちら警視224。坂本だ。なんだ？」

「現在、車両の入った建物は『救済の会』という民間のシェルターと判明。当該施設の代表者は川島彩子ということです。今までのところ、建物に不審な動きはありません。このまま視察を続けますか。指示願います」

コズロフ追跡は三台の車両と、スタッフ七名で行なわれていた。一行から離れて不審な無線受信車を追った森村と結城の車両、警視44だけが抜け、他のスタッフはコズロフの車両を追尾して、全員調布航空飛行場に集まっていた。コズロフの一行はそこでパイパー・マリブ・ミラージュ機をチャーターして新潟空港に向かったことが航空事務所に出されているフライトプランで確認されている。班長の坂本は、そこから新潟県警の警備部を呼び出している最中だった。

「シェルターだと？」

「そうです」

「シェルターってのは、女やなんかの救護施設だな？」

「そういうことです」

「了解した。そのまま暫く視察を続行」

「警視44、了解しました」

二人はそのまま「救済の会」の視察を続けた。時折、建物の窓から内部で人が動くのが見える。森村の二〇〇ミリの望遠レンズを装着したカメラのファインダーに見えるのは女性ばかりだ。まあ、本部の照会によって民間のシェルターと判明したのだから、女性がいるのは不審でもなんでもない。

「……ありゃあ東南アジアですね……」

双眼鏡で建物を監視していた結城が呟く。裏木戸から出てきた女性が、建物の横にある物干しから洗濯物を取り込んでいるのが見える。どこかのスナックで働いていたタイ人かフィリピン女を収容しているのだろう。追って来たセダンは敷地内の玄関前に停まったたまだ。他に年式の旧いボロ車が一台駐車している。敷地には収容した女たちを取り戻しに来る連中を警戒してか、有刺鉄線が張り巡らされている。

三十分以上もそんな視察を続けていると森村は睡魔に襲われ始めた。眠気を覚ますために森村は煙草を取り出してくわえた。

「……窓、開けるぞ……」

と隣りの結城に声を掛け、森村は運転席の窓を開けた。気持のよい冷気が車の中に流れ込んで来る。煙草に火を点けようとして、森村はあっとなった。目の前に火の点いたライターが差し出されたのだ。森村は煙草をくわえたまま、突然窓の外に立った男を唖然と見上げた。もう一度、衝撃がやって来た。

「……班長……！」

「相変わらず眠そうだな」

と車内を覗く男が笑った。

「……なんでこんな所におられるんです……？」

男は神木で、森村のかつての上司だった。

「お前たちこそ、なんでこんな所にいる？」

そう尋ねられるとすぐには応えられなかった。隣りの結城は突然のことに、呆気《あっけ》にとられたままだ。

「自分たちは……任務中で……班長も、何か、特命ですか……？」

「班長はよせ。俺はとっくに退官している」

慌てて車を降りながら、隣りの結城に言う。

「こちらは、元俺の上司の、神木さんだ。こいつは結城と言います」

結城も車から降りた。それにしても、何時接近したのか。俺たちは、まったく気がつかないうちに接近されてしまった……！　えらい失態だ、と森村はがっくり来た。

「おまえら、あそこの『救済の会』を視察中か？」

「ええ、まあ」

「止めておけ」

「はあ……」

間抜けた応答だが、森村がパニックになるのも無理はなかった。神木は元上司、だが、ただの上司ではなかった。この上司、ある時期から公安の名簿から消えた。消えた理由は説明されなかったが、みんなの噂で判っていた。選抜されてチヨダに入ったのだと囁かれていたのだ。チヨダは並みの公安部員では入れない。キャップの理事官はキャリアの警視正クラスで、この理事官も名簿から名前が消されると聴いていた。それほど秘匿された公安の特殊部隊なのである。そこに選抜された伝説の人物が神木なのだ。

その後、退官したとも聴いたが、なにせチヨダのことだから、それもひょっとしたら特命の何かかとも思っていた。そんな伝説の人物が突然目の前に登場したのである。驚くな、というほうがおかしい。

「班長は誰だ？」

「坂本さんです」

「ほう、皆川《みながわ》さんの下にいた、あの坂本か」

「そうです」

「だったら坂本に言っておいてくれ。俺はな、あの救護施設『救済の会』の職員なんだ。何か訊きたかったら視察なんて面倒くさいことをせんで、堂々と俺を訪ねて来いと伝えてくれ。俺は逃げも隠れもせんとな。何で視察下に置かれているのか知らんが、救済の会は、怪しげな宗教団体ではない、ちゃんとした救護施設だ」

「それは……」

森村は追尾の理由をここで口にすべきかどうかで一瞬迷った。べらべらと任務を口にする公安部員はいない。

「まあ、見張っていたかったらそうしてもいいが、得るものは何もない。時間の無駄だ。ということで、坂本によろしく言ってくれ。ただ、ここで俺に会ったことを言うのは、坂本だけにしてくれ。こっちも煩《わずら》わしいことに関わりたくないんでな」

神木はそう言うと、まあ、しっかりやれよ、と笑って施設の中に歩いて入って行った。

「……どういう人なんですか、あの人は……？」

見送った結城が森村に訊いた。

「そうか……お前、まだ入庁していなかったんだな……神木さんと言えば、キャリアじゃあなかったが、俺たち本庁の公安じゃあ特別の存在だった人だ」

二人はまた車に入った。

「森村さんの上司だったんですよね」

「ああ、そうだ。うちの班長だったんだ。その後、チヨダに選抜されてな。後のことは全部噂だが、チヨダでも班長になっていたらしい」

「それが、今は、あそこの職員だって言うんですか？」

「ああ、そう言っていたな。ちょっと信じられんが……」

だが、神木は確かに見ている前であの施設に入って行った。ということは、職員というのは嘘ではないのだろう、と森村は思った。だが、チヨダに選抜されたほどの男が、何で「救済の会」などというところにいるのだ？　彼ほどの能力を持っていれば、もっと凄いところに再就職も可能だろう。退官していると言ったが、はたして本当だろうか？　職員というのは擬態《ぎたい》かも知れない……。

「で、どうします？」

「とりあえず、班長に報告しとかんとならんな」

結城が渋い顔になった。

「知らないうちに接近されたことも話すんですか？　まずいですよ、それ」

「馬鹿野郎、そんなことまで話すか。ただ、神木さんが出て来たって言うだけだ。こいつだけはきちんと報告しとかんとまずいんだよ。理由は、わからないか？　神木さんくらいになるとな、どんな身分で特命の任務を遂行しているか判らないからだ。退官ってのもな、特命でそうなっている場合もあるからだ。

こっちとしては、おかしなことに首を突っこみたくないってことだよ。要するに、神木って人は、普通の人じゃあないんだ。たぶん、うちの班長だって、神木さんとバッティングしたって言えば、同じだ、震え上がる。そういう存在なんだ、神木って人はな」と言って、森村は諦めたように無線のマイクを手に取った。

事務所の窓から視察のバンが走り去るのを確認して、神木は後ろにいる涼子と榊に言った。

「やっと諦めたようですね」

「よかった……」

「まだ、これで監視がなくなるかどうかは判りませんがね」

「わたしがミスをしたばかりに、神木さんには申し訳ないことをしました。こちらはともかく、これでまた貴方に厳しい監視がつくのですね」

神木は食堂からの賑《にぎ》やかなざわめきを聴きながら、事務所の椅子に座って煙草を取り出した。榊が心得たように灰皿を食堂に取りに走る。

「……これまでと変わりませんよ、公安では退官してもどこで何をしているかを常に把握しておきたいんです。それより、有川さんの心配は、昔のスタッフに居所を知られてしまうのではないか、ということじゃあないんですか？」

向かいの椅子に腰を下ろした涼子が微笑んだ。

「そのことは、仕方がないですね。知られたくないですけど、そんなことを言っていられる状況でもないですもの」

「だが、おそらく今日のことが、岡崎チームだった人たちに伝わることはないでしょう。有川さんは知らんでしょうが、同じ警視庁でも公安部と刑事部とが情報のやり取りを常時することはない。また、公安刑事と刑事部の刑事がやりとりすることもない。さらに言えば、同じ班ならともかく、公安の刑事同士が始終仲良く出勤して話し合うなんていうことはない。

つまり、今、僕が連中と話したことが伝わるのは、彼らの上司の坂本まで。あるいは班長の上役である係長、課長クラスで停まるはずです。ただ、これが警察庁のスタッフだったらそうは行かない。僕のことに神経を使っているのは警察庁で、警視庁の公安部ではないですから。警視庁の公安で運が良かった」

榊が灰皿を運んできて神木の前に置くと、

「ここからもパソコンの通信は危ないでしょうか？」

と二人の様子を窺いながら訊いた。

「今しばらくは大丈夫だろう。二、三時間したら、ここもチェックされるかも知れないがな。ただ、今後は用心したほうがいい。こちらも盗聴される危険があるということだ」

「解りました」

「もう一つ……」

と神木は有川涼子に向き直った。

「残念だが、神谷町の事務所は引き払ったほうがいいですね」

「公安が、あっちも調べますか？」

「僕が出て行ったからといって、はい解りましたと、引き下がってくれる保証はない。さっき説明したように、三輪さんに二階への移動を指示しましたが、それはあくまで緊急事態を目前にした処置です。同じ建物ではまず通信全てが危険になる。慌ただしいが、別の場所に移動したほうがいい」

「でも、新和平連合の盗聴はまだ続けられるのでしょう？」

と、榊が訊いた。

「ほんの少しはな。ただ、何時危なくなるか判らん。こちらの受信を追跡される危険が間近だ、と思ったほうがいい。だから、移動した段階で、新和平連合の盗聴も中止だ。もう一つ、盗聴器に指紋は残したか？」

しょげていた榊がやっと元気に応えた。

「そんなことするもんですか。全部ゴム手袋でやりましたよ。電池だって素手で触ってないです」

「すると、問題は、会長だけだな。会長は、新田や新和平連合の連中に顔を見られているし、指紋もふんだんに残して来た……」

涼子が訊いた。

「まずいことがありますか？」

「いや、今のところはないですがね。新和平連合に対してこれから気をつけなくてはならないのは、身辺を探られないことだ。家政婦会派遣で潜入しても、神谷町にその看板がなくなった時点で、とりあえずは追及の道が途絶える。どうせ、あの部屋を借りたのも偽名なのでしょう？」

「もちろん、救済の会の名は出していませんから、新和平連合が跡を辿っても、あそこで止まります。要するに、顔さえ出さなければ、ここまで辿られることは、少なくとも新和平連合関係ではないだろうと思います」

「ただ、公安はそうは行かないですよ。相手が公安の場合は、そんな小細工はすぐにばれる。要するに、われわれがこれから特に気を配って動かなくてはならない相手は新和平連合ではなく、公安の連中なんです。あいつらに出て来られると、こっちが動けなくなる」

「これから、どうするのですか？」

不安げな涼子に、神木が答えた。

「有川さんには、しばらくここで救済の会の会長として励んでいただく。これからの仕事は、僕の出番ということです。いよいよ例のオペレーションを実行に移す。これは、そうですね、千絵さんと僕でやる。榊くんは稲垣班に入って、新しい支部を立ち上げてもらう。なるべく安全な場所にね」

「……僕が、姉貴の代わりになることは、駄目なんですか？」

「残念だが、二つの理由で駄目だ。まず、稲垣さんには新しい基地は作れないだろう。パソコンなんて、あの人はぜんぜん解っていないんだから。お姉さんをこっちで借りるのは、偽装が必要だからだ。想像してごらん。街中に男女二人がいるのと、中年の男と若者が手を繋いでいるのと、どちらが人目を引く？」

「……残念だなぁ、傍で見たかったのに……」

神木が笑って言った。

「その代わり、器用な君に至急やってもらいたいことがあるんだ」

「何ですか」

「君はサイレンサーというものの構造を知っているか？」

「サイレンサー？」

「消音器だ。こいつを君に作ってもらう。街中で銃声で人を驚かせたくないからな。それでは今からその構造を教える。音を消すことは無理だが、そいつを何分の一かに減らすことはそれほど難しいことではないんだ……」

と言い、神木は事務机から紙とペンを取り出した。

四

部屋の隅で真っ裸で抱き合っている二人のタイ女を眺め、滝沢はカメラを手にしている岡田《おかだ》を怒鳴りつけた。

「……馬鹿か、おまえは。裸の写真撮ったくらいで今どきの娘がビビって大人しくなると思ってるのか！」

場所はデートスナック「桃源郷《とうげんきょう》」の事務所だった。この店は滝沢組の直営店で、店長の岡田はれっきとした組員である。タイ、フィリピン、韓国からの女を十人ほどおいて商売をしている。売り上げは、大して上がっていない。

もっとも、それにはそれなりの原因がある。十人ほどの女は皆売れ残りで質が悪い。整形でもさせなければ東京なんかには売れない女たちだった。寺山市という田舎でも、最近は客の目が肥《こ》えて、ただ外国女というだけでは売れなくなった。

その中の、タイ女が二人、パスポートを取り上げているにも拘わらず脱走を試みた、というのが岡田からの報告だった。女には約四百万の借金を担《かつ》がせ、それだけの稼ぎがあるまでは店を辞められない契約にしてある。四百万は、もちろんいい加減な金額で、月の稼ぎが悪ければ、罰金として五万、というように借金がどんどん膨《ふく》らんで行く仕組みだから、結局はほとんど収入なしで働かせている格好になっている。

もっといい女を置けば売り上げが上がることは解っているが、いい女は他所《よそ》に高く売りさばいているのだから仕方がなかった。

滝沢は腕の金張りのロレックスを眺め、こんなことはしていられないと、

「甘やかすから、逃げようなんて気を起こすんだ。もっとしっかりしばけ。逃げたりしたら、ぶっ殺す。小せぇ脳みそに叩き込め！」

ともう一度どなりつけ、若い衆に、

「行くぞ！」

と顎をしゃくった。

それにしても、忙しい一日だった。新潟まで一時間以上かかる道のりを往《い》ったり来たり、やっと客を無事に送り出し、戻ってくればこの有様《ありさま》だった。これから一日の疲れを癒《いや》そうという時に、携帯でつまらぬことに呼び出された滝沢は血圧が上がっている。

本当に神経を使った一日だったのだ。東京の新和平連合からの連絡で、客は大切なロシアからの客だと告げられた。粗相《そそう》があったら、貴様の首が飛ぶ、と大幹部の品田から真っ先に脅かされた。

「……それだけじゃねぇ、もう一人、もっと大事な方を連れて行く。名は言えねぇが、会

長よりも上のお方だと頭に叩き込んでおけ。解ったな？」

　と電話にじかに出て来た品田が念を押した。新和平連合の会長よりも上の人物なんてぇのがいるのか？　考えたが、見当もつかない滝沢だった。そこで滝沢はいつもの相談相手の若木勉を電話で探し回った。何とか見つけて事情を話すと、若木が笑って言った。

「そいつは若に決まってるだろうが」

「若って、誰だ？」

「お前、馬鹿か？　ちっとは小さな脳みそ働かせろ。あの浦野光弘の倅《せがれ》に決まっているだろうが」

　と馬鹿にされた。そして今度は打って変わった真面目な口調になって若木は言った。

「……とはいえ、確かにそいつは大変だな。ヘマしたら、確かにお前の首は飛ぶよ。ついせんだって会長がやられたばかりだしな、また何かあったら、まずおまえが責任とらされるわ。そして、そいつは半端なこっちゃ済まんわな。指落とすくらいで済むこっちゃないぞ。品田さんがそう言ったんなら、その通りよ、指じゃあなくて、おまえの首落とすことになる。こいつは嘘じゃあねぇぞ。ま、腹括《くく》って、しっかりやれ」

　滝沢の役回りは大変だった。近々、大星会と大間連合とで再度の話し合いが行なわれるとやはり品田や若木から聴いてはいたが、手打ちが決まっているわけではなく、大間連合側はかなり神経過敏になっている。大間連合ではすでに新和平連合を迎え撃つ、と叫んでいる二次団体があることも伝わって来ているのだ。

そんな中に護衛も大して連れずに、そんな大事な客を送り込んで来るのだから、滝沢は組員総出でガード兼案内役を務めなければならなかったのである。しかも、視察はただそこらを走って廻るだけではなく、

「いいか、ヘリをチャーターしとけ。でっかい奴だぞ、空から見て廻るからな」

と言われ、ヘリコプターなんぞ一度も乗ったことのない滝沢は、ヘリを借りる算段までしなければならなかった。

もっとも、この視察では嫌なことばかりが続いたわけではなかった。美味《おい》しい話も品田から聴かされた。それは、こんな内容だった。

「いいか、滝《タキ》、新港押さえたらな、おまえにも嬉しい話が来る。将来、港はおまえに管理させるつもりだが、そいつは大間連合を整理してからだ。だが、その前に、お前のシノギがでかくなる。

スカンジナビアなんかからな、五十人百人単位で女を運んで来ることになる。捌《さば》くのはおまえだ。それだけじゃねぇ。今度はこっちの女を送り出す。日本の女だ。こいつは今までも北海道の連中がやってたことだがな。今まで、北海道に出張っていたサハリンとナホトカの連中を、今度の客の組織が押さえる。モスクワの傘下にするんだよ。カニやウニの密売とはくらべものにならんぞ。これからはもっとでかい仕事だ。そのための視察だ。

島を一つ手に入れる。新港から簡単に行き来出来る島だ。そこに荷を入れる。船は新港に入るが、人間のようなもんは、その前に降ろして島に入れる。ま、そんな具合のものをな、急いで用意せんとならん。小さな倉庫じゃあ駄目だ。無人島をな、一つ手に入れて、島ごと倉庫にしちまうんだよ。

そいつの管理が、おまえの仕事だ。五人、六人というこれまでのお前のシノギとは規模が違う。どうだ、いい話だろうが。大間連合とのことでおまえは話を上手く運べんでいたんだ、ここで挽回《ばんかい》せんと、おまえのシマも取り上げる。解ったな？　腹括って準備せぇ」

なるほど、だから波田見港か、と思った。水路はきちんとしていながら、東側には小島が点在しているのが波田見の海の特徴だった。島には住民が住んでいるものもあれば、無人島もある。

その島を格納倉庫に使うとは、大したアイデアではあった。もっともこれは金が無尽蔵にあるから考え付くアイデアで、金がなければ島ひとつ丸ごと買うなんてことは出来ないのだから、確かに新和平連合が考えそうなことではあった。

それにしても、嬉しい話であったことは間違いない。百人単位で白い女を扱える。一回で、億単位の商売になる。今日び、目の玉がひっくり返るくらいの商売だ。しかも、帰路は日本の女を送り出す。一方通行ではないから、商売は倍になる。

そんなことで、神経も肉体もくたくたになるほどの仕事であったが、何とかこなした。

組員の半数にチャカを持たせての警戒態勢を組んだだけの苦労は実り、一行をまた新潟空港から送り出した時にはもうへばってしまい、女を抱いてレミーを空けることだけを考えて寺山市に戻って来たのだった。

滝沢は「桃源郷」を出ると、カシミアのコートを羽織り、店の横に待たせた車に向かった。自慢のメルツェデスの前まで来て、待っているのが護衛の組員だけでないのに気づいた。大星会の奴らが押しかけたか、と若い衆の後ろに逃げ隠れようとした滝沢に、二人の男が近づいてきて警察手帳を見せた。

「何だ、何だ、あんたら、何の用だ……！」

と一応凄んではみたが、内心はもう駄目か、と思っていた。「桃源郷」のドアを開けられたら、ホステスをすっ裸にしてリンチしているわけだから、逃れようがない。だが、滝沢はどこかがおかしい、と思った。メルツェデスの前に集まっている刑事たちは六人ほどもいる。どの顔も、この寺山市で見る顔ではない。ここの所轄の刑事ならほとんどの顔を知っている滝沢なのだ。

「あんた、滝沢宗夫さんだね？」

「ああ、滝沢だが……それがどうかしたかね」

「ちょっと話が聴きたいんで、同行してもらいたいんですがね」

と言った男は声が穏やかなぶん、かえって凄みがあった。マル暴の乱暴な口調とはまったく違ったのだ。

「何の容疑だ？　令状持ってるんかい」

「パクられたいんなら、材料はいくらでもありますよ。あんたんとこのあの若い衆、全員チャカ飲んでいるね。今、現行犯逮捕も出来るが」

「それは……！」

「あんたは拳銃不法所持でなくとも、同じだよ。あんたのために武装しているということは、法的に同じなんだ。さて、どうですか、私らに同行してもらえるか、それともここの対策課にパクられたいか。どっちがいいかね？」

「い、いったい何の事情聴取だ……？」

「心配することはない。聴きたいことは、あんたのシノギについてじゃない。あんた、今日、新潟空港に行きましたね？」

この見知らぬデカの一言で、滝沢は脂汗《あぶらあせ》が噴き出すほどのパニックになった。

「と、いうことで、どうですかね、ご同行願えませんか」

断る術《すべ》がなかった。

滝沢はその場から覆面パトカーらしき車に乗せられて、目隠しをされ、六人の見知らぬ刑事に連行された。連れて行かれるのは所轄ではなく、県警だろうと想像したが、実際滝沢が連行された場所は、どこかのアパートの一室だった。事務机の前に座らされ、六人の男に取り囲まれた滝沢は、その威圧感に震えあがった。

「あんたら、本当の刑事か？　わしを嵌《は》めようとしてるんじゃないだろうな」

と叫ぶ滝沢に、それまで丁重《ていちょう》な言葉遣いだったリーダー格の男が言った。

「ガキみたいにガタガタ騒ぐな、このチンピラが。さあ、洗いざらい話せ。おまえとコズロフとはどういう関係なんだ？　とぼけると、本当にしょっぴく。十年は出られんようにしてやる」

　この一喝で、滝沢は簡単に落ちた。

「コズロフってのは、ロシアからの客らしいが、俺は知らない。ただ、ガードを頼まれただけで……」

「誰に頼まれた？」

「そりゃあ、東京から……」

「東京の誰？」

「それは……新和平連合……もう、これ以上は知らん、知っているのはそこまでだ」

「ふざけんなよ、滝沢。あんた、ヘリまでチャーターして、何してた？　ただのガードがそこまでするか？　とぼけんのもいい加減にしろ。何ならあんたらがいつもやっているように、しばいてやろうか？」

とリーダー格が筆記していた部下からボールペンを受け取り、羽交《はが》い絞めにされた滝沢の耳の穴にボールペンを突き立てた。

「さあ、歌ってもらおう。まずコズロフをどこに案内したのか。コズロフとのこれまでの関係。コズロフが何で日本に来ているのか……さ、みんな話せよ。さもないと本当にやる」

こんな調子で攻め立てられ、一時間も経つ頃にはこれまでの経緯のほとんどを喋ってしまった滝沢だった。

まったく言いなりに喋らされ、情けない滝沢だったが、一つ判ったのは、この男たちがただの刑事ではない、ということだった。これまで滝沢が目にし、付き合って来たマル暴の刑事たちとはまったく違う不気味な感触の男たちだった。もう一つ判ったことは、彼らは新和平連合には関心がそれほどないようで、訊くのはロシアからの客のコズロフと、浦野光弘の息子だと思われる青年についてだった。

尋問のすべてが終了すると、滝沢は再び「桃源郷」の前で降ろされた。

「ご苦労さんだったな。ということで、今夜のことは皆忘れろ。これまで通り新和平連合と付き合え。お前がみんなゲロしたことは、こっちも口外はせんから心配しないでいい。その代わり、またちょくちょく会わせてもらうことになるかも知れない」

一人残された滝沢は、今起こったことがどんな意味を持つのか、さっぱり解らなかった。ただ、歌ってしまったことを口外しない、と言ってくれたことが有り難かった。そんなことが新和平連合にばれたら、間違いなく消されてしまう。そして見知らぬ刑事が最後に言った言葉を思い出し、慄然とした。あの刑事は、

「またちょくちょく会わせてもらう」

と言ったのだった。

五

新田雄輝はベッドの上から窓を通して見える鉛色の空を見上げていた。相変わらず、腕の血管にチューブが繋がれたままの姿だったが、体力はかなり戻って来ている自覚はある。それでも自分が死の寸前にあったことは知っていた。何故か体内に入り込んだウィルスが猛威を奮《ふる》い、新田を死に追い込むところだった。

担当の医師は、運ばれて来るのが半日遅れていたら助からなかっただろうと、付き添った副会長の中村に話したと言う。そして新田は、入院を決めたのは中村でもなく、藪医者の蒔田でもなく、あの家政婦だったことを知っていた。あの女が医師の蒔田を呼ばなかったら、自分は間違いなくあの部屋で死んでいたのだ。まさに九死に一生だった。

意識が戻り、まともな思考が出来るようになると、新田はあの家政婦をここに呼べ、と

付き添いの組員に命じた。返って来た報告は、新田を混乱させた。家政婦はすでに辞め、家政婦会に連絡しても行方が判らない、というものだった。何か特別な礼をしようと考えていた新田は、

「どんなことをしてもいい、必ず捜し出せ」

と命じ、良い報告を待った。その朗報はまだない……。

意識がはっきりした新田を襲ったのは、さまざまな報告だった。自分が倒れたことで、波田見市の視察は品田が代行してコズロフと若を現地に案内していた。この詳細な報告は品田から受けた。現地の滝沢組に警護を任せ、視察は滞《とどこお》りなく終わったという。そこまでは、良かった。だが、先刻、病院に見舞いに来た浦野孝一が、意外なことを口にした。若は病室からガードの男たちを追い出すと、渋い顔で話し始めた。

「あんたが元気でいてくれて良かった……ところでね、新田、あんたに話しておきたいことがある。コズロフが言うには、僕たち一行におかしな者がついていたと言うんだ」

おかしな者とは何ですか、と尋ねる新田に、

「コズロフが、警察がついている、と言っている。それでビビって、コズロフは明日モスクワに帰ることになったよ。それでこっちの予定が少し狂った。早速、以前見た島を買う手筈《てはず》でいたんだが、コズロフがロシアに戻ってから向こうで結論を出したいとぐずぐず言い出してね。コズロフは、公安がついたと言うんだ。あの男は元ソ連大使館にいたから、

そういう監視には敏感なんだな」

と不快の顔で言った。

「公安ですか……？　どこで判ったんです？」

と意外な言葉に、新田はもう一度訊き直した。

「ああ、それは新潟だ。新潟空港から監視されていたらしい。コズロフは、マル暴じゃなくて、公安だって言ってる。新潟や富山は、拉致事件以降、公安のチェックが厳しくなっているんだそうだ。つまり、僕らが狙われたんじゃなくて、ロシアから来たコズロフが目を付けられたのだと思う。コズロフは、だから僕らは心配ないと言っているが、そうだからと言って、安心出来る話じゃないからな。こっちにはミスはないはずだが、うちは磯崎を抱えているから、へえ、そうですかって、聞き流せる話じゃないだろう。そっちを下手に触られると、危ない気もする。ところであんた、公安というのがどんなもんか知っているか？」

新田は、よくは知らない、と答えた。ヤクザが相手にするのは常にマル暴、すなわち暴力団対策課の刑事たちで、広がっても刑事部の刑事だ。公安のセクションとは接するところがない。だが、公安が防諜の機関だということぐらいは新田でも知っている。コズロフが、その防諜機関に目を付けられることは、確かに考えられる。

「それで、コズロフは急遽《きゅうきょ》明日モスクワに戻ることになった。そのコズロフが言うんだ。

うちも盗聴に気をつけろとさ。うちは勿論、始終チェックをしているから心配ないけど、あんたの所は、そんな用心しているのか？」

新田は、新和平連合の事務所を決めた当時のことを思い出した。ビルへの入居時に、そんなこともやったような気がしたが、組員が定期的に盗聴のチェックを業者にさせているという報告を受けた記憶はなかった。所詮《しょせん》、ヤクザで、ハイテクには弱いのだ。仕方なく、新田は、していないと思う、と答えた。

「駄目だな、おまえたちヤクザは。それくらいきちんとやれ。何なら業者を廻してやるから、すぐやるんだ。磯崎の線で公安なんかに張り付かれたら、こっちまで動けなくなる。波田見市が片付くまでは、どうしても必要な男なんだからな」

と言い置いて、浦野孝一は帰って行った。

新田はすぐ盗聴に関する調査をしろと、事務所管理を任せている幹部の杉井健《けん》を病院に呼びつけ、命じた。その報告が上がって来たのが、一時間ほど前のことだった。杉井が蒼い顔でやって来て言った。

「……まずいことになりました。会長の言われたように、盗聴器が見付かりました。事務所の電話回線を誰かがいじってるんです。しかも、そいつはなかなかの技術を持っているやつらしくて、盗聴器はちゃちな市販のものではないそうで」

何時から取り付けられたものかは判明しなかったが、専門業者は、通話のほとんどが盗聴されていたと考えたほうがいい、と報告してきたのだった。何でそこに気が廻らなかったか……。迂闊《うかつ》といえば迂闊だった。近代ヤクザと謳《うた》って来たが、それはスタイルだけで、肝心なところが抜けていた。特に会を運営する大幹部は皆根っからのヤクザで、ITどころか、パソコンすら扱える者はいないのだ。

「……ですが、仕掛けた奴は必ず見つけ出します。今、業者が受信元の特定を急いでいますから、間もなく判るはずです」

杉井は、最高の技術屋を雇ったから、絶対に受信がどこかを見つけ出せると、言い訳して、引き上げて行った。まずいことにはなったが、この時点まで、新田はそう心配してはいなかった。

盗聴器はおそらくコズロフに張り付いていると思われる公安が仕掛けたものだろう。仕掛けられたのは組事務所だ。心配なのは磯崎やコズロフなどとの通話だが、新田が彼らと組事務所の回線で話したことは一度もない。彼らとのやりとりはほとんど浦野孝一がやっていて、新田が案ずるのは、その浦野孝一との通話だけである。そしてその通話はすべて自宅でしている。コズロフとの関係は幹部しか知らない計画だから、組事務所でその類《たぐい》の話はしない。だが……はたして俺の住居は安心なのか……。新田はここで初めて自分の住まいの盗聴に不安を持った。

新田は付き添いの若い衆を呼び、留守にした住居のチェックをするようにと、もう一度杉井に連絡させた。今、新田はその連絡を待っている……。

病院食を下げさせ、若い衆に取り寄せさせた鰻重《うなじゅう》を半分ほど食べ、新田は若い衆の携帯を使って杉井を呼び出した。指示通りに杉井は新田のマンションに盗聴の業者と出向いていた。

「今、連絡を入れようと思っていたところです……どうも、こっちも悪い状況です」

と杉井が怯《おび》えたような声で報告して来た。

「どういうことだ、はっきり言え」

「まず、メインの電話が組事務所と同じ手口でやられているそうです。それより、もっとえらいことがありまして……」

と杉井の口調が変わった。

「何だ？」

「会長の、衣服にも、盗聴の機械が取り付けられているようです。ただ、業者がこれまで見たことのない形のものらしくて」

「何だ、衣服というのは。もっとはっきり言え」

「会長の、スーツのボタンに細工がしてあるんです。業者は、そのボタンが盗聴器らしいと。ちょっと信じられん話ですが」

新田はここで初めて蒼ざめた。スーツのボタンなんかに、盗聴器が仕掛けられるものなのか……。もしこの報告が正しいものだとしたら、大事《おおごと》になる、と初めて新田は冷静さを失った。どのスーツかは判らないが、スーツに盗聴器が仕掛けられているとなったら、危険な場所は組事務所や自宅マンションに限らないことになる。盗聴器付きのスーツで浦野孝一のマンションに行っていたかも知れないのだ。大星会との会談も筒抜けになる。

「詳しく調べさせろ。もし盗聴器が本物と判ったら、すぐに処分するな。これだけは業者にしっかり言っておけ。相手に気づかれないように、受信者を見つけ出せ。下手に処理して相手に気づかれるな。罠を張るんだ」

「解りました。慎重にやります」

もしすべてを盗聴されていたら、と考えると、事の重大さがあらためて解った。下手に動けば危ない。ボタンに取り付けるということは、もの凄い技術を持った相手ということだ。そんな盗聴技術を持っているのはどこか？　考えられるのは突如現われた公安だ。公安は、やはりコズロフの線から新和平連合まで監視の手を広げた、ということなのだろうか。解らない……公安とマル暴が連携して動くこともあるのか……？

突然、あの家政婦の姿がひらめいた。あの女は、俺のスーツのボタンを付け替えたのではなかったか……。付け替えたボタンが盗聴器だとしたら……！　ぞっとしたが、冷静になると、それならかえって安全か、とも考えた。もし、そうだとしたら、そう案ずることもないのかも知れない。あれからスーツを着て誰とも話はしていないのだから……。つまり、盗聴されたのは、住居からの通話だけということになる。最近の通話はせいぜい大星会に関するやりとりと、大間連合のことぐらいだ。それにしても、盗聴は何時から仕掛けられていたのか？　問題なのは浦野孝一との通話だが、具体的にコズロフとの仕事について、通話した記憶はない。面談の時刻や場所は口にしたが、コズロフと磯崎の名は口にしていない。

ほっとした。最悪の事態だけは免《まぬが》れた、と思った。若の指示がなかったら、いつまでも情報を垂れ流しにしていたのだ。それにしても……あの女がすべての鍵を握っていることになる。あの女も公安の人間だったのだろうか？　そう考えれば、そんな気もした。ただの家政婦にしては品も良く、知的な感じがしたのだ。

新田は起き上がり、腕のチューブを引きちぎった。

「おい、帰るぞ！」

若い衆が止めるのを振り払い、

「車、廻せ！」

と新田はベッドから立ち上がった。だが、意志に反して体が言うことをきかなかった。眩暈《めまい》で新田は再びベッドに倒れ込んだ。騒ぎを聞きつけ、看護婦が飛んで来ると、新田は諦めて再びベッドに横たわった。続いて担当の医師も駆けつけて来た。

新田は苦笑して医師に言った。

「退院しようと思ったが、諦めましたよ。その代わり、明日出て行けるように、栄養剤かなんかうってもらえませんかね。ここでのんびりしているわけにはいかんのです」

医師は応えず、新田に精神安定剤を注射して眠らせようとした。だが、睡眠薬を処方されても新田の思考が中断されることはなかった。意識は睡魔で朦朧《もうろう》としていたが、付き添いの組員に厳しい指示を立て続けに出した。

「……いいか、木原は家政婦の顔を知っている。木原に言え、何としてでもあの家政婦を俺のところに連れて来い、と！　これは最優先事項だと、そう伝えろ！　もう一つ、品田に言え！　明日、ロシアの客が帰るが、見送りは出すな。客には警察の監視がついている。それから、明日には退院するから、その準備をせい」

そこまで指示を出すと、力尽きたように新田はつかの間の眠りに落ちた。

どのくらい眠っていたのか解らない。その間に、新田は、それが現実かと思えるほど生々《なまなま》しい夢を見た。夢の中で、新田はあの女に抱かれていた。暖かな胸だった。それは甘美で、安息とはこのようなものかと思えるほど心地よいものだった。性的なものではなく、まるで母の胸の中にいるような感覚だった。

だが、夢の中の新田は、それも奇妙な感覚だ、と思っていた。何故なら、新田は実際に母の胸に抱かれたことがなかったからだ。あったのかも知れないが、少なくとも記憶にはなかった。新田の母は、子育てに熱心な女ではなく、老いてもまだ少女のような女で、その母親の頭の中にあったのは常に父親だけだった。少女のように父親に恋をし続けているような女だったのだ。そんな女が母親だったから、この夢の中のように、子供の新田は母に甘えたり、抱かれたりした記憶はないのだった。

この甘美な夢は、がさつな物音で破られた。目を覚ますと、ベッドの周囲には新和平連合の幹部たちが集まっていた。幹部を代表する形で杉井が恐るおそるといった表情で、その後の進展を報告した。

「……まず、会長のお宅に仕掛けられていた盗聴器のことから報告します……」

発見されたのは、違う形の物が二つだった。一つは通常の電話回線がいじられたもので、これは組事務所に仕掛けられてあった物と同一の種類だった、と杉井は報告した。

「もう一つ、ボタンの奴ですが、これは特殊なものらしくて、もの凄く小さいんですわ。それで、発信の電波も弱い。業者は、ですから、受信装置は絶対に近くにあるはずだというわけです。で、車に機械を積んで走り回って調べた結果、こういうことが判りました……」

微弱な電波を拾って、それを増幅して別の場所に送る中継点があるはずだ、と業者が調べたところ、近くの賃貸駐車場の中に駐車してある車の中に受信装置があることを発見したという。

「それで、どうした？　その機械を外して来たわけじゃあないだろうな？」

「しません。代わりに監視を付けました。いつか必ず取り付けた奴が現われる。テープを回収するか、機械そのものを取りに来るか、放っておくことは絶対にない、と業者が言うんです。わしは、そこが中継点なんだから、そこからの電波を受信しているところも判るはずだと、そう言ったんですがね、そこまでは判らんというんです。だから、監視を置くことにしました」

新田は、それでいい、と答えた。そして、

「……いいか、そこに出てきた奴を捕まえても、殺すな。俺が、どこのどいつか直《じか》に訊く。それまで丁重に扱え。相手が警察という可能性が高いからだ。腹立ちまぎれにしばいたりするんじゃない」

と付け加えた。

六

思ったよりも元気そうな志村幸三の姿に青山はほっとした。相変わらず酷く痩せていたが、床に寝付いていた頃と違い、顔色も良い。

「忙しいのに、よく来たな。まあ、上がってくれ」

志村にそう言われ、青山は私鉄の駅前で買った果物の籠《かご》を手に、座敷に上がった。炬燵《こたつ》に差し向かいで座ると、志村が夫人に酒を運ぶように指示して、青山に言った。

「もう、本庁にはもどらんのだろう？」

「今日はもう戻りません。それより、私のためなら酒は遠慮しておきます」

「何を言うか。俺も飲む」

「それはいけませんよ、止めて下さい」

と、青山はその無謀を止めた。志村の胃は、今では三分の一しかないのだ。志村は、そんなことは意に介していないように、笑って言った。

「なに、食い物が食えんのだから、流動物を摂《と》るだけだ。心配するな、飲めと言われても、もうそれほど飲めん」

夫人はもう諦めているのか、言われたとおりに銚子と盃を二つ運んできた。

「……さて、その顔だと、あまり良い話ではないな……」

志村はそう言って、熱燗《あつかん》を青山の盃に注いだ。

「それが……悪い話なのか、そうでないのか判らんのです。それで、ご迷惑と思いましたが、突然伺いました」

「何があったんだ？」

青山から酒を受けて志村が尋ねた。

「今日の昼の話です……」

青山は、昼過ぎにあった出来事を志村に話し始めた。

警察庁から昼過ぎに本庁に戻った青山は、警視庁公安部の外事課長と同じエレベーターに乗り合わせた。外事課長は横山《よこやま》という日ごろから懇意な男だった。

「ちょうど良かった。今、青山さんのところに行こうとしていたところで」

と、ほっとしたような顔で言った。

「何です？　まずい話？」

外事課長はキャリアで、青山より四歳ほど歳が若い。それでも横山は階級はすでに警視正になっている。警視庁公安部の公安総務課長の青山も同じ警視正だが、相手もキャリアだから、後輩でも一応丁寧な言葉遣いでいる。

「それが、何とも言えない話でしてね」

と歯切れの悪い口調で応じ、青山は横山に誘われるまま、公安部がある十三階を通り越して十七階のカフェテリアに向かった。周囲に客のいない席を選び、コーヒーを注文すると、横山がその何とも言えない話を切り出した。

「……僕は知らないんですがね、昔、うちの公安にいた神木という男を、青山さんご存知ですか？」

「神木ですか……」

「神木剛という男です。履歴では十四、五年くらい前に退官したことになっているんですが、これは警察庁の細工でしょう。うちの古い奴に訊いたら、チョダに選抜された男だというんですよ」

むろん、青山はその男を知っていた。公安の古株として知っていたわけではない。当時の青山は刑事部から暴力団対策課に選抜された人間で、公安部員についてほとんど知る機会も、また必要もなかった。公安部はもともと秘匿性の高い部門なのだ。

それでも、青山がその名を知っていたのは特別な事情が青山にあったからである。青山自身も、十年前までは公安とは別の、秘匿された特別の組織に選抜されていたのだった。それは「極道狩り作戦」という公安のチョダと同じように秘匿された作戦で、青山もまた一時期、警視庁の職員名簿から名前が消えた過去を持っていた。その作戦の指揮官が志村幸三で、この作戦を知る者は、検察庁の数人と、警視庁では副総監と志村など、警察庁では次長だけという極めて秘密性の高いものだったのである。

その作戦で青山は作戦立案の参謀として働いた。実働部隊の指揮官が伝説の元警視、岡崎竜一。神木はその岡崎の義弟だった。青山が神木という名を記憶していたのは、優れた公安部員としてではなく、伝説の男の義弟ということだったのだ。

「その、神木が、一体どうしたんです？」

ここからが、微妙なことになった。外事課長の横山がその事情説明を続けた。

「……うちの班が、実はここ暫くコズロフという男を追っていたんですがね。これはかつて日本のソ連大使館にいたことのある人物なんですが、最近頻繁に日本に来ている。この男が接触していたのが、おかしなことに新和平連合というヤクザ団体であることが判った。コズロフはどうもロシアのマフィアと繋がっているようで、その関連から、新和平連合と繋がったらしい。

ここまでは、実はどうということもないんですが。ところが、このコズロフを視察中に、おかしな連中が飛び込んで来た。うちの班以外の人間が、同じようにコズロフを追っていたのです。これが、ただの追尾ではなくて、コズロフの乗る車に発信機のようなものまで装着して、彼らを付け回していた。

うちの連中がこれを発見して、この不審車を追尾した。この車の登録は、八王子にある『救済の会』という民間のシェルターのものだと判ったわけです。そこでうちのスタッフが、その八王子の施設を視察下に置こうとしたら、いいですか、そこに何と神木という男が登場して来たというんですよ」

「すると、神木がその施設で働いていた、ということですか」

「ええ、そうです。神木が言ったそうです。視察なんかしないで、用があるなら堂々と俺に会いに来い、と言ったらしい。その時、そこにいたのが森村といううちの班員で、森村は昔、神木の班にいた、つまり部下だった。そこで森村は班長に連絡した。班長は坂本ですが、要するに坂本も、伝説のようになっている神木をよく知っていたわけです。そこで、さて、どうしたものか、となりましてね」

青山は、この若い外事課長の困惑がよく解った。神木が退官したのは特命かも知れないという不安が僅かだが横山にはある。そこで青山に相談を持ちかけた、という図式である。何故なら、青山の今のポジションは公安でも総務だからだ。

この公安の総務は、一般に言われる総務という地味な色彩を持たない。総務課は警視庁公安の中枢《ちゆうすう》で、警察庁の公安一課と警備企画課を併せたような部署である。警察庁との関連もここが一番強いのだ。

警視庁の公安から警察庁警備企画課の秘匿実働部隊に選抜された神木の調査は、確かに外事課長より総務課長の自分のほうが適任だろう、と青山は納得した。

「それで、神木が所属しているという『救済の会』ですが、そこの実態はもう調べてあるのですか？」

横山は、はい、と答えた。

「要するに民間のシェルターで、所轄の八王子署にデータがあるのです。責任者は弁護士の資格をもつ川島彩子となっているんですが、これがまた奇妙でしてね。調べてみると、そんな名の弁護士はいない……その代わり、別の名前が出て来た」

「別の名前？」

「ええ。法人の登録台帳にある代表者の名前は川島彩子となっていますが、こいつは偽名で本名は有川涼子というのですよ。この名前だと、確かに弁護士として登録されている。奇妙なのはどうして偽名を使っているのか、ということでしてね」

青山は衝撃で、その後の横山の言葉を聴くことを忘れた。有川涼子……本当に、あの有川涼子なのか？　弁護士資格を持つ、という横山の言葉で、おそらく捜し求めていたあの有川涼子だと確信した。

あの岡崎の義弟が、現在有川涼子の下で働いている……。あり得る筋書きではある。だが、その「救済の会」とは何なのか？

シェルターということは、人権保護を目的とした救済施設なのだろう。それは解る。だが、ことのきっかけは、穏やかなものではなかった。同じ「救済の会」の登録車が受信装置をつけて組織暴力団新和平連合の車を追尾していたという。これは、一体何を意味するのか？　有川涼子と神木剛は、一体何をしようとしているのか？

長い青山の説明が終わった。

「なるほどな、それで私の所に来たというわけか……」

「そういうことです」

と青山は志村に答えた。

「……有川さんが元気でいてくれたことには、ほっとした思いでいますが、前後の経緯を聞かされると、別の不安が湧いてきます。弁護士資格を持っている彼女が救済の施設を開設した、ということは、なるほど適職だと思いましたが、やっていることは穏やかではない。

私は今は公安に籍を置いていますが、だからといって暴力団に関して無関心というわけではないですから、新和平連合という暴力団がどんな性質のものかは知っています。おそらく新和平連合関連の風俗か、あるいは金融から逃れて来た女性か何かを救済したか、そんな事情なのでしょうが、無線の受信機まで使って追尾していたというのは、普通ではないでしょう。

一体、何をしているのか……。まあ、直接尋ねて問い質《ただ》すのがてっとり早いので、そうしようと思っていますが、その前に、一度志村さんのご意見を伺っておきたいと、こうしてお邪魔したわけです」

志村が空になった銚子を手に、夫人に代わりを持って来るように言った。すでに用意してあったのか、夫人は間を置かず新しい銚子を運んできた。その熱い酒を青山の盃に注ぎ、志村が言った。

「もう、君にも解っているんじゃないのか。有川くんは、昔と同じ仕事をしているんだよ」

熱い酒を一息に飲み干して、青山は頷いた。

「やはり、そうなんでしょうね。それを、一番心配していたんです」

自らの盃に酒を注ぎ、

「で、どうする？」

と志村は初めて鋭い目で青山を見つめた。

「放ってはおけんでしょう」

「介入するのか？」

「難しいところですね。ご承知のとおり、私は現在公安の職員です。刑事部ならば、何か方策もあるかも知れませんが、公安の総務課長の身では動けません。それに……」

「それに何だ？」

「有川涼子さんから何一つ相談、いや、相談だけでなく、これまで何一つ連絡がなかったことも気になっています。まるで、われわれからも身を隠しているような印象を持ちます」

「多分、そうなんじゃないかね。警察とは関連を持たずに、あの仕事を続けていた、ということなのだろう」

「だとしたら、われわれが出て行くことが良いのかどうか、そいつも気になる……」

「確かにな。彼女には神木もついていることだしな」

青山が、志村を見詰めて訊いた。

「おやじさんは、失礼、志村さんは神木という男をご存知でしたか」

苦笑して、志村が答えた。

「おやじでいいよ。神木については、勿論、知っている」

「自分は、噂話で聴いたことがある程度なんですが」

「あれは、君も知っているだろう、岡崎の義弟だ。当時の本庁の公安ではトップの男でな、だからこそチョダに選抜されたわけだ。それにしても、有川くんもいいところに目をつけたな。岡崎に匹敵する男だろう。秘匿の仕事なら、ひょっとしたら岡崎より有能かも知れない」

「それほどの男なのですか」

「ああ、それほどの男だ。ただ、神木が退官した理由は、俺は知らんよ。公安の人事だからな、俺くらいの立場では知りようもない。副総監だった清水さんならご存知かも知れないがな」

「すると、放っておいても、有川涼子さんは、それほど心配ではない、ということですか」

「いや、そうとも言えんな。考えてみろ、俺たちは、秘匿の組織といっても、サポートとして巨大な組織、警察組織が背後にあったんだ。非合法ではあったが、資金もふんだんにあったし、戦力もあった。だが、有川くんにはそんなサポートはないのだろう？」

「……あるとは思えませんね。資金も、ないはずです」

「君の言うように、相手が新和平連合なら、冷静に見て、有川くんには荷の重い相手だ。新和平連合は並みのヤクザではない」

「それは、解っているつもりです」

「はっきり言ってしまえば、相手が悪い。たとえ神木がついていても、まず勝ち目はない。まあ、有川くんのことだから、それを知らないとも思えないがね。その、発信機を新和平連合の車に取り付けていたのが本当だとすれば、もう相当のところまで食い込んでいるということだろう。つまり、そこまで危険に嵌《は》まり込んでいるわけだ。君が懸念するように、何だか先が見えるような気がしないでもないな」

「やっぱり、おやじさんもそう思われますか」

「ああ、思う。で、公安の、その何とかいう班だが、そこはどうすると言っているんだ？」

「班長の坂本はビビっていますよ。このまま視察は続けてみたいが、面倒なことに巻き込まれたくない、というところでしょう。だから、外事課長の横山を寄越して、神木についての情報が欲しい、と言ってきたわけです」

「つまり、君の返答次第で引っ込む、ということか？」

「ええ、こちらが何か言ってやれば引っ込むでしょう。どの道、外事課が目をつけているのは、新和平連合ではなくてロシア人のコズロフですから。コズロフから目を離すことはないと思いますが、神木の線をこれ以上追うことはやらんでしょう」

「……そうだな。有川くんをどうするにせよ、面倒な公安は引き離したほうが彼女のためにはなる」

「解りました。まず、それをやりましょう」

「問題は、新和平連合のほうだな。有川くんが、どんな理由で新和平連合を追っているのか確定せんとならんだろう。新和平連合関連の金融から逃れて来た人間を救済するくらいなら大して心配することもないと思うが、昔通りの仕事をしようとしているのなら、何とかせんとならんだろう。見殺しにしたら、おまえさんも寝覚めが悪いんじゃないのか」

「確かに。放ってはおけません」

「だとしたら、どうする？」

「考えていることが一つあります」

「ほう、もう答えは出してあるのか」

「そういうわけではありませんが、おやじさんの意見次第で、現状で取れる方策は考えて来ました」

「言ってみろ」

青山が、その説明を始めた……。

七

ポケットの中の携帯が振動した。

「……今、出ます、車両は、前後合わせて三台。でも、どこにもバイクは見えません……」

千絵は信濃町《しなのまち》の慶応病院の前に待機している。新田の退院を確認し、神木に伝える……これが千絵の任務だ。そして今、予想通りに新田が護衛に護《まも》られ、病院から出発する……。

「了解した。そっちも気をつけて離脱。バイクに注意するんだ。後からバイクが出てきたら、携帯で報《しら》せてくれ」

「了解……」

神木が待機している場所は奇《く》しくも、あの新田を襲撃した飯島高男が寒さに震えながらマイバッハが地下駐車場から出て来るのを待っていたのと同じ路地だった。

駐車場に狙いを定めることには、僅かだが不安があった。新田が入院先の病院から直接自宅マンションに戻って来るかどうかが、まず判らなかったし、戻って来ても駐車場からマンションに入るという確信もなかった。新田が玄関口からマンションに入る可能性も残

っているのだ。だが、新田には必ずこれまで以上の護衛がついているはずで、マンション
の管理人が常にいる玄関口を通ることはまずなかろうと神木は判断した。
駐車場からマンションに入るところを狙うには、この路地に待機するのが最善だった。
入るところを銃撃し、新田の一行が入って来た二車線道路を、彼らが入って来た方向に、
すれ違う形で逃げる。新田の一行はマイバッハと護衛のクラウンである。どちらの車も大
型で、急には転回出来ない。転回するにはいったん駐車場に入るか、あるいは、今神木が
いる路地に頭を突っ込んでから転回しなければならない。おそらくそれには十秒程度の時
間がかかる。
この十秒ほどの間に離脱する。問題は、大通りに出てしまえば、交通量が多いから、そう簡単に
追っては来られないだろう。問題は、あのバイクだ、と神木は考えた。例によってあのバ
イクが護衛に加わっていれば、これはかなり危ない。バイクならば狭い道でも転回は容易
だからだ。それに、バイクの護衛は間違いなく銃器を携帯している。神木は、もしバイク
がいたら、まずそのバイクの車輪を撃ちぬく気でいた。
もっとも、当初、神木はこのように至近距離から襲撃をする気はなかった。離脱を容易
にするためにも、ライフルを使って七〇メートルほどの距離から狙撃するつもりで作戦を
練った。新田の入院した病院は信濃町にある慶応病院だったが、調べた結果、具合のいい
狙撃のポイントがないことが判った。

路上に長時間車を駐車しておける場所がなかったし、無理にそれをすれば人目に触れる危険が多かった。もう一つ、サイレンサーで銃撃しても、撃たれたほうはどこから撃たれたか、七〇メートルくらいでは本能的に判るだろう。サイレンサーは銃声をすべて消してくれるものではないからだ。しかも、そのサイレンサーはちゃんとしたものではなく、榊にありあわせの清涼飲料の缶を使って作ってもらったあやしげなものである。どこまで銃声が消せるものか、かなりの不安がある代物なのだ。

銃声が聞こえたら、当然新田のガードは反撃に出る。こちらは逃げるだけだが、そうなれば離脱するところを追われる可能性が高い。狙撃するならば、出来れば二〇〇メートルくらいの距離を空けたいところだ。だが、そんな格好なポイントはなさそうだったし、さらなる問題は肝心の狙撃に、神木はそれほど自信がなかったことだ。

アメリカへの留学中、ＦＢＩの研修で拳銃の射撃には自信を得た神木だったが、ライフルの訓練を受けたことがなかったのである。スコープ付きの銃だから、それほど酷い射撃にはならないだろうが、二〇〇メートルも離れて、きちんとターゲットに命中させられるか、それほど自信はない。思わぬところに弾丸が飛び、玄関先の見舞い客に被害が及ぶ危険もないとは言えない。

神木はライフルの使用をまず断念した。射撃に距離は空けない。せいぜい七、八メートル。使う銃は携帯して人目に付かないトカレフに決めた。要するに、銃撃をしさえすれば、それでいいのだ。新田を含めて、人を殺傷する気は最初からない。派手な銃撃を加え、それが大星会の仕業だと思わせればいいのだ。こうして神木は病院前での襲撃は諦め、退院した新田が自宅マンションに入るところを狙うことにしたのだった。

神木は、逃走に際しては車を使わず、敵のガードと同じ、離脱しやすいバイクを使うことに決めていた。それは、バイクのガードに、神木たちが一番悩まされていたからだった。突然現われて来るあのバイクに、神木たちはどれほど追尾に神経を使ったかわからない。

今回の作戦で一番難しいのはその離脱で、東京のような大都会では、車よりもバイクのほうが間違いなく優れている。一方通行を逆走する、あるいは細い路地を選んで逃走する、など、追って来るのが大型車の場合、バイクならばあらゆる手が使える。

それで神木は小さな二五〇ccの中古バイクを購入し、作戦に備えた。神木は特にバイクが得意というわけではないから、取り回しの楽な比較的小さなバイクを選んだのだった。

神木はバイクに跨《また》がり、くわえていた煙草を捨てると、ヘルメットを被《かぶ》った。革のジャンパーの前を開け、腹のベルトに差したトカレフをいつでも抜けるようにした。銃撃は左手でする。難しい的を撃つわけではない。ただ、マイバッハに銃弾を数発撃ち込むだけだから、射撃は左手でも出来る。

だから、すでに左手の手袋ははずしている。寒気で指がかじかむのを用心して、左手をポケットの中に入れて暖める。右手は発進のためにアクセルを握っている……。さあ、いつでも来い、と神木はマイバッハがやって来るのを待った。

信濃町からこのマンションに新田の一行が到着するまでは、渋滞なしという条件で約二十分、まだ余裕はある。銃撃を終えたら、神谷町の駐車場へ向かい、そこで千絵と落ち合う。バイクを千絵が運転するバンの荷台に隠し、そのまま暫く千絵のマンションで様子を窺う。ただし、すでに盗聴は危険な段階なので、受信による情報取得は出来ない。だから、新和平連合がどんな反応をするかは、盗聴以外の方法で探らなければならない。

暫定的に千絵のアパートに移した機材や問題の銃器など、大半のものが既に稲垣と三輪の手で八王子に移されている。神木の手元にある銃器は、現在手にしている拳銃トカレフと、千絵の部屋にあるレミントンのライフルのみ。この銃撃を終えたら、選抜したスタッフで波田見市に乗り込む……。これが今、神木がおかれた状況であった。

すでに何時でも発進出来るようにアイドリングさせたバイクに跨った神木は、人目のないことを確認し、右手でトカレフを引き抜くと、薬室に初弾を送り込んで、榊がこしらえた手製のサイレンサーを銃身に装着した。サイレンサーは手製なのでかなり大きい。だから、もう銃を腹のベルトに差して隠すことは出来ない。

腕の時計を見た。すでに十五分が過ぎていた。渋滞がなければ、間もなく新田の一行が大通りから駐車場に入るべく、この二車線の道路に入って来る……。車のエンジンの音が聴こえたが、それは大通りに出るために逆の方角からやって来たセダンだった。神木は僅かにエンジンを吹かし、大通りの方角が見えるところまでバイクを進めた。まだ先頭を走るはずのクラウンは見えない……。

二分後、バイクの音が聴こえてきた。あのバイクが今回は前方を警戒しているのか……！　神木はトカレフを握り直した。もし先頭をバイクが固めていたら、襲撃は難しい。真っ先にバイクを走行不能にしなければ、離脱が出来なくなる。だが、バイクを撃てば、後続のガードがすぐ反応するだろう。クラウンに乗り込んでいる組員はすべて武装していると考えなくてはならない。

神木は舌を打った。当然考えておかなければならないこの予測を、迂闊にも考慮せずに作戦を立てた。ここまでくれば、もう後は撃ちまくって、運を天に任せて逃走するしか方策がなかった。

だが、排気音の大きさから比べると呆気にとられるほど小型のバイクがやって来て、神木には見向きもせずに通り過ぎた。バイクに跨っていたのは風防もないヘルメットを被った少年だった。

神木が吐息をつき、苦笑すると同時に、大通りからゆっくりクラウンが姿を見せた。つきがまだある、と思った。バイクが後方ならば、撃ち倒して逃走路を確保する自信はある。

クラウンの後からマイバッハが現われる……。やはり駐車場からマンションに入るのだ。この予測も当たっていた。マイバッハの後部にもう一台のクラウンが続く。いつもの警護のスタイルは変わっていない。先頭車両がマンション駐車場に頭を入れる。マイバッハがその後に続く……。後ろに、バイクの護衛はない……。

神木はバイクを発進させた。カーブを切って路地から二車線道路に飛び出すと、マイバッハの後部扉を狙って引鉄を絞った。三発続けて発砲した。手製のサイレンサーはドン、ドン、ドンと小さな音をたてただけだった。手製ながら、よく出来ている。

そのまま疾走し、マイバッハとすれ違い、もう一度バイクの姿を探した。バイクの姿はない。ほっとして走り続けた。転回出来ないと気づいた組員が車から飛び出して来るのがバックミラーに映った。

二発発砲された。着弾はない。そのままS字を描くように走り大通りに出ると強引に右折した。右手から来た軽トラックと接触しそうになったが、何とか車線の中央まで飛び出し、疾走を続けた。

馬鹿でかいサイレンサーが邪魔だったが、革ジャンの中に押し込み、最初の小道を左折した。直前に視線を走らせたバックミラーに路地から飛び出して来るクラウンの姿が見えた。だが、交通量の多い大通りを右折することはクラウンでは無理だ。甲高《かんだか》いブレーキ音がすると、車が激突する音が背後で聴こえた。

神木は慎重に小道を走った。心配は、もう後を追って来たクラウンではなく、警察の車だった。無謀な走り方をするバイクを見たら、パトカーは追うはずだ。だが、背後に車の音はない。神木はさらに小道を幾つか曲がり、やっと速度を落とした。

この周辺は逃走路として地図で詳細に調べてあったから、自分がすでに安全圏に逃げ込んだことは解っていた。神木はそのまま頭に入れておいた地図を頼りに、千絵と合流すべく、神谷町の貸し駐車場に向かった。

駐車場に入り、神木は千絵のバンを探したが、まだ到着していなかった。新田一行を見送り、さらにバイクが後に続くかどうかを確認してからのスタートだから、まだ千絵が到着していなくてもさほどの不安はなかった。

神木は駐車場に人影がないことを確認し、ヘルメットを脱ぐとエンジンを止めた。排気音は人目につく。トカレフからサイレンサーを外し、腹に収めなおすと、煙草を取り出し、新田の護衛たちの混乱を想像した。

マイバッハの車体に銃弾を打ち込んだだけだから、中にいた者も負傷してはいないはずである。以前と同じ襲撃方法だから、彼らの頭にはいやでも大星会が浮かぶだろう。上手くすれば、新和平連合は大星会への報復の準備をしているかも知れない。まあ、そこまで行かないにしても、新和平連合と大星会との間には、これで深い溝《みぞ》が出来る……。これで波田見市でもう一度派手にやれば、かなりの緊張を生み出せるだろう。そう思考しながら吸う煙草は美味《うま》かった。

携帯を取り出し、八王子に待機している有川涼子を呼び出した。有川涼子はすぐに出た。

「無事だったのですね！」

「ええ、まずまずです」

と神木は千絵のバンが駐車場に入って来るのを待ちながら、経過を簡単に報告した。

「千絵さんも無事ですか？」

千絵はまだ到着していないことを伝えた。これから携帯で呼び出してみます、と神木はいったん通話を切った。駐車場に到着してから、既に十分が経っていた。バイクのガードを警戒していたとしても、もう到着していていい時間である。携帯で千絵を呼び出した。電源を切っているのか、応答はなかった。神木はメッセージを残さず、通話を切った。初めて不安が頭を過《よぎ》った。

さらに、二十分待った。まだ千絵は現われない。神木は再びヘルメットを被ると、エンジンをかけた。信濃町から神谷町に、千絵がどのルートを通るか、これはすでに決めてある。神木はそのルートを逆にとり、信濃町の慶応病院に向かった。途中、事故車も見ずに、そのまま慶応病院に着いた。付近の道路にも、病院の敷地内にも、そして駐車場にも千絵のバンはなかった。不安は現実のものになった。

神木は再び神谷町に向かい、八王子と連絡を取った。

「そちらに連絡は入っていませんね？　何かが起こったようです。最悪の場合を想定して、しばらくこちらへの通話を控えて下さい。状況を調べて、こちらから連絡します。それまで、何が起こってもそこを出ないように。そこに稲垣さんはいますか？」

有川涼子に代わって稲垣が出た。有川涼子に告げたことをもう一度稲垣に言い、

「もし、千絵さんが敵さんの手に落ちたら、そっちが危ない。いざという時の準備を頼みます。女性たちは、一時どこかに避難させたほうがいいかも知れません。こちらは、新和平連合の状況を探り、千絵さんが拉致されたのだとしたら、その救出方法を考えます。それから、神谷町には誰も近づかないように。こちらは、すでに危険地帯と考えたほうがいいでしょう。

稲垣さんは、そちらでいざという時の手立てをお願いします。危険だと判断されたら、八王子の所轄に連絡する手もあるかも知れない。ただ、新和平連合が正面からそこを襲うということはないと思いますが。襲って来るとしたら、おそらくもっと汚い手で来る。狙撃に、十分注意を願います」

通話を切った。これで状況は最悪になった、と思った。悪い想像が当たれば、今、通話したように、千絵が捕まった可能性が高い。もし捕まったとしたら、この作戦のほとんどが相手に知られる。神谷町支部の存在も、八王子の存在も。

何故なら、千絵が口を閉ざしたままでいることはあり得ないからだ。どんなに気丈でも、拷問を受ければ、素人はそれに耐えることが出来ない。それが偽らざる現実である。最後まで口を閉ざしたままでいられるのは、使命を叩き込まれたプロだけなのだ。だが、どうして千絵の存在が判ったのか？

神木は、それを考えながら、再び神谷町に向かった。

八

怖いとは思わなかった。ヤクザに痛めつけられることには慣れている。犯され、殴られ、シャブを打たれ、地獄は見てきた。だから、これから起こるであろうことが千絵にはおおよそ想像がついている。また同じようなことをされ、私たちのチームがどんな組織かを聴き出すのだろう。その覚悟はとうの昔に出来ている。チームに参加した時に、会長から言われていたのだ。もし、拘束されるような事態になったら、救出を期待しないこと。その代わり、何を喋っても構わない、そう言われている。それで救われることはないにしても、拷問に耐える必要はない、と念を押された。

「それで助かる可能性はないとしても、苦しい時は我慢することはないの。どうせ最後には話さなくてはならなくなるのよ。薬を使ったり、暴力を使ったり。一時《いっとき》でも楽になるのなら、それを選ぶの」

でも、話してしまったら、チームが大変なことになる、と反論する千絵に、会長は微笑んで言った。

「それは違うの。誰かが拉致された時点で、私たちはそれから起こるはずの事態に備えることが出来るのだから、後のことを心配することはないのよ。皆のために犠牲になることはないの。ただ自分のことだけを考えるの。それまで貴女がどれほどのことをして来たか、皆、解っているんだから。裏切りでも何でもないのですからね」

今、千絵は、その時の会長の顔を思い浮かべていたのだった。

それにしても、ひどい判断ミスだった。そのことの悔しさが、恐怖心を押しやっている。千絵は、バイクの護衛のことを詳しく神木から聴かされていたが、顔は知らない。第二の護衛はバイクの男、というイメージが出来上がっていたのだ。

信濃町の慶応病院での監視は十分過ぎるほど慎重にやった。バイクはどこにもなかった。新田の一行の車がスタートしても、だからすぐには追跡しないで、バイクの現われるのを待った。ようやくバイクがいないことを確信し、千絵が離脱したのは新田の一行がスタートしてから四、五分も経過してからだった。

信濃町からは神木と打ち合わせした通りのルートを走って待ち合わせ場所の駐車場に向かった。信濃町から神宮外苑《じんぐうがいえん》に入り、そこから246に出るルートである。外苑の総合グラウンドに入った一時停止で、千絵は追突された。追突して来たのは千絵の乗っているバンと同じような形の車だった。

急いでいたが、そのまま走り続けるわけにも行かず、千絵は仕方なく路肩にバンをつけた。追突してきたバンも同じように千絵の後ろに車を止めた。そのバンから降りて来たのは千絵と同じ年恰好の青年だった。

「済みません、僕が悪いんです」

とその若い男は丁寧に謝り、

「警察を呼ぶのは止めましょう。損害は自分でちゃんと払います。事故のことが会社に知れるとまずいので」

と言った。乗っているバンから想像して、小さな企業で働いているんだな、とその時千絵は想像した。ただ、若い男にはおかしな訛りがあった。ひょっとしたら、日本人ではないのかも知れない、とも思った。だが、身なりは良く、整った顔は悪気がなかった。千絵の乗っているバンは年式が古く、いたるところ傷だらけで、今の事故でどこに当たって来たのかも判らないほどだった。千絵は、後部のバンパーを調べ、

「いいですよ、大した傷にもなっていないから。ただ、一応免許証だけ控えさせてね」

と身を起こしたところで、何かが起こった。全身が酷い痙攣《けいれん》を起こし、千絵はそのまま倒れ込んだ。意識は失っていなかったが、体はまったく動かなかった。自分の体がその若

い男に抱かれているのは判った。そのまま男のバンの助手席に担ぎ込まれた。意識はあり、男が何をしているのかも判っているのだが、体がまったく動かず、口もきけなくなっていた。

男は笑顔でバンに乗り込み、そのまま走り始めた。目隠しもされず、千絵はさほど大きくないビルの地下駐車場に運ばれた。場所は神谷町支部の近く、麻布台だということが判った。嫌というほど馴染《なじ》みのある、それは新和平連合のビルだった。目隠しをしない、ということがどんな意味をもつのか、それは明白だった。最初から生きて帰す気がないのだろうと思った。

男が携帯で連絡すると、駐車場に二人の男がやって来た。どの男もきちんとしたスーツを身にまとい、その顔さえ見なければサラリーマンに見えた。だが、顔だけはどうしようもない。バンを運転していた若い男とは違い、二人ともまぎれもないヤクザの顔をしていた。男たちは二人がかりで千絵をガレージ裏の窓のない部屋に連れ込んだ。二十畳くらいのその部屋にはベッドと、老人介護用の携帯便器が置かれてあった。男たちは千絵をベッドに横たえると、手足を縛ることもせず、物欲しそうな顔で部屋から出て行った。

そして約一時間……。千絵はやっと少し動けるようになった。だが、頭痛があり、また吐き気もあった。今ではあの若い男に何をされたかが判っていた。スタンガンを押し付けられたのだ。悔しいことに、千絵もハンドバッグの中に同じスタンガンを持っていたのだ。だが、自分が使う前に相手にやられた。

何とか起き上がり、頭痛と吐き気を堪《こら》えながら部屋を調べた。空調の設備は完備しているが、扉一つだけで窓はなかった。鉄製のドアは当然ながら鍵がかかっていた。壁にスチールの折り畳み椅子が四つ立てかけてある。だが、一つだけ異様なものがあった。それは天井に張り渡されている鉄パイプと、フックを取り付けた滑車だった。連れ込まれた時からこの部屋の使途はおおよそ見当が付いていたが、滑車だけは想像外のものだった。

千絵が想像したのは、彼女が風俗に沈められていた頃に同輩が始終体験していた折檻《せっかん》部屋だった。働きが悪い、逃げようとした、など女たちが何か起こせば今いる部屋と同じような部屋に叩き込まれ、そこで凄惨なリンチを受けたのだった。

今いる部屋もオーナーは新和平連合なのだから、そんな部屋を一つくらい用意していて当然だろうと思った。おそらく、空調にも扉にも連れ込まれた者の悲鳴を漏らさないように防音に相当の神経を払っているのだろう、と千絵は想像した。壁はコンクリートなのか叩いても手が痛くなるだけで、扉が開かなければ外に出ることは不可能だと判った。絶対に逃げられないと判っているから、ヤクザたちは自分に縄をかけなかったのだ。

調べるところもなくなり、千絵は仕方なくベッドに腰を下ろし、掛け毛布で体を包んだ。バッグを取り上げられたことが悔しい。バッグにはスタンガンも携帯も入っているのだ。

小一時間が経ったころ、突然扉が開き、男たちが入って来た。さっきこの部屋に千絵を担ぎこんだ男たちではなかった。五十年配の男に、ガードのような若い男が二人。若い男たちはともかく、五十年配の男は小太りの小さな男でとてもヤクザには見えなかった。田舎の助役といった風体《ふうてい》で、話す言葉も優しいので千絵は驚いた。

「……榊千絵さんというんだね……」

その男が、取り上げたバッグから持ち出したのだろう、千絵の運転免許証を見ながら言った。

「……歳は二十五か……住所は、神谷町……すぐ近くだな」

若い男が運んできたパイプ椅子に腰を下ろすと、男は優しげな笑みを見せて言った。

「あんた、どこの者だね？　私は杉井組の杉井だ。新和平連合の役員をしている」

笑みは優しいが、一つだけ人の好い助役なんかではないと思わすところがあった。それは目だった。どんな動きも見逃さないという目でじっと千絵を見詰めている。

「あんた、警察かと思っていたが、やっぱり違うようだね。さあ、大人しく話してくれんか」

「警察官だったら、どうします？」

と千絵は応えた。バッグの中にはもともと身元が割れるようなものは入れていない。バンを運転するので、免許証だけは仕方なく持ったが、そこで判るのは神谷町支部の住所だけだ。

「いやいや、それはないね。商売が商売だから、警察は匂いで判る」

と小男は笑った。

「どうしてです？」

「そんなことはあんたが持っていた携帯で判るさ。携帯には通話の記録が残っていることは知っているだろう？」

千絵はぞっとした。携帯の住所録にナンバーは打ち込んでいないが、通話の記録は確かに残っている。それでも千絵はまだブラフを続けた。

「あなたが考えている警察官っていうのは、マル暴だけでしょう。警察にはいろんな職制があるんですよ。全員がいつも警察手帳を持ち歩いているとはかぎらないの」

男の笑みが消えた。

「もう下手な芝居はそのぐらいにしておきなさい。さ、真面目に答えてもらおう。女や子供を痛めつけるのは好みじゃない。それでも必要となれば、やらなきゃならん。そういうことで、協力してもらえんかね」

「お話しすることは何もありません」

男が頷くと、立っていた二人の男が千絵の腕を取って立たせた。着ていたジャケットを脱がされ、その下のブラウスに手が掛かった。

「裸になれと言うんですか？　止めてもらえません。この部屋、けっこう寒いですから。服を着ていても、尋問は出来るでしょう？」

男が笑いながら言った。

「ここはあんたが好きな警察の取調室じゃあないんだ。だからカツ丼も出て来ない。それに、のんびり話しながら落ちるのを待つこともしない。必要なら暴力も使う。使いたくなくても、それはあんたが悪いんだから仕方がないな」

男がもう一度頷くと、若い二人が強引に千絵のブラウスを引きちぎるようにして脱がした。もっとも、ブラウスを脱がして驚いたのは男たちだった。

「……おいおい、これは驚いたね……」

と男は目を丸くし、

「最近は、警察もハイカラになったのかね、大したイタズラだ……」

と唸った。男たちが呆然とするのも無理はなかった。まだブラジャーで隠されてはいたが、千絵の肌には無残にも墨が入っていた。全身に絡みつく大蛇で鎌首は下半身に伸びている。

「まいったね、モンモン入れた警察官か。出来すぎた話だ……」

さすがに羞恥《しゆうち》に千絵は言葉をなくした。薬《ヤク》を打たれた末にヤクザ者にされた刺青《いれずみ》だった。

「さあ、茶番はここまでだ。あんたはどこで働いている？　誰の命令で、わしらを監視していたんだ？」

「警察です」

「もう一度訊く。あんたの組織、そいつを話しなさい」

「だから、警察です」

男が呆れたように首を振る。若い男がブラジャーをポケットから取り出したナイフで切り、もう一人がケーブルタイで千絵の腕を前で締め上げた。酷くきつい縛り方で、千絵の手首はそれだけで血行が止まった。

「……これからあんたをあそこに吊るす。単純な方法だが痛くて苦しいから、何でも喋ってしまう。私だったら嫌だね。太いロープかなんかで縛られているのなら大したことはないんだろうが、このナイロン製のケーブルタイだけで吊るされるのはたまらない。手首にケーブルタイが食い込んで、皮膚が裂ける……体重が、その裂けた肉をもっと押し広げる。さあ、どうだ？　どっちみちあんたは皆話すことになるんだよ。だったら、そんなことをされる前に皆話してしまったほうがいいだろう？　頭が良さそうなんだから、考えなさい」

千絵は会長の言葉を思い出した。苦しむ必要はない……拷問されるようだったら、どんどん話してしまうこと。少しでも楽な方法を選ぶの……会長はそう言った。考えるほどのこともない。ひどい目に遭《あ》わないうちに、みんな話してしまおう。

千絵は、男に向かって叫ぶように言った。

「何度言ったら解るんですか。私は警察官です」

滑車の傍まで運ばれると、両手を頭上に上げさせられて、ケーブルタイに滑車のフックがひっかけられた。

「さあ、教えてもらいたい。あんた、誰に言われてわしらを監視していた？」

「警察です」

千絵はそのまま滑車で宙に引き上げられた。すぐに絶叫が部屋の中に響きわたった。

九

すでにやることも、その腹も出来ている。まず神木がしたことは服を換えることだった。革ジャンにジーパンでは、さすがにまずい。衣服は神谷町支部の千絵の部屋に用意してあったが、もうそこへは戻れないことは判っていた。

神木はバイクを捨てると、洋服の専門店に行き、スーツ、ワイシャツ、コートそれに地味なネクタイを買い、身なりを整えた。それまで着ていた革ジャンなどは、その洋服の専門店で捨ててもらった。店員は驚いた目で神木を見たが、それを気にしている余裕はなかった。

神木が考えている救出策は、これ以上はないと思われる単純なものだった。千絵が拉致されたとすれば、それはまず新和平連合の事務所だろうと思っていた。新和平連合の事務所は新和平連合が持つビルにあり、そこならば人を一人拉致して来ても、それほど人目を気にしなくてもすむ。

神木は洋服の専門店からタクシーを拾い、そのまま真っ直ぐ新和平連合のビルに向かった。新和平連合が平常でないことは、タクシーの中からでも判った。普段は目にしないガードらしい男が二人、ビルの前に立っている。警戒のガードにちがいないと思った。会長の新田が再度襲われたことで、厳戒態勢に入ったのだろう。救出には最悪の状況である。組の事務所には相当数の人数が揃っているに違いないからだ。武器はトカレフ。装弾数は薬室に入ったものを含めて九発。九発の実包で、すべての組員を相手に出来るか……。

タクシーを降りると、神木は通りを渡り、真っ直ぐ新和平連合のビルに向かった。玄関口にいた二人のガードが、品の良いスーツ姿には似合わない剣呑《けんのん》な顔で神木に視線を送って来たが、制止はなかった。バイクで襲撃した男の風体は組員たちに知らされているはずだが、革ジャンの風防つきのヘルメットを被っていた男と、今の神木の姿とはまるで違う。神木は男たちに視線を合わせずにビルに入った。一般のオフィスも入っているビルだが、入居の企業はほとんどが新和平連合かイースト・パシフィックの関係だから、目つきの険《けわ》しい男たちが立っていても問題にはならないのだろう。

神木はその男二人を使おうかと一瞬考えた。だが、その考えを捨て、階段を使って二階に上がった。新和平連合の事務所はすぐに判った。二階に上がったところが新和平連合の本部だった。綺麗な扉には堂々と横文字でSHINWAHEIと表札が出ている。神木は構わずそのドアのベルを押した……。

新和平連合の本部事務所の中にはその時、組員はわずかに三人しかいなかった。大星会の下部組織と思われる襲撃があった後、一時は三十名くらいの組員が殴り込みを警戒して集合したが、その後、都内三ヶ所で発生した大星会の下部組織との衝突で、集まった組員の大半がそれらの応援に駆けつけていたのだ。また、組の幹部もひとりもおらず、全員が会長の新田のマンションに集まっていた。残っていたのは杉井組の組員二人と、品田組の若中《わかなか》が一人、中村組の組員二人がビルの玄関口で携帯を手に張り番をしていた。ベルの音に一人が扉に近づき、

「誰だ？」

と尋ねた。

「管理会社の者です」

と応答があった。ビルは新和平連合の持ち物だが、管理は一般の管理会社に任せてい

る。男は渋い顔で扉を開けた。きちんとスーツを着た中年の男が笑顔で立っていた。

見知らぬ男がやって来たことに、後ろで携帯で話していた二人が警戒の様子を見せたが、訪ねて来た男の姿に警戒を解いた。

「ここは新和平連合さんのオフィスですか？」

とその中年の男が言った。杉井組の組員の一人が、

「そうだが……どうした？」

と応対して、入って来た男に近づいた。他の二人は携帯の通話で忙しそうに話している。

「管理会社のものですが、ここにシンクとかトイレはありますか」

事務所にトイレはないが、奥の会長室にはあった。

「あるけど、それがどうしたんだ？」

「下で水漏れがありましてね」

一階に入っているのは、賃貸で貸している住宅販売会社で、これは新和平連合の系列ではなかった。

「ほんとか……？」

と言った杉井組の組員の顔が凍りついた。いつの間にか男の手には拳銃が握られていた。携帯で話していた他の二人もすぐそれに気がつき、懐中に手を入れようとしたが、男

の声に動きを止めた。

「……騒ぐとビルごと吹き飛ばす……！」

男の左手には丸い筒のようなものが握られていた。自動販売機で買える清涼飲料水の缶に似ているが、表面は黒く何かで塗られている。誰もが手製の爆発物だと思った。男が右手の拳銃を振り、

「さあ、持っているチャカを机の上に並べろ！」

と低い声で指示した。三人は唖然としたまま、言われる通り、事務机の上に懐中から取り出した拳銃を並べた。

男は爆発物らしいものを、手にしている拳銃の銃身に取り付けた。三人は男が手にしていた物は爆発物でなく、サイレンサーらしいとやっと気づいたが、すでに抵抗の時は過ぎていた。男は机の上に並べられた三つの拳銃のうちから一つを取り上げて腹のベルトに差し込み、ニヤリと笑って言った。

「お前たちが拉致して来た女はどこにいる？」

一番体の大きな男が初めて口を開いた。

「おまえは大星会の者か！」

「そうだったら、どうする……？」

品田組の若中は男の一番近くにいた。だから男の手にした拳銃をよく見ていた。それは

安物のトカレフだった。いかにもしけた大星会が持ちそうなちゃちなチャカだった。新和平連合の組員はもうそんなしけたチャカは持たない。トカレフは、どこに弾丸が飛んで行くか判らないお粗末な代物だと仲間内で言われている。

視線が自分からそれると、彼は男に突進した。拳銃を持つ男の腕を取ろうとしたが、軽くかわされた。男は無造作に拳銃を発射した。銃声は、ただボンというような、小さなものだった。安物の拳銃とは思えない凄まじい衝撃がやって来た。品田組の男は激痛にそのまま崩れ落ちて床に腰を落とした。

「……さあ、かかって来いよ。こっちは構わんぜ」

と男が低い声で笑った。

「貴様……！」

と唸る巨体の男に、また男が引鉄を絞った。弾丸が巨体の分厚い肩にめり込んだ。巨体が捩《ねじ》れ、壁際によろけた。

「騒ぐと殺す」

抑揚《よくよう》のない声で男が言い、最初に撃った男の腰を蹴った。

「立てよ」

最初に撃たれた男も同じように肩に着弾していた。苦痛に顔を歪《ゆが》め、男が何とか床から立ち上がった。

「よし、それでいい」

撃たれた二人は苦痛を堪え、男を見詰めた。残った一人は蒼白になっていた。問答無用で引鉄を引く……そのことがもう全員に判っていた。こいつは本気で殺す気でいる、と思った。

「……おまえたちと遊んでいる時間はない。さあ、俺の女はどこにいる？　言わなければ今度は肩でなく、顔面を撃つ」

と男は事務的な声で言った。三人は、本当にそうするだろうと思っていた。男が残った一人の顔面に拳銃を向けた。

「解った……女は、ここにいる」

「どこだ？」

「下だ」

「携帯を置いて、全員こっちに来い。何度も言わん。おかしな動きをしたら、今度は殺す」

三人が男の前に集まった。

「さあ、俺の女の所に案内してもらおう」

と男が言った。

神木はトカレフを手にしたまま腕をスーツの中に隠し、三人の男に前を歩かせながらエレベーターに乗った。廊下にもエレベーターにも人影はない。そのまま地下までエレベーターで降りた。地下は駐車場だった。車のトランクにでも入れたのか、と思ったが、違った。男たちが案内したのは、地下の廊下の一番奥にある部屋だった。

「中にいる奴におかしな合図なんかするな。殺すと言ったら本当に殺す」

「中に、見張りはいない」

と傷を負っていない男がドアの前で鍵を取り出しながら答えた。

「開けろ」

まず神木の目に飛び込んで来たのは千絵の無残な姿だった。半裸で天井から吊るされている。こんなこともあろうと覚悟していた神木だったが、千絵の肌に巻きつく大蛇に神木は一瞬息を飲んだ。千絵の頭は前に落ちている。

「降ろせ！」

神木は室内に入ると後ろ手にドアを閉め、鍵を開けた男の腰を蹴った。男がつんのめってたたらを踏む。

男たちが滑車に繋がったチェーンを操作して、何とか千絵を床に下ろした。千絵をベッドに運ばせると、男たちを壁際に立たせ、千絵の様子を見た。千絵はまだ目を閉じたままだった。手首で脈を取ろうとして、神木はため息をついた。ケーブルタイが食い込み、皮膚が裂けていた。指では外せない。仕方なく、神木は千絵の剝き出しの胸に耳を当てた。鼓動は幸いにしっかりしていた。

「……誰か刃物を持っているか……？」

神木は男たちに尋ねた。無傷の男が困った顔になり、懐《ふところ》に飲んでいたドスを取り出して、神木に差し出した。

「少しでも動いたら、撃つ」

と三人に言い置き、ベッドの千絵の傍に戻ると、神木はドスで慎重にケーブルタイを切り離した。千絵が痛みのためか呻き声をもらし、目を開けた。

「俺だ……判るか？」

か細い声で、

「……判ります……」

と千絵が小さく頷く。神木はほっとして、他のダメージを調べた。異様な刺青のために最初は目に入らなかったが、体には打擲《ちょうちゃく》の傷跡があった。今は赤いが、時間が経てば黒く変色する傷だった。木刀か、竹刀のような棒状のものでやられたのだろう、と思った。

神木は床に投げられてあるジャケットを拾うと千絵の体に掛け、

「どうだ、動けるか？」

と尋ねた。千絵が呻きながら体を起こした。

「骨はどうだ？」

「大丈夫……」

苦痛に呻きながら、千絵が答えた。

「よし。離脱する」

と告げたのと同時に、壁際の男の一人がドアに突進した。神木はベッドの上に置いたサイレンサー付きのトカレフを躊躇《ちゅうちょ》なく逃げる男に向けた。何度も使ったからか、発砲すると、榊の手製のサイレンサーはこれまでと違い、かなり大きな音をたてた。ドアの前で逃げた男が崩れ落ちる。咄嗟《とっさ》に撃ったから、着弾がどこかは判らなかったが、倒れた男は身動きせず横たわっていた。殺してしまったかも知れなかった。

「歩けそうか？」

「はい」

神木は千絵に自分のコートを着せ、その体を抱えた。

「病院に連れて行く」

案に相違して、千絵が、

「それは……嫌」

と囁くように告げた。どうして、と訊き返そうとして、気づいた。無残な刺青を医者に見られることが辛いのだ、と気がついた。酷い刺青をされた千絵の過去を思った。

「解った、うちのお抱えの医者に任せよう」

千絵を抱え、ドアまで進み、神木は呆然としている二人の男に言った。

「鍵を寄越せ。追うな。出てきたら殺す」

ドスを渡して来た無傷の男から鍵を受け取り、ドアの前に横たわっている男を脚で押しのけると、廊下に出た。廊下には誰もいなかった。よろめきながらでも千絵は何とか歩いた。二人は地下の駐車場からビルを出た。駐車場で一人、スーツを着た男に出会ったが、驚愕で見詰めるその男は新和平連合の組員ではなかった。

通りに出た。玄関口のガードを警戒して、神木は裏の路地に進んだ。そこは行き止まりではなく、遠回りであったが大通りに出られた。

「辛抱《しんぼう》しろよ。やぶかも知れないが、このくらいの傷なら、三輪くんが上手く手当てしてくれる」

大通りに出ると、千絵の肌がなるべく目に付かないようにコートの襟を立てて、タクシーを探した。タクシーはすぐにやって来た。千絵を乗せると、神木は、

「遠くて悪いが、八王子までやってくれ。高速を使って」

八王子と聞いた運転手は愛想よく、解りました、といい声で応えた。

離脱が完全に成功したと判ると、千絵に微笑み、

「もう少しの辛抱だ」

と囁き、携帯を取り出した。八王子に待機する三輪に状況を説明しておかなければならなかった。千絵の外傷は手首の傷と打撲だけだが、打撲の傷がどれほどのものか判らなかった。だが、肝心の携帯が繋がらなかった。携帯の故障ではなく、呼び出し音は鳴っている……だが、誰もいないのか、応答がなかった。

ここで初めて神木は蒼ざめた。八王子には少なくとも、有川涼子をはじめとして稲垣、榊、三輪の四人が神木の連絡を待っているはずだった。

眼を閉じていた千絵が囁くように言った。

「私は、何も話さなかった……何も……」

その言葉にうそはないと思った。もう一度携帯のボタンを押した。耳に当てた携帯の呼び出し音が神木の耳にむなしく響いた……。

十

有川涼子は目の前に銃を持つまだ十代かと思われる娘を見詰めていた。その娘が手にしているのは拳銃ではなく、太いサイレンサーを装着した小型のサブマシン・ガンだった。その名がイングラムというものだということを涼子は知っていた。長いサイレンサーを装着しているから、見た目はかなり大きいが、サイレンサーを取り外せば服の中に易々《やすやす》と隠せるくらいに小さな銃である。連射速度は毎分千発、近距離での殺傷能力はずば抜けていた。隠し持つことが容易なため、テロリストたちが愛用する銃だった。

かつて岡崎チーフと第一次作戦に従事した時に涼子は初めて銃の知識を岡崎から授けられたのだった。収容している女性たちはボランティアで来ている責任者に任せて、工事を理由に他の施設に一時避難してもらっていた。代わりに神木と千絵を除く、稲垣、三輪、榊がこの八王子本部でたった一人の娘によって拘束されていた。

迂闊だと言えば迂闊だった。稲垣の指示で警戒態勢を組んでいたにも拘わらず、侵入を許してしまった。それは、こんな具合に進行した。

警戒態勢は完全で、門扉には鍵を掛け、また玄関ドアも鍵だけでなく特殊な防備を施《ほどこ》した。それは神木が神谷町でスタッフ全員に教えた方法で、FBIで教わった、と神木は言った。ドアのノブに椅子を斜めにして置く。背もたれをドアのノブにかませ、斜めに傾く脚に榊のスニーカーを履かせるのだ。こうすればドアは大の男がどんなに蹴破ろうとしても防ぐことが出来る、と神木は言った。だが……現実に、その方法で侵入者を防ぐことは出来なかった。それは、涼子が自らドアを開けてしまったからだった。

その娘は稲垣が窓から監視する中を、未舗装の道を一人で歩いて施設の前にやって来た。連れはなかった。門前まで来ると、暫く逡巡《しゅんじゅん》した後、その娘は門柱に取り付けてあるスピーカーホンのボタンを押した。

家の中にあるスピーカーホンでまず稲垣が対応した。娘はここが救護施設かと尋ね、そうだと稲垣が答えると、ほっとしたように助けて欲しい、と言った。これまでにも同じように過酷な条件で拘束されていた女が逃げ込んで来た例が何回かあった。関係者が不在なので、また出直して欲しい、と稲垣が告げても娘は立ち去らなかった。門柱の下に崩れ落ちるように腰を落とし、娘は動かなくなった。

涼子も途中から稲垣に寄り添い、この光景を見ていた。命からがら逃げて来た娘の気持が手に取るように解った。救済の会の住所をどうにかして手に入れ、必死に逃亡して来たに違いなかった。やっと辿り着いた先で収容を拒《こば》まれる、それがどんな気持か察するに余りあった。涼子は即座に収容を決めた。

「開けましょう」

と稲垣に告げ、娘にそこで待つようにスピーカーホンで伝え、涼子は玄関扉の防備を取り払った。入って来た娘は見るからに粗末なコートを羽織り、寒さのためか青白い顔をしていた。娘の片言の日本語を聴き、その娘が中国人であることがすぐ解った。抱えるようにして事務室に連れて入り、榊に命じて熱い紅茶を運ばせた。

「出身はどこなの？　ビザはないのでしょう？」

涼子は優しく娘を労《いた》わり、少しずつ事情を話させるように誘導した。熱い紅茶を一口のみ、娘が言った。

「全員、ここに呼ぶね。言うことを聴かないと、殺すよ」

涼子が事情聴取の書類から目を上げると、娘の手にはイングラムが握られていたのだった。

そして今、稲垣以下スタッフの全員が事務室に集められ、娘の手のイングラムを見詰めている……。涼子たちは携帯で中国語を早口で話す可愛い娘を眺めるだけで、何一つ抵抗出来ずにいるのだった。


「救済の会」の敷地の前は雑木林だった。冬季なので木々には葉がなく、林の奥まで見ることが出来る。地面には枯葉が堆《うずたか》く積もり、いくらかの起伏があった。その枯葉に埋まるように腹ばいになっているのは劉だった。彼はライフルに装着した三〜九倍の可変倍率のスコープを覗き、「救済の会」の様子を窺っていた。

妹の麗華《レイカ》が上手く施設の中に入ったことを確認した。麗華がやることに不安はなかった。あいつはミスをしない。強いて欠点を挙げるなら、それは無意味に人を殺すことだった。麗華は、どんなに残虐なことでも眉一つ動かさずにやれた。劉は妹が根っからのサディストであることを知っていたのだ。

劉の役目は「救済の会」のスタッフを拘束することではなかった。彼の役目はターゲットに近づく者の排除と、これから到着するはずの新和平連合会長の警護だった。会長の新田が再度襲われたことはすでに連絡が入っていた。劉はよく会長が助かったものだと思っていた。新和平連合のガードはどいつも素人で、警護がどんなものか解っていないのだ。体を張って睨《にら》み廻せば、それが警護だと思っている素人に過ぎない。

それにしても、上手く予想が当たったものだ、と劉は自分の勘に満足していた。劉は、退院時に新田会長を狙うものが現われるはずだと確信していた。そして、監視の女を見つけた。これも他のガードだったら見つけ出すことは出来なかっただろう。劉は、人目の多い病院で新田が襲われることはないと考えた。だが、監視はあるだろうと思っていた。どこで襲撃して来るかは判らないが、新田の退院の時刻の確認は襲撃側にも必要だからだ。だから、直接の警護は組員に任せ、劉は病院を監視する人間を探した。玄関が視界に入る場所で携帯で通話する者が第一の容疑者だった。そのチェックを始め、劉はまもなく一人の女を特定した。女は古いバンを不法駐車させ、病院の玄関口を監視していた。視線を玄関口から離さず、始終携帯を使っていた。小型の双眼鏡を持ち出したのを見つけ、劉はその女が通報者だと確信した。

驚いたことは、女が綺麗なことだった。連れて戻れば、ヤクザたちが喜んでいたぶるだろうと考え、劉は苦笑した。日本で一番スマートだと、どいつもスーツなんか着ているが、中身は他のヤクザと同じ、歩く逸物《いちもつ》。

拉致は簡単だった。追突事故に見せかけ、スタンガンで抵抗を阻止する。あとは丁重に車に乗せてそのまま新和平連合に連れ戻れば劉の護衛任務はそれで終わる。そう思って新和平連合の事務所に戻った劉だったが、仕事はそれで終わらず、もう一つ依頼が増えた。それが八王子にあるこの「救済の会」という施設の制圧と監視だった。

やっと車の音が聴こえて来た。一台ではなかった。劉は、その車の音が新田のものだということが判っていた。彼は決して一台の車で移動はしない。異常なほど用心深い。不思議に思ったが、子分に訊いて謎が解けた。先代の会長がヤクザ同士の抗争で、爆殺されたのだという。なるほど、それなら用心深くもなるはずだった。ポケットの携帯が振動する。出ると、新和平連合の幹部の品田という男だった。状況を説明してやる。

「解った。これから乗り込む。こっちの車は隠すから、しっかり見張ってろ。もう一つ。おまえが連れ込んだ女が逃げた。おそらくここに逃げて来る。一人じゃねぇ、女を助けた男も一緒だ。見つけたら殺せ。解ったな」

劉は解った、と応えた。これでまた報酬が増えると思った。香港に帰るまで、稼ぎまくるのだ。手にした金はじきに億に届く。劉は微笑み、再び銃に取り付けられた三〜九倍の可変倍率のスコープを覗いた。

彼方《かなた》から車のエンジンの音が聴こえた。涼子は戸口に立たされている稲垣に視線を送った。稲垣の表情は不安気だった。先刻から電話が鳴り続けている。それが神木からのものだと涼子は考えていた。鳴り続ける電話には誰も出ることの出来ない状況だった。中国人の娘も電話を無視していた。その電話が鳴りだしてからもう小一時間が経過している。電話に出ないことでおそらく神木はこちらの状況を読みきった、と涼子は信じている。無用心に帰って来るはずがない。だが、車の音で不安になった。無防備に近づけば、目の前の娘に撃たれる。神木も銃を持っているはずだが、中国娘の持つイングラムには対抗するのは無理だ。一分間に千発の弾丸を浴びせられたら、拳銃など役に立たないと涼子は思った。

だが、神木と千絵が乗るバンのエンジン音とは違う。ほっとしてためていた息を吐いた。稲垣に視線を送ると、彼も同じ思いだったのか、安堵の顔で涼子を見詰めた。

車は一台ではなかった。何台かが門のところで停まった。だが、誰が来るのか？　考えるまでもなかった。今では目の前にいる娘が新和平連合が雇った殺し屋だということが判っていた。そのバイクの殺し屋が若い娘だったとは……。

おそらくやって来たのは新和平連合の誰かだろう。退院したばかりの新田が来るとは思えない。幹部が来るのか……！　涼子は腹を括った。新田のマンションで、既に二人の幹部に顔を見られている。まず助かる見込みはない。そして、殺されるのは自分だけではないだろう。稲垣も、三輪も、まだ若い榊もおそらく殺される……。

そんな人生にリードして来たのは自分なのだ。こんな場合の説明は何度もスタッフにして来たが、それで許されるはずもない。張り裂けそうな後悔の念が涼子の胸の中に渦を巻いた。

どこで失敗したかは想像できた。おそらく撤収が遅かったのだろう。盗聴の電話を中継するあのバンだ。バンの撤収は三輪がやったが、張られていることに気付かなかった……。それも仕方がない。稲垣なら尾行に気付いたかも知れないが、三輪はプロではないのだ。

中国娘がそれまで座っていた椅子から立ち上がった。

「……動かない。動くと撃つよ」

と言い、事務所の戸口に向かった。

涼子は娘の視線が自分たちから外れると、スタッフに目をやった。それぞれ緊張した顔ではあったが、取り乱した表情ではなかった。涼子の視線に応えた榊が、元気づけようとでも考えたのか、微笑んで見せた。

稲垣が、背広の懐に手を伸ばすのが解った。そうだった、稲垣はトカレフをズボンの後ろに隠しているのだ。中国娘は、検査が面倒くさいと考えたのか、ボディチェックはしていなかったのだ。

それにしても、あまりに無謀な行為だった。たしかに稲垣は警察官で、銃器に関して他のスタッフのように無知ではないだろう。だが、中国娘よりも速く射撃が出来るとはとても思えない。気がついた娘がイングラムを掃射すれば、全員が死ぬ……！　涼子は必死に顔を振った。今、拳銃を抜いたら駄目！

稲垣がやっと涼子の視線に気づき、無念そうな表情で小さく頷き、手を下ろした。涼子はほっとして目を閉じた。

車が走り去る音がする……。その音が聴こえなくなるのと同時に玄関から男たちが入って来た。事務室の入り口に最初に現われたのは、予測と違い、新田だった。サングラスを掛けているので表情を窺うことは出来ない。肩から腕を吊っている。

椅子に座る涼子に近づいて来た。他のスタッフに視線を向けず、じっと涼子に目を据えたままだった。さすがにやつれていた。死ぬかもしれない状態だったのだから、無理もないな、と思った。

新田は涼子の前に立ち、涼子の顎に手を掛けた。抵抗せず、されるままになっていた。突然、その手で頬を張られた。涼子は痛みを堪え、新田を見上げた。どこかおかしいと、瞬間、思っていた。頬を張られたが、それほど激しいものではなかったからだ。

新田がサングラスを外し、スーツの胸のポケットにしまいながら、言った。

「……その節は、世話になった……感謝している」

応えようもないので、黙って新田を見上げていた。予測とは違い、それほど凶悪な表情でもなかった。闘病生活を連想させるように青い顔は、ただ疲れたように見えた。新田が煙草を取り出しくわえた。一緒に入って来た男の一人が待っていたようにライターの火を近づける。大きく煙を吐き出し、新田が言った。

「あんたたちは警察ではないんだな」

涼子は黙っていた。

「……最初は、公安かとも思ったが、違う。一体、何で俺たちを付け回す？　その理由を教えて欲しいんだがな」

「あなたたちがヤクザだから」

と涼子は応えた。

「……ヤクザは俺だけではない、他にもいる」

「あなたたちのようなヤクザはいないでしょう？」

「ヤクザがそれほど嫌いか？」

「ええ」

「それなら、何で俺を助けた……放っておけば、俺は死んでいた」

「そうですね。何ででしょう、私にも解らない」

「自分でも解らないのか？」

「ええ」

新田が微笑んだ。邪悪な色のない優しい笑みだった。

「ここに来るまで、いろいろ考えた。何とかして、あんたを始末せんで済むように考えながら来た。だがな、そいつは無理だと解った。このまま放っておくことは出来ないからな」

「解ります」

と涼子は落ち着いて応えた。

「もし、それが出来るものなら、俺はそうする。だから、きちんと話してくれんか。あんたたちは一体何の組織なんだ？」

「不幸な人たちの救済の組織です」

新田が重い吐息をついた。

「そんな団体が、家政婦にまでなってヤクザの家を探りに来るか？　最初はああいうことが得意な公安かと思ったが違っていた。盗聴器を取り付けたのもあんたたちだともう分かっているしな」

「……いつ気付いたのですか？」

「あんたたちがおかしなものを取り付けた車を回収に来る前だ」

やっぱりバンを尾《つ》けられたのだ……。

涼子は黙ったまま、新田を見詰めた。この男が多くの人を傷つけられる男なのか……そんな疑問が湧き起こるほど、新田は優しい顔をしていた。

「……解っています。別に貴方を恨《うら》んだりしません。ただ、一つだけお願いがあるんです」

「何だ?」

「わたしを殺すのはかまいません。今になって図々しいと思うでしょうけど、この人たちは殺さないで欲しい。この人たちは何も知らないんです。わたしのために、ここで働いているだけなのですから」

新田の笑みが消えた。

「駄目だな、そんな言い訳は。駆け込み寺の仕事だけしていたのなら、俺も見逃す。せっかくの頼みだが、そいつは無理だ」

唇を嚙む涼子に新田が続けた。

「その代わり、俺も一つ約束する。あまり苦しまないように始末しよう。今、俺がしてやれるのは、そんなことぐらいだ」

新田はそう言い、いとおしむように涼子の頰に手を触れた。

十一

新和平連合の新田雄輝が八王子の「救済の会」に乗り込んだのと同じころ、大星会会長の三島興三は波田見市にいた。場所は波田見駅の駅ビルに半年前に完成したホテル内の料亭だった。

会談の相手は大間連合の会長神泉一郎である。三島はおそらくこれが最後の会談になるとの予測から、新田に無理を頼んで立会人として波田見市出身の衆議院議員の磯崎利明に同席してもらっていた。嫌がると思っていた磯崎は新田に相当の借りがあるのか、この要請を受けた。

ここまで慎重に事を運んできたが、無論大間連合の神泉がすんなり関東の要求を飲むとは思えなかった。だが、三島にとって、今夜が最後の大舞台だという思いがあった。何が何でも説き伏せる……。三島にはもう退路がなかったのである。

会談が始まってまだ肝心の話が出来ない十分後、三島の携帯が鳴った。三島の携帯に直接掛けて来るのは補佐の八坂しかいない。三島は時間通りにやって来た大間連合の神泉に詫び、八坂の通話を聴くために席を立った。

三島は唇を嚙んで携帯の通話を切った。だが、すぐ座敷には戻らず、今の八坂秀樹からの報告が今後どんな進展を見せるのか、それを考えていた。八坂の報告の内容は、おそらく昼過ぎに発生した大星会の下部組織と新和平連合とのトラブルの処理に関してだろうと想像して通話に出たが、予想は外れた。新和平連合とのトラブルはさらに二件増えていたのだ。懸命に抑えているが、まだ何が起こるか予断はゆるさない状況です、と八坂は言った。

何が原因でそれらのトラブルが発生したのか、今ではおおよその見当がついている。今日の昼過ぎ、新和平連合の新田は、退院して自宅に向かう途中にふたたび誰かに襲われた。新和平連合では、それが反三島派の下部組織の犯行だと考えていた。その時刻、まだ東京にいた三島は、その報告を受けるとすぐに八坂に事態の調査を命じた。八坂の報告では、下部組織で新和平連合を襲ったところはない、というものだった。

通常なら、新和平連合の新田に、そう知らせれば事はそれで収まる。新和平連合と絶対にトラブルを起こさないように、ということは大星会では徹底した厳守事項になっているのだ。八坂の締め付けは強く、これが守れなければその組は解散させる、と下部組織まで通達を出してある。布施組を除いて、これまでこの通達を破った組はない。三島は、だから、

「絶対に揉め事は起こさせません」

と言う八坂の言葉を信じた。だが、今日、この通達は木っ端微塵《みじん》に吹き飛んだ。襲撃は布施組の時と同じ大星会下部組織だと信じた新和平連合の各組が、報復だといきり立つと、大星会側がこの挑発を受けて立った。そんなことが今日の午後、都内の各地で頻発《ひんぱつ》したのである。あの気の強い八坂が通話の最後に言った。

「会長、済みません。こんな時期にわしのやり方がまずいために、こんなことになりまし

た」

八坂の声は震えているように三島には思えた。波田見市に向かう前に、三島は八坂にこう話して来た。

「ここまで来たのは皆、俺の一存だがな、八坂よ、俺はやっぱりな、新田の言うことが正しいのだと、今でも思っている。新和平連合を蹴るのは出来ないことではなかったと思う。だが、今のままでいたら、いずれ大星会は行き詰まる。昔通りのテキヤはもう生きて行けんところまで来ている。まあ、これは博徒も同じだがな。あいつらももう盆では食って行けんのだから。生き残るためには、どうしても新田のような男が必要なんだ。これだけは間違いないことだ。新和平連合はともかく、新田が会長でいる間は、俺は奴に付いて行く」

と三島は言い、最後にこう付け足した。

「大間連合は、刺し違えても納得させる。だが、八坂よ。俺がやるのはそこまでだな。後はお前がやれ。お前が俺の後を継げ。そのつもりで、会を抑えろ。ここが正念場だ」

だが、八坂の力でも暴発は抑えることが出来なかった……。

座敷の襖《ふすま》が開き、この会談をセットした滝沢組の滝沢という男が顔を出した。

「会長、大丈夫ですか？」

三島が気分でも悪くなったかと、心配で顔を覗かせたようだった。

「大丈夫だ。電話が長引いてね、済まん」

と言って三島は座敷に戻った。

「失礼しました」

と席に戻る三島に、心配そうな顔で大間連合の会長が言った。

「お顔の色が悪いが、大事ありませんか」

「いえ、気分が悪いわけではないですから、ご心配なく。つまらん電話で話を中断して申し訳ない」

と三島は銚子を手に取った。

それから三十分、三島は誠心誠意、大星会と新和平連合の結びつきを説明した。テキヤ業界の苦境も話した。

「今はまだ食べて行けますが、間もなく末端はやって行けなくなるでしょう。時代が変わったからと言うのはやさしいが、おそらくそうではないのでしょう。すべて時代のせいにするのではなく、私らが変わって行かなければならないのではないかと、そう思っているんです。

特にテキヤはそうです。法に縛られ、地方と違って関東では高市《たかまち》での商いも出来ない。今にこれは全国で同じことになるでしょう。多分、この波田見市も将来は同じだ。この時代を乗り切るには、テキヤも博徒もない、新しい組織として生まれ変わらなければ生き残高市とはテキヤが神社の祭礼の時に行なう露店商いのことである。だが、暴対法の登場で、このシノギも難しくなったのだ。これはテキヤが博徒と同じように暴力団として扱われるようになったからだ。高市を禁じられたら、テキヤは生きて行けない。だから暴力団に変貌せざるを得ないのだ。

そんな三島に、神泉が言った。

「おっしゃることはよく解る。おそらく、三島会長の言われる通りなんでしょうな。こんな世の中ですから、そりゃあ皆、銭は欲しい。ただ、私はこう思っている。ヤクザが銭を持ち過ぎちゃあいかんのですよ。そうは思わんですか。その銭はカタギ衆の銭でしょう。ほんの少しだけおこぼれをいただいている間は問題にはならん。だが、獲《と》り過ぎればカタギ衆は黙っちゃあくれなくなる。結局、私らは追い詰められる。

私ら大間連合が今まで生きて来られたのは、昔通りに日陰をひっそり歩いて来たからですよ。だから地味な商売を昔通りやらせて貰っている。近隣の四県では、関東とは違っておっしゃる通り、今も高市が出来る。大間連合がカタギ衆に嫌われることはないのです。だから、私らが関西と対決した時も、カタギ衆が味方になってくれた。他所《よそ》じゃあちょっと考えられんことでしょうがね、カタギの皆さんが、この大間連合を守ってくれたんですよ。

そりゃあ、あんたがたが言われるように、私らだって台所は苦しい。これから先だって、今まで通りに暮らせるか、そんな保証があるわけでもない。銭に困らない組織になればそれにこしたことはないと、そう思ってますよ。だがね、三島さん、うちは旧いテキヤだ。戦後生まれの暴力団ではない。そこを解ってもらいたい。

このまま進めばテキヤはお仕舞いだと言われれば、なるほど、とは思う。だが、私らはね、それならそれでいいと、そう思っているんです。カタギの皆さんが、ほんの少しでも私らのことを必要だ、と思ってくれているからやっているんで、カタギ衆から憎まれたり嫌われたりしたら、それでお仕舞い。大間連合の人間は、みんなそのことが解っているんでね。だから、今の三島さんの話も、解らないではないんです。

別に新和平連合が嫌なんじゃないですよ。どこの組織から話があっても、答えは一つ。私らは地味なテキヤで、昔通り暮らさせていただきますと、そう言うしかないのですよ。仮に、私がね、三島さんを尊敬しているんで、この話を受けましょう、と答えても、下が動かない。

嘘ではありませんよ。私は確かに会長をさせていただいておりますが、大間連合のテキヤたちの代表をしておるだけで、下の意見を口にするだけです。よそ様は知らんですが、それが大間連合の生き方でしてね。ただ、生意気に、一つだけ言わせていただきますが、波田見市を何とかされようと思っても、それは無理だ。

ここにおられる磯崎先生ならお解りじゃないですかね。攻めて来られれば、私らだけでなく町の人々も防戦に立ち上がる。本当なんですよ。それがこの波田見という土地柄でしてね。この土地の者は、ですから、みんなヤクザ者といっていい。私ら顔負けのね」

冷たいものが体の中を流れて行く、そんな思いで三島は大間連合の会長の話を聴いていた。目の前には化石のようなヤクザがいた。しかもそのヤクザは幸せそうな顔をしている。俺の顔は、どうか、と三島は思った。俺も、八坂も、この年寄りのような顔はしていない。おそらく餓狼《がろう》のような顔をしているのではなかろうか。

神泉が口を閉じると、それまでやきもきとした顔でいた代議士の磯崎が神泉に、

「何を解ったようなことを言ってるんだ！　私も波田見市の出だ。私はその波田見市のことを考えて、今日、ここに来ている！　あんたらのような旧い連中がいるから波田見市の発展が遅れた。いい加減に目をさまさんか！」

と怒気を見せて食い下がっていた。三島はそれを聴き、そして怒鳴りつけられても、のほほんとした顔でいる神泉に、これで仕舞いだな、と思った。

負けたことは解っていた。話し合いがしくじれば、後は侵攻しかないが、それも難しかろう、と神泉の穏やかな顔を見て思った。町の者たちが立ち上がる、ということも、あながち誇張でもないのだろう。この神泉のような男を生み出した土地なら、そういうこともあるだろうと、三島は素直に納得した。

磯崎がひとしきり怒鳴りまくると、神泉が笑って言った。

「いやぁ、磯崎先生が腹を立てられるのも無理はありません。せっかくお忙しいところを波田見市まで来ていただいたのに、これではなんの土産もないことになる……困りました、私も手ぶらでお帰しするわけにもいかんと思ってます。さて、どうしたものか」

そして突然、それまで仏のような表情だった神泉の顔が猛禽《もうきん》を思わせるものに変わった。

「磯崎先生、そんな綺麗ごとはそれくらいにして貰います。要するに、皆さんが欲しいのは新港でしょう……別に波田見が欲しいわけじゃあない」

三島は愕然として神泉を見詰めた。

「新和平連合さんが狙っているのは、しけた波田見市ではなくて、新港だ。多分、ロシア辺《あた》りとの話でそうなったのだと思いますがね。手土産に、それなら新港だけ明け渡しても、という話は出来ないことではないかも知れない。

ただ、老婆心から言わせて貰いますが、新港は手をつけられないほうがいいですよ。ご存知ないかも知れんが、波田見では見慣れん輩《やから》が動いている。どんな連中かご存知かな。ここの警備部です。つまり、公安ですな。何でそうなったか解らんですがね、新潟、富山、そっちの方からも連中が頻繁に波田見市までやって来ている。そこにのこのこやって来るのは、いかがなものか。

お帰りになったら、そのことをぜひ新和平連合の会長さんにお伝え下さい。いろんな組織がありますが、日本で最大の暴力組織は警察ですよ。私らはともかく、警察とは事を構えんほうが、私はいいと思うのですがね」

と、口が渇いたのか、神泉は泡の消えたビールを旨《うま》そうに飲み干した。

十二

島田克己《しまだかつみ》はスーツ姿のまま便器に腰を下ろし、手の中の拳銃を見つめていた。精巧に作られた拳銃は美しく、鈍い色に輝いている。銃器にまるで知識のない島田は知らなかったが、その拳銃はシグ・ザウエルといい、装弾数は八発だった。型は旧いが、自衛隊が制式軍用拳銃として採用したものと同じ優秀な拳銃である。

島田は拳銃を右手から左手に移し、右手でポケットからハンカチを取り出すと、額から滴《したた》る汗を拭った。建築後まだ半年経つか経たないかのこのホテルのトイレは綺麗で、空調も完璧に二〇度に保たれていたから、スーツを着ていても快適で汗などかくはずはなかったが、事実、島田の額からは驚くほどの汗が噴出していた。

それは緊張から噴出した汗だった。緊張するのも無理はない、島田はこれから人を殺すのだ。殺すだけならまだいいが、下手をすれば島田自身も殺される。狙う相手はボディガードを少なくとも四人は連れているだろうと予測されていた。そのガードを破り、何としてでもタマを取らねばならない。緊張するな、というほうが無理だった。

「……シマさん……！」

外から掛かった声に、島田はやっと腰を上げた。手の中の重たい拳銃を左腰のベルトに差し込み、スーツでそれを隠すと、島田はトイレを出た。「宮城会」の武井《たけい》が蒼い顔で立っている。

「入りました……！」

ターゲットがこのホテルにある割烹料理店「竹間《たけま》」に入った、ということだ。

「……おう……」

と、島田は頷くと、緊張を飲み込み、武井の先に立ってトイレを出た。ここまで来たらもう覚悟を決めなければならない。殺《や》るしかないのだ。

トイレの前のアーケードを左手に進むと飲食店が二軒並んでいる。手前がイタリア料理店、「竹間」は先のほうの店だ。「竹間」とは反対のアーケード右手の角に二人の男の姿がチラっと見えた。今回の襲撃を共にする元「布施組」の鉄砲玉の菊池浩次《きくちこうじ》と、同じく今回の襲撃に選抜された「辰巳組」の角田俊夫《つのだとしお》である。

島田は二人に頷いてみせ、「竹間」の方角を見た。店の前辺りに男が二人立っている。見知った顔だ。三島会長がいつも連れているガードの福井《ふくい》と、もう一人は篠田《しのだ》とかいう男だろう。

　どちらも直系「六三会」の中堅である。「六三会」は大星会では最大組織だ。もとから最大の組織だったわけではない。「六三会」の会長だった三島興三が抜擢されて大星会会長になったから最大組織になったので、それまでの最大組織は「片桐会」だったのだ。時代とともに勢力地図も変わり、大星会前会長の星野が死んでからの「片桐会」は見る影もなくなった。寄らば大樹の陰と、誰もが「六三会」の傘下に入るようになったのだ。

　島田は菊池と角田を見た。目が合った。二人とも、蒼白な顔をしている。多分、自分も同じような顔色なのだろうな、と島田は「竹間」に視線を戻した。

　店に入るにはまず二人のガードを排除しなければならない。無論、その手筈は決めてあった。ガードに近づくのは菊池の役目である。ただし、ガードの排除にチャカは使えない。発砲音が店内に聴こえてしまったら、この襲撃は危ういものになるからだ。

　護衛は店内にもいるはずだ。少なくとも二人は三島の傍にいるだろう。もっと多いかもしれない。それくらい今の三島は身辺に気を配っている。そしてタマの三島自身が武装している可能性もある。三島など怖れることもないが、窮鼠《きゅうそ》猫を嚙む、の譬《たと》えもある。殺されると解れば、三島が自分の拳銃を撃ちまくることもあるだろう。まあ、多分拳銃を三島自身が持っていることはないだろうが。だが、普段持たない拳銃も、警戒している今なら、懐に飲んでいる可能性もないとは言えない。

いずれにせよ、勝負は一瞬のうちにつけなくてはならない。抵抗されたら修羅場になる。それだけは避けなければならない。相手に気づかれないうちに接近する、これしかない。そのためにも店の外での発砲は厳禁だ。だから、使うのはドスと決めた。

だが、ガードは二人だから、菊池一人では無理だ。手助けは「辰巳組」の角田がすることになっている。島田は鉄砲玉の菊池のことは知っているが、この角田をよく知らない。そればかりか、角田がいる「辰巳組」のこともよくは知らない。それは「辰巳組」が大星会の中では比較的新しい組だからだ。元は名門霧島一家。霧島一家が解散し、そこで大星会入りしたという組である。そのお膳立てをしたのが片桐会の、今は亡き片桐会長。恩を受けた片桐会長の弔《とむら》い合戦ということで、この企《くわだ》てに辰巳組も加わった、と島田は上から聴かされた。

ただ、知っているのはそこらまでで、この襲撃がどんな事情で決まったのか、襲撃の責任者になった島田ですら詳しいことは知らされていない。それは他の連中も同じようなもんだろう、と島田は思っている。

島田の「勝俣《かつまた》組」は片桐会の二次団体で、組員も十三人の小さな組だ。片桐会が大星会の二次団体だから、大星会全体としてみれば、三次団体となる。まあ、大した組ではない。それでも島田はその「勝俣組」のれっきとした組長だ。だから、この襲撃班のリーダーになっている。

総勢四人は、どう見ても寄せ集めだ。それが証拠に、他の三人は、島田が選んだわけではない。いつの間にかリーダーにされ、気がついたらメンバーもすでに決まっていた。そんなわけで、島田は辰巳組の角田を知らない。角田がドスで相手を殺せる度胸が本当にあるものか、そこらへんに不安はあった。ガードを倒すことに失敗したら、もうこの襲撃の成功はおぼつかなくなる。最初のこのボディガードの排除にすべてがかかっているのだ。

右手で左の腹のところに差した拳銃の銃把に触れ、島田はごくりと唾《つば》を呑み込んだ。

「……行くか……」

島田が頷くと、こちらを見ていた菊池と角田が頷き返し、そして歩き出した。島田と武井はトイレの前に立ったまま、二人が通り過ぎるのを見送る。菊池と角田の横顔は強張《こわば》って能面のようだ。島田にはその緊張がよく解った。拳銃の引鉄を引くならまだしも、ドスで相手の腹を抉《えぐ》るのは並みの度胸では出来ない。手際よくやらなければ反撃される。

隣りに立つ武井を見た。「宮城会」の武井は案外落ち着いていて、菊池と角田の動きを目で追っている。二人がボディガードを刺したら、島田と武井はそれを助け、そのまま店内に突入しなければならない。つまりボディガードに疑われないだけの距離をあけ、なおかつすぐ近付いて菊池たちを助けられるくらいの所にいなければならない。微妙な距離のあけかただ。タイミングを外したら失敗する。

武井も島田と同じように拳銃を腹に差し込んでいるはずだが、彼はまだその拳銃に手を掛けてはいない。こいつ、案外落ち着いているな、と島田は感心し、再び菊池と角田の背を追った。

二人がボディガードに近づく。顔見知りなので ガードの二人は笑顔を見せている。……やるか……！　菊池の体が沈んだところで島田はベルトから拳銃を引き抜き前へ出た。

ガードが何か叫び、一人が蹲《うずくま》る。もう一人のガードが店内に逃げ込もうとするのを、追った角田が飛びついてそのわき腹にドスを突き立てるのがはっきり島田にも見えた。ここまで来ると、島田も度胸が据わった。もう逃げようもない運命なのだ。武井と一緒にガードたちに馬乗りになっている菊池と角田を追い越し、「竹間」の店内に突入した。

店を入ったところはテーブル席で客が数組いたが、タマの姿は見えない。三島は座敷に入っているのだ。

店の受付にいる中年の女は啞然と、入って来た男たちをみつめた。口をあんぐりと開けたまま、声も出せずにいる。それも無理はなかった。先頭の島田の手には拳銃が握られ、後ろの武井も、今は拳銃を抜き出している。続いて飛び込んで来た菊池と角田はボディガードの返り血を浴びて顔もブルゾンも血だらけなのだ。

「……奥の座敷だ……！」

と横に立った武井が叫び、島田は廊下を奥へと進んだ。座敷が三つ並んでいる。目の前の襖を開ける。客が二人、卓を挟んで向かい合っていたがタマではなかった。すぐ次の襖を開ける。三島が三人の客と卓を囲んでいた。襖のすぐ前にガードが二人、中腰になっている。振り向き、中腰になった一人のガードの手には拳銃が握られている……！

まず武井が発砲した。島田のすぐ前にいたガードが仰《の》け反《ぞ》るように倒れた。怒号が飛び交う中、島田も発砲した。銃身が跳ね上がり、手に重い衝撃が来た。目の前のガードが吹っ飛んだ。タマを庇《かば》う形で立ち上がったために、ヒットマン全員の銃弾を浴びる格好になったのだ。

島田は映画で観たように拳銃を両手で支え、引鉄を引き続けた。後ろから来た菊池も角田も同じように用意して来た拳銃を取り出して撃ちまくっていた。誰だか判らぬ太った男が弾丸を腹と胸に食らって倒れ込む。隣りにいた客も額に黒点を作って仰け反って倒れた。もう一人は蜂の巣になって目を剝いた。

だが不思議なことに、タマの三島は倒れない。降り注ぐ銃弾から逃れ、隣室の襖を蹴破り、逃げる。全員がその背中に向かって銃弾を浴びせ続けた。タマが隣室の客の上に倒れこんだのが見えた。同時に、卓の向こう側にいた中年の男が仰け反るのも見えた。それでも銃声は止まなかった。島田の手の中の拳銃は沈黙していたが、他の三人はまだ弾丸が残っているのか、そのまま倒れ込んだ三島の背に銃弾を撃ち込んでいた。

「……タマ、取ったぞ……！」

と横にいた武井が叫び、島田はやっと手の拳銃を下ろした。島田の視線は血に染まったタマの三島にはなかった。視線の先にあるのは三島の下になっている隣室の見知らぬ客と、卓の向こうにいた客だった。その二人は島田たちがこれまで一度も会ったことのない、見知らぬカタギの男たちだった。その二人がタマの三島同様、すでに息絶えていることが、何故か島田には解っていた……。

島田はヤクザになって既に八年目に入っていたが、これまで拳銃で人を撃ったこともなければ、標的さえ撃ったことがなかった。それどころか、人を殴って傷つけたこともなかった。組員十三名の組長になったのが三年前、ヤクザになったのも成り行きなら、組長の座に座ることになったのもまた成り行きだった。

島田はそれなりに押し出しが良く、凄めば迫力もある。それほど大きな男ではないが、スーツ姿は紛れもないヤクザ者で、喧嘩などしたことがなくとも、させれば相当のものだろうと、仲間たちから思われているのも事実だった。たった八年の極道キャリアでも、口をきけば結構説得力があり、ドスもきくから、仲間たちから軽く扱われることもなかった。

だが……この島田は、十年前はただの銀行員だった。しかも退職前の役職は東京の多摩《たま》支店の支店長代理。学歴も、二流大学だが、れっきとした大学卒。定年までずっと勤めていられると誰もが思っていて、島田もそれを疑ったことなどなかったが、現実は違って、島田は四十二歳で退職を余儀なくされた。特別秀《ひい》でた銀行マンだと思ってはいなかったが、特に成績が悪いとは思えない島田は突然リストラされた。

中学と高校の二人の娘を持つ島田は首を切られて途方にくれた。町田《まちだ》市に一戸建ての家を買い、ローンがまだ十七年残っている身で会社から放り出された島田を拾ってくれたのが、中学、高校と同級だった勝俣美智雄《みちお》だった。勝俣とは同じ柔道部で汗を流した間柄だった。職探しに歩き回り、疲れ果てて立ち寄った喫茶店で偶然再会した旧友はなんとヤクザになっていて、それも島田でも名前だけは知っている有名な暴力団、大星会のいい顔になっていたのだった。

「リストラか。そりゃあえらい目に遭ったな。困ってどうにもならんかったら相談に乗るぞ。遠慮せんで顔を出せや」

とその旧友が言ってくれた。これは、誰もがそっぽを向く現実の中で、初めて掛けられた優しい言葉だった。ヤクザなんかに持ちかける相談などあるはずもなかったが、いたわりの言葉などかけてくれる者は一人もいなかったから、島田はここで感動した。

それでもすぐにはこの旧友を訪ねることはなく、約半年、島田は職安に通い続けた。四社ほど、何とか面接まで漕《こ》ぎ着けたが、採用までは行かず、妻からも不甲斐《ふがい》なさを責められたりして、島田は窮地に立たされた。このままではすぐにローンも払えなくなる。仕方なく、親、兄弟、そして妻の親戚と、当座の借金に走り廻ったが、借りられた金は十万が最高で、これでは焼け石に水、当座を凌《しの》ぐことすら出来なかった。

最後の最後に旧友の名を思い出し、渡された名刺の事務所を訪ねると、そこに運良く勝俣がいて、

「おう、待っていたぞ」

と迎えてくれた。旧友は社交辞令で優しい言葉をかけてくれたのではなかった。

「うだうだ言わんと、しばらく俺のところで働け。金貯めてから気に入った仕事を探せばいいだろう。な、そうしろ」

とその日から島田は勝俣の事務所で働くことになった。言ってみれば勝俣は経済ヤクザで、債権の取り立てと闇金が「勝俣組」の主たる仕事だった。

「バブルの頃は面白いように金が転がり込んで来たんだがな。当時は不動産だよ。一度に二十億、三十億って金が入って来たもんだ。今じゃあ細々とした金貸しだ。ま、それでもうちは景気の良いほうだがな」

と言うように、「勝俣組」は景気が良かった。銀行出の島田は、言ってみれば金融が専門だから、勝俣の所でやる仕事はいくらでもあった。あっという間になくてはならない存在になり、

「やっぱり本物は凄いな。おまえがいてくれて助かるぜ」

と勝俣は喜び、島田は押し出しも良かったから、見てくれもすぐにヤクザに変わった。

債権の取り立てでも勝俣に代わって出て行けば相手はひるんで金を出した。相手が同業でも、

「お前、誰を相手にしとるのか解ってるのか？　舐めるな、クソガキが！」

の一喝で、これは島田の貫禄《かんろく》勝ちだった。一年経つともう立派な勝俣の右腕で、勝俣の舎弟として業界での顔も売れた。

夫がヤクザになったと知った妻は呆れたが、収入が銀行員時代の二倍、三倍となると逆に喜ぶくらいで、どこか狂っていると、むしろ島田自身が不安になった。いつかはまともな暮らしに戻ろうと、それでもその頃はそう考えていた島田だったが、四年目に入ったところで勝俣が病に倒れた。肺癌だった。

「島田よ、俺はもう駄目らしい。おまえをこんな世界に引きずり込んだみたいで悪いが、組を頼む」

と告げられて、島田は観念した。十三人いる組員もその頃ではもう島田をナンバーツーと思っていたから、島田は勝俣に代わって組をまとめていかなければならない立場になっていたのだった。

医師に告げられていた通りに、きっかり半年後に勝俣が死ぬと、ヤクザ経験四年半で、銀行員だった島田は勝俣組の二代目組長になった。そして、それからの三年と七ヶ月、島田は何とか組をまとめてやって来た。関東では知らない者のない大星会の三次団体に過ぎ

ない勝俣組だったが、それでも会の中でも景気が良く、勝俣に代わった島田の名前もそれなりに売れていた。特に上部団体「片桐会」の幹部の山内龍雄《たつお》に可愛がられ、

「シマよ、来週ゴルフに付き合え」

などと頻繁に声を掛けられるほどになっていた。「片桐会」は大星会の中では「六三会」に次ぐ大手で、会長の片桐公正は大星会顧問だ。経済ヤクザの勝俣組はこの山内が後ろにいることでますます名が売れ、上部団体の片桐会の中でもそれなりに存在感のある組になって来たのだった。

だが、人の運命は判らない。仕事の上で山内龍雄に可愛がられることで他からも一目置かれる組織になったことが、皮肉にもその後の島田の運命を変えることになった。島田はとんでもない計画に抜擢されてしまったのだった。

九〇年代まで、関東のヤクザ組織は堅固なルールによって繁栄して来た。くだらない争いを避け、共存共栄を図《はか》る。抗争など決して起こさず、警察の介入を避ける。これがヤクザの生き残る道と、西日本のヤクザと一線を画して来た。このルールと結束があったから、西の暴力組織の東進をこれまで食い止めて来られたのだ。

だが、暴対法の施行によって暴力世界にも思わぬ変化が訪れた。ヤクザ世界にも想像を超えた冬の時代が訪れたのだ。長引く不況は表の社会に止《とど》まらず、裏社会にも厳しい時代をもたらしたのである。一口に言えば、何でもあり、の時代がやって来たのだった。

関東では五指に入る巨大組織の大星会にも不況の波が知らぬ間に押し寄せていた。五代目の星野会長が死に、六代目の跡目が決まったことで、この巨大組織にわずかだが罅《ひび》が入った。この六代目は三島興三というそれまでナンバーフォーくらいの人物で、ナンバーツーではなかった。

ここでそれまで一枚岩だった組織がおかしくなった。表面上では何も問題は起こらなかったが、よくあるように下部組織で不満がくすぶり出したのである。景気が良い時代には起こらない不満の火が、不景気によって掻《か》き立てられた。一昔前ならばヤクザが食うに困ることはなかったから、こんな不満も自然に消えたものが、日を追うごとに不満は怒りに変わって行ったのだ。

「上ばかり良いめをしやがって」

「三島は金で椅子を買いやがったんだな」

「奴には任侠《にんきょう》なんて言葉はないぜ。算盤《そろばん》が出来るだけじゃねぇか。ヤクザも落ちたもんだ」

「三島は外道《げどう》よ。五代目をたらしこみやがって。まるでたちの悪い女郎《じょろう》みてぇな男だ」

と暮らしに困る下部組織から湧き出た不満は次第に膨らんだ。特に「片桐会」がひどかった。本来ならばナンバーツーの片桐が大星会の会長になるはずのものが、若い三島興三が抜擢人事で片桐を飛び越えて六代目会長になったのだ。当然ながら片桐派は面白くない。

それでも不満が表に出なかったのは、顧問に座った片桐が、大星会の混乱を嫌い、片桐会を抑えていたからだった。内部でごたごたを起こせば、警察が喜ぶだけだ、と片桐はいきり立つ幹部たちを諌《いさ》めて来たのだ。

関東のヤクザが集まる関東八日会でも抗争はご法度《はっと》。これが暴対法下でのヤクザの取り決めだった。だが……片桐が死んだ。それも普通の死に方ではない。あろうことか幹部会で引退を強要され、チャカで頭を撃ち抜く、凄惨な死に方だった。これで「片桐会」は会長補佐の高井友也が跡を継いだ。

「うろたえるな。おやじさんの遺志は忍だ。騒ぎを起こすことが遺志ではない。事を起こそうとするところは、この俺が処罰する」

と高井は言ったが、この高井に「片桐会」を仕切る力はなかった。それも無理はない。数日前には「宮城会」の宮城会長が、同じく「布施組」の布施組長が新和平連合らしいヒットマンに殺され、そして今度は本家「片桐会」の片桐会長の死である。これで大星会の中で片桐派は死に体にされた、と誰もが思った。自殺とは言え、片桐が詰め腹を切らされ、憤懣の中で死んで行ったことは、片桐派ならば誰でも知っている。それを高井が「事を起こすな」と下達《かたつ》しても、下部が納得するはずがなかった。

これまで関東ではまず起こらなかった会長暗殺計画が密かに持ち上がった。確かに六代目の三島興三には問題がいくつかあった。まず第一は彼がやはり経済ヤクザであったことである。大星会の中では飛びぬけて景気が良く、先代に対する付け届けも、他の組とは比べようもなく豪華だ、と以前から会の中で囁かれていた存在だった。暮れの付け届けには五、六百万もするダイヤをちりばめたロレックスを、

「おやじさん、こんなもんしか持って来れません。恥ずかしいのですが、使ってもらえたら。なに、商売で安く手に入れたもんで、大したもんじゃあありませんよ」

などと五代目に差し出し、五代目星野は、これまで以上に三島を可愛がったのだ。事実は、決してそうではなく、五代目星野は若い三島こそヤクザの将来を見詰める目を持つ男、と信頼したのだったが、片桐派や一部の下部組織ではそんなことは判らず、三島が金で先代の歓心を買った、と信じた。

この三島の歳が若いことにも問題があった。大星会の幹部の中では若年で、先輩格の幹部がかなりいたのだ。また、長年幹部という実績はあったが、三島の「六三会」が修羅場を潜《くぐ》ったこともなかった。一昔前であれば、実績は会のためにどれだけのことをして来たか、がその評価の基準になり、懲役に行けばそれも勲章になったが、バブルが弾けて以降は体を張ることなどさしたる功績にもならなくなっていたのである。それよりもいかに景気が良いかが組の勢力になるように変わっていたのだ。

もし大星会が小さな組織ならば血の抗争にまで発展することはなかったに違いない。だ

が、大星会はすでに巨大組織で、巨大な組織ならではの弊害《へいがい》も生まれていた。末端までは統率が難しくなり、他の組ではなく、末端の組同士のシノギでのバッティングも発生するようになって来ていたのである。景気の良い組がどんどん勢力を伸ばし、シノギの下手な組は衰退の道を歩む構図である。上納金も満足に払えない組が出始め、組は解散、組長はヤクザ界から身をひかねばならない立場になったりもした。

ここで起こった大星会の六代目暗殺計画は、起こるべくして起こった事件だったかも知れなかった。「片桐会」の一部、「宮城会」、「布施組」が中心になり、この暗殺計画は極秘に進行した。さらにこれに「辰巳組」が加わった。決行隊は当然この四つの組織の下の組から選抜される。計画の中心人物である「片桐会」の山内龍雄が決行隊の責任者として選んだのが、何とヤクザ生活わずか八年の島田だった。

「シマなら仕事が任せられる。奴にやらせる」

山内は「片桐会」の有志を説得し、本人の知らない間に決行隊のリーダーとして島田の選抜を決めてしまったのだった。

大星会会長の三島興三の襲撃はそれなりの計画が練られていたが、杜撰《ずさん》なのはその後の決行隊の扱いだった。決行隊の四人は、全員無事に凶行現場から逃走したが、計画らしいものが存在したのはそこまで。彼らを組織だって庇護《ひご》するその後の計画は特になかった。

島田以下、決行隊の四名は、それぞればらばらになってそれぞれの車で逃亡した。彼らは知らなかったが、逃げ切れる可能性はゼロに近かった。彼らが撃ち殺したのは大星会会長の三島だけでなく、大間連合の神泉会長、寺山市の滝沢組組長の滝沢、そして東京から帰省していた衆議院議員磯崎利明。さらに隣室にいた、堅気の二名の客まで殺してしまったのだ。

代議士が混じっていたこともあり、事件はマスコミに最大級の扱いで報道され、彼らは以降、新和平連合、大星会、そして全国警察組織に追われる身になったのだった。

十三

神木はそっと車のドアを開けた。既に陽が落ち、空だけが濃い灰色になり、黒々とした林が目の前に沈んでいる。ベルトにはトカレフを差し、手には新和平連合の組員から取り上げた拳銃、ベレッタ92FS。残弾数の少なくなったトカレフを補うように、このベレッタの装弾数は最初に薬室内に一発送り込んでおけば十六発。おそらく無事には済むまいこれからの接近に、トカレフの予備の実包を持たない神木にとっては心強い武器だった。

神木は今、八王子の「救済の会」の本部から三〇〇メートルほど離れた農道にいた。後ろは広い畑で、前方は雑木林だった。神木は手にしたベレッタの安全装置を外し、薄い闇の中を一歩踏み出した……。

神木は新和平連合の本部を離脱して、真っ直ぐに八王子に来たわけではなかった。今はもう八王子の本部が異常な事態になっていることは判っていた。神木は携帯を掛け続けた。やっと繋がったが、通話に応答したのは有川涼子でも稲垣でもなかった。出て来たのは男だった。

「連絡を待っていた」

と相手が言った。

「そこは『救済の会』ですね？」

神木はそう尋ねた。男の声に心当たりはなく、番号を間違えたかと思った。相手が神木の心の動きを読んだように言った。

「番号は間違ってはいない。俺は、新田だ。おまえさん、うちの組員をずいぶん可愛がってくれたそうだな」

と男が言った。

「新田雄輝か？」

「呼び捨てかね。礼儀を知らん男だな」

と相手が笑った。

「というわけで、ここの管理は今は新和平連合がやっている。この意味が解るな？」

要するに、不法占拠したということだった。

「スタッフは換えないで使うつもりで預かっている。だが、そちらの出方で、気が変わるかも知れない」

「どういう意味だ」

「言葉通りさ。気が変われば始末するしかないだろう。俺が気が変わらないようにする方法は一つしかない。解るか？　たった一つしかないんだ。そいつはな、おまえがここに来て俺を説得する。聴こえるか？　気が変わらんうちに早く来い。連れて行った女も一緒にな。待っている」

と新田は言ったのだった。

だが、神木には苦痛に耐えている千絵がいた。動きが取れなくなった神木は、千絵を何とか説得して病院に担ぎ込むつもりでいたが、それを拒否する千絵の気持もよく解った。体よりもむしろ心が深く傷ついているのだ、と神木はあらためて思った。状態はそれほど悪くはなさそうだったが、そのまま八王子に向かうことは出来ず、神木はタクシーの運転手に告げた。

「済まんな、料金を倍払うから、悪いがどこでもいいから近くのホテルに着けてくれないか。連れの状態が悪いんだ。頼む」

「やっぱり病気でしたか……私も、どこか具合がわるいのではないかと思っていましたよ」

とタクシーの運転手は嫌な顔もせずに、行き先の変更を承諾した。車は首都高速に入るために霞が関に向かっていたが、運転手は急いで車を近くのホテル・オークラに着けた。

神木は千絵を抱えてタクシーを降り、約束通り運転手に一万円札を握らせた。そんなことはしなくて結構です、という運転手に、

「そう言わんで受け取ってくれ。俺の気持だ」

と神木は何とか歩くことが出来る千絵を抱え、ホテルに入った。部屋はすぐ取れた。展望の良い部屋に入り、ベッドに千絵を寝かすと、その額にそっと手を当てた。微熱があった。とりあえず、フロントに連れが具合が悪くなったと告げて、もらってきた解熱剤と傷薬で千絵の手当てをした。今必要なのは抗生物質だったが、さすがにそれはホテルにはなかった。

「……いいか、これから言うことをしっかり聴いてくれ。俺はこれから八王子に向かう。君はここで待っているんだ。幸いここはホテルだからな、大抵のサービスが受けられる。これ以上具合が悪くなったら、フロントに電話をして医者を呼べ。辛いだろうが、耐えて欲しい。われわれは君を失うわけにはいかないんだよ。緊急事態だからな。辛いのは一時だ。そして、肌にあるものは決して恥ずかしいものではないよ。では、行くぞ」

「……ごめんなさい……何の役にも立たなくて……」

「ばかを言え。俺のためにも元気になれ」

と千絵に告げ、一万円札を五枚ほどテーブルに残して部屋を出た。まずしなければならないことは車を手に入れることだった。神木はホテルでレンタカーの手配をして貰い、八王子へと向かったのだった。

月明かりはわずかだったが、少し進む間に眼が闇に慣れた。方角を確かめると農道を外れ、神木は林の中に入った。農道を進むのは危険なのでそうしたが、林を進むこともまた得策とは言えないことに気づいた。枯葉や小枝を踏むために足音を消すことが出来なかったのだ。

神木は立ち止まり、木の幹に背を預けると、前方の様子を窺いながら、もし自分が新和平連合なら、と考えた。「救済の会」が制圧されていると仮定する。八王子に避難した稲垣たちには武器がある。彼らはおそらく抵抗をしただろう。だが、電話に出なかったことを考えれば、仮定した制圧は現実に近い、と言える。

全員殺されたか、あるいは拉致されたか、そのどちらかだろう。そのまま施設に留《とど》まっている可能性は低い。ただ、無人だと考えるのは危険だ。俺が、新田ならば、人を置く。彼らは「救済の会」にいたスタッフが全てでないことを知っている。麻布台の組事務所が襲われ、せっかく拉致した千絵を奪還されたという情報も入っているだろう。奪還した俺が、こうして施設に戻ることも想定の中にあるはずだ。俺ならば、人を置いて、その男が現われるのを待つ……だが、新田が果たして同じように考えるか……。人を配置するとしたら、それはどこか……。施設の中に一人、周囲に数人……。接近するには、まず周囲に配置した者を倒さなければならない。

神木は手にしていたベレッタを背中のベルトに戻し、代わりにトカレフを取り出した。さらに榊が作ったサイレンサーをまた装着する。何度も使ったので発射音は大きくなってしまったが、着けないよりは着けたほうが少しは発砲音も小さくなる。効果は他にもある。サイレンサーを通過する弾丸の音は、通常考えている発砲音とはまるで違うものになる。施設の中に待機する者は、それが拳銃を発射した音だと気づかないかもしれないのだ。

神木は腹を決めると、再び音を立てないように歩き始めた。

劉はまだ枯葉の中にいた。この姿勢で、もう数時間が経過している。陽が落ちると、銃のスコープを取り外し、バッグの中から、こんな時のためにと持っていたスターライト・スコープを取り出した。スターライト・スコープは暗視装置である。普通のスコープと違い、暗闇の中でもターゲットを見通すことが出来る。月明かりなどを増幅させるのだ。

銃と同じでこのスコープもアメリカ製である。銃とセットで、ベトナムで狙撃兵が使ったものだと業者から教えられた。銃は軍用の狙撃銃M40。銃床はグラスファイバーで作られ、迷彩が施されている。狩猟などには絶対に使わない銃だから、もし警察に見付かれば、何の言い訳も出来ないだろう。

劉は暗視装置の電源をオンにすると、「救済の会」の建物に銃を向けた。建物の中にはまだ新和平連合の連中がいる。劉は、彼らが「救済の会」の者を皆殺しにするものと考えていたが、麗華からの携帯で、殺していないことを知った。彼らもまた劉と同じように、新和平連合を襲った男の出現を待つのだという。

素人の参加は願い下げで、劉は不快になったが、施設の中から出て来ないのなら、まあいいか、と我慢した。どのみちターゲットは施設の中には入れない。入る前に射殺してしまうのだからな、と劉は一人笑った。

どこかで音がした。枯れ枝が折れるような音だ。劉はスターライト・スコープを覗きながら、ゆっくりと銃の向きを変えて行った……。

目の前に道が現われた。「救済の会」の施設に続く道だ。方角は間違っていなかった。施設まではまだ一〇〇メートル以上はなれている。予想しなかったことは、その小道に四台の車が停まっていることだった。見慣れたマイバッハがある。そして二台のクラウン。クラウンの横に男が一人立っていた。煙草を吸っている。顔の辺りに小さな火が点いたり消えたりしている。

男は俺のために待機させたのではないだろう。のんびり煙草を吸っているところを見ると、ただ車を見張っているだけのように見える。罠だとすれば、待機させた男は違う位置にいるはずだ。男を避け、迂回して施設に接近するか、あるいはこの場で一人でも倒しておくか。神木は木立の中でしばらく思案した。

さて、迂回をするか、見張りを制圧するか……。男の位置は「救済の会」からおよそ一〇〇メートルは離れている。男の位置は施設から見ると八王子方面から逆の方角で、こいつは俺を待ち構えている男ではない。俺を狙って待つなら別の場所だろう。待機するとすれば八王子方面から俺が近づくのを想定しているはずだ。だから、施設を一〇〇メートル通過した地点で車を停めている。そして、ここまで離れた位置に車を移動させたということは、施設内に待機していることを俺に気づかせないための用心ということなのだろう。

だが……この夜の闇の中で目立つ煙草を吸うだらけた男が、囮《おとり》ということもあり得る。どうするか……。神木は男を制圧することに決めた。戦力を割《さ》いてしまうことの他に、もう一つ意味があった。施設内の状況をどうしても男から訊きだしたかった。神木は再び移動を始めた。

車の番をさせられていたのは品田組の部屋住みをしている松山《まつやま》という若者だった。最初はチャカを持たされ、緊張で冷や汗をかくくらいだった。だが、同じ場所で、ラジオもつけられない状況で三時間近く待たされるうちに、最初の緊張感は嘘のように消えてしまった。

　眠くなり、欠伸《あくび》が出た。だが、眠ってしまうわけには行かなかった。そこで松山は車から降りて、冷たい空気の中で気を引き締めた。それでも眠気は去ってくれず、仕方なく松山は煙草を吸った。煙草が短くなり、いよいよ捨てるという時に、突然後ろから声を掛けられた。

「……火を貸してくれんかな……」

　ショックで全身に鳥肌が立った。振り向くのと同時に凄まじいパンチが鳩尾《みぞおち》に入った。息がつまり、たまらず膝を地面についた。

「大きな声を出すなよ。出すと殺す」

　と男が言った。苦しい息をつき、見上げると、黒いスーツを着た男が立っていた。飛び上がりそうになったのは、だらんとさがった手に馬鹿でかいチャカが握られていることに気がついたからだった。考えもせずに松山はベルトに差してあるチャカに手を伸ばした。あっと言う間にその手を取られた。どんな技なのか、逆を取られ、激痛が襲った。悲鳴をあげそうになる松山に男が言った。

「言っておいただろう。声を出すな。声を出したら、今度は殺す」

　と鼻に馬鹿でかい銃口を押し付けられた。やっと松山にもその馬鹿でかいチャカの正体が判った。映画で観たことがある、サイレンサーだった。こんなものを持つ奴がこの日本に本当にいたのか、と激痛の中で松山はそんなことを考えた。

「さあ、車にのれ。外は寒いからな、中でいろいろ教えてもらおう」

と男は、松山のベルトからチャカを取り上げた。


劉のスターライト・スコープは倍率三・五だった。青白いスコープの画面におかしなものはなかった。道路にも施設の周囲にも動くものはいない。だが、枯れ木を踏むような音は確かに建物の近くから聴こえたように思えた。あるいはもっと右手だったか。劉はスコープを施設の右、すなわち八王子方面から逆の方向に少しずつずらしていった。


「救済の会」の施設にいる新田はロビーにある古いソファーに身を預け、医師だという男の手当てを受けていた。医師を雇っているとは、さすがは施設だと新田は思った。症状は貧血らしかったが、医師だという男は拘束されているという恐怖も忘れ、大した熱意で新田の手当てに当たってくれた。

「あんた、何という名だ？」

と点滴をされている新田がそう尋ねると、男は眼鏡の位置を直しながら、

「……三輪といいます……」

と生真面目な顔で応えた。

「済まんな、世話かけて」

新田は不甲斐ない自分の体に苦い笑みを浮かべ、そうその医師に言った。じきに殺さなければならない男の献身の姿に、さらに苦い思いが加わった。

「いえ、仕事ですから」

やはり医師は生真面目な答え方をした。

新田は携帯の応答に忙しい品田に目をやった。品田の携帯はここに到着してから鳴りっぱなしだった。通話の中身はすべてどこかで組員が大星会の者と衝突したという報告ばかりだった。

品田の報告では、その衝突は東京都内だけでなく、横浜、甲府、仙台など、新和平連合が事務所を開いている地方各地にまで飛び火していた。頻発している大星会との問題はすべて幹部の中村に任せていたが、中村の手に余っていることは携帯の呼び出しの頻度で判った。中村からは全組員に、新田を襲ったのは大星会組員ではないと通達させたが、その通達を知ってか知らずか、今もまだ野火《のび》のようにトラブルは拡大していた。

品田が携帯を切ってやって来た。品田の顔は蒼白になっていた。

「会長、ちょっといいですか」

新田は三輪という医師に事務室に戻れ、と言って、品田の顔を見上げた。いったん蒼ざめた顔は今度は紅潮していた。

「どうした？」

「……えらいことになりました……大星会の八坂秀樹からですが、波田見市で三島会長が撃たれたそうです……」

「なにッ？」

三島が波田見市に向かったことはすでに聴いていた。三島は大間連合の神泉との会談に波田見市に行ったのだ。新田は浦野孝一とも話し合い、三島の依頼を受けて、嫌がる代議士の磯崎利明を仲介者として現地に同行させている。

「それだけではありません。撃たれたのは会長の三島だけではないんだそうで」

「他に誰がやられた！」

「その場にいた全員だということです」

その場とはどういう意味だ？

「どこで、誰がやられた？」

「会談の最中だそうです。やられたのは、ガードを含めてほぼ全員。向こうの大間連合の神泉まで撃たれたということです」

「死んだのか？」

「どうも……まだ誰が死んだか、そこまでは確認出来ていないようで……」

「やったのは判っているのか?」

「そいつは判っています。襲った奴らは四、五名で、全員、大星会の枝の組の者のようです。しかし……えらいことになりました……!」

新田は視線を品田から外し、大きく息をついた。馬鹿どもが、と思った。もちろん新田は三島会長が大星会の中で苦労していることは知っていた。大星会くらいの大組織になると、それなりの欠陥が出て来る。組織が大きいために、上の意思が末端まで正確に伝わらない。上からだけでなく、下の意見もなかなか上まで伝わって来ない。そこで誤解が生まれる。

新和平連合が組織の拡大を第一義に考えて来なかったのは、そういう欠陥を先代の浦野が読みきっていたからだ。それでも今に比べれば十倍ほど肥大していたが、日本一、二といわれた組織にしては、構成員数は決して一、二ではなかったのだ。

要するに、馬鹿な末端が、三島の本意を読むことが出来なかったのだ。

「……それで、磯崎はどうした? 奴もやられたんだろう?」

「そのようです。うちも現地の滝沢組に事態を報告させておるのですが、肝心の滝沢も会談の席におりましたから、同じようにやられたらしく、向こうもパニックになっとるんです。と、いうことで、こんな時に勝手を言いますが、波田見市に行かないとならんと思いまして……」

新田は頷いた。責任を持って行動出来る幹部は中村、杉井と他にもいるが、中村は都内周辺のトラブルに掛かりきりだし、そもそも波田見市の事情に詳しくない。波田見市の件はずっと品田を使って来た。

「そうだな、おまえが行かんと、まとまりがつかんだろう。今から行って、正確に何が起こったか至急報告しろ。生き残ったのが誰かもな」

「解りました。すぐ、向こうに飛びます」

品田が子分たちにこまごまと指示を出すのを聴きながら、新田は鈍い怒りをねじ伏せるように飲み下した。状況をながめれば、これまで進めて来た準備がすべて崩壊、霧散したことが判る。問題は、修復が可能かどうか、ということだった。修復が可能だとしても、今度はそれにどの程度の時間が必要かが問題になる。

（……ロシア側の要求通りには、どうしても間に合わない……）

新田は浦野孝一に連絡を取るために、若い衆に叫んだ。

「誰か、携帯を寄越せ！」

十四

品田は一人で玄関を出た。若い衆は三人いたが、会長の新田のために残した。門灯がちらちらと点滅している。電球が切れかかっているのだろう。品田はそこで立ち止まり、身震いを一つすると、煙草を取り出した。酷い寒さだ。これで雪でも降り出したら、波田見市に車で行くのが辛い。

俺より辛い奴がいるな、と品田は道の向こうに見える黒々とした雑木林に目をやった。辺りはかなり暗い。だが、品田が配置した殺し屋はこの暗さを何とも思っていないはずだった。奴にはえらく高い道具を与えている。そいつは沖縄の米兵から購入した軍で使っている特別な狙撃銃だった。暗視装置付きだから、闇の中でもターゲットが見えるらしい。今、劉は、その高級品を覗いて俺を見ているはずだ、と品田は思った。

煙草を吸いながら、ゆっくり車に向かって歩き始めた。それにしても、野郎は来なかったな……と品田は苦い思いで、煙を吐いた。野郎とは、杉井がしばいた女を連れて逃げた男のことだ。どんな野郎か知らんが、凄い度胸のある野郎に違いない。なにしろ本部にたった一人で乗り込んで来て、女を攫《さら》って行ったのだという。

その野郎も大した奴だが、女も相当のタマだと聴いた。えらくいい女だと杉井が笑って言っていたが、凄い根性で、しばきあげても何一つ歌わずにいたという。これまでも相当の数の女をしばいてきたが、過去にそんな例はない。男も女もあの部屋に連れ込んだだけで青くなり、ちょっとしばけば、要らないことまで喋りつづけた。まあ、大体がそんなものなのだ。それなのに、その女は木刀で打たれようと、チェーンで吊るされようと、苦痛に叫びこそしても、何一つ話すことはしなかったと言う。俺の子分たちにそれくらいの根性があれば、と思うと、煙草の味がいがらっぽいだけになった。

それにしても、と品田は思う。悪いことは重なるものだ。いったん坂道を転がり始めたら容易に止められない荷車のように、今、新和平連合はかなりやばい状況にいる、と品田は思った。波田見市のことはすべて品田に任された仕事だった。絵図を描いたのは品田ではないが、進行はすべて品田が進めて来たものだから、衝撃は大きかった。

まったく大星会という組は、馬鹿な組員しか抱えていないと、品田は暗い道を車を停めてある方角に歩きながら、舌を打った。いずれにせよ、この責任は俺が負うことになるのだろう。大星会の馬鹿どものために、これまで長い時間をかけて積み上げてきた計画が水の泡となる。考えれば考えるほど憤懣は大きく膨らんでいった。

五〇メートルほど歩くと、四台の車が見えた。三台は品田たちの車で、もう一台は劉が使っているバンだ。

品田は車に近づき、運転手代わりに使っているガードの松山の姿を探した。屈《かが》むようにして車の中を見ると、松山はちゃんとクラウンの中にいた。再び歩き出そうとした時に、またポケットの中で携帯が振動した。

「なんだ……?」

歩きながら、携帯に出た。

掛けて来たのは杉井組の組長補佐をしている宮田という男だった。

「本当か！　どこでやられた？」

宮田の上ずった声の報告は、杉井が撃たれたというものだった。場所は杉井組が経営しているデートクラブの駐車場で、車に乗り込むところを頭を撃ちぬかれたのだと言う。

「ガードはどうした？　誰かついていたんだろう！」

宮田はガードは一人だけで、その男も撃ち殺されたと言った。

「まったく、どいつもこいつも……解った、今から本部に戻る！　組の者に言え！　報復に動くな！　これは会長の指示だ！　この指示を徹底させろ！」

携帯を叩きつけるように切り、品田は煙草を投げ捨てて自分の車に乗り込んだ。

「出せ！　本部！」

だが、車は動かない。

「松山！　聴いてるのか！」

と怒鳴った品田の口が開いたままになった。運転席から体を捻《ねじ》って品田を見ているのは、若い松山ではなかった。

「貴様……！」

気を取り直した品田が懐の拳銃に手を掛ける前に鼻先にでかい銃口を押し付けられた。

「なにっ！」

「そんなに急いでどこに行く？」

と男が言った。

麗華は若い男の長い髪を摑んで吊り上げた。別にその若い男が何かをしたわけではない。ただ、退屈だっただけだ。若い男は痛そうな顔で目を閉じた。歳は麗華と同じくらいで、可愛い顔をしている。こんな状況でなかったら、ちょっと遊んでやってもいいような子だった。

「お前、名前、なに？」

「榊……喜一……」

と苦しそうに若い男が答える。

「榊……良い名前ね」

と頷き、麗華は他の三人に目を走らせた。三人はシャッターを下ろした窓際のソファーに大人しく並んで座っている。安心してまた榊という若者に向き直った。

「可愛がってあげるよ。したいか？」

榊は意味が解らないというような顔で見詰め返して来た。

「ファックしたいか？　わたしと、ファックするか？」

榊は慌てて首を横に振った。その仕草が麗華にはとても可愛く思えた。髪から手を離し、言った。

「死ぬ前に楽しいことさせる。わたし、優しいよ」

と言い、麗華は肩から吊るしていたサブマシン・ガン、イングラムをデスクの上に置いた。他の三人が座っているソファーからは離れているから、彼らが飛びついて銃を奪うことはない。

「ここに寝なさい」

と麗華は榊に命じた。指をさした場所は今、イングラムを置いたデスクだった。麗華はソファーの三人が大人しくしていることを確認し、素早く着ていたブルゾンとその下のセーターを脱ぎ捨てた。見かけと違い、乳房は小さかった。

「おまえ、胸吸う。解ったか？　はやくやれ」

それまで蒼い顔をしていた榊が顔を赤らめると、思いがけない激しい口調で言ってのけた。

「おまえなんかとやるもんか。お断りだ」

麗華の脚が目にも留まらぬ速さで榊の股間に飛んだ。凄まじい蹴りだった。榊が股間を押さえ、呻きながら床に膝を着いた。

「馬鹿か、おまえ。殺すよ」

と麗華はまた榊の髪を摑んで引き上げた。そのまま榊の顔を自分の胸に押し付けて言った。

「早く早く。そこ、吸う！」

蹴られたのが堪《こた》えたのか、榊が平らな胸に顔を埋めた。

「そうそう。それでいいよ」

と満足そうに言い、麗華はオーバーによがり声を出して見せた。

「さあ、止めてパンツ脱ぐ。そして、ここに寝る」

麗華が仰向けにデスクの上に寝る榊に跨るようにかぶさった。

「さあ、ちゃんとやる！」

と麗華が榊の頬を張ったのと同時に声が掛かった。

「そこまでだな、ねえちゃん……」

麗華がソファーに向き直り、素早くデスクの上のイングラムに手を伸ばした。

「おっと、そこまで。こっちは本気だ。どうせ殺されるなら、あんたも道連れにする。道連れなんて言葉は、おまえさんにはちょっと難しかったか」

稲垣が両手でトカレフを構えて立ち上がっていた。

「……おまえ……！」

榊が麗華を撥《は》ね除《の》けて立ち上がり、素早くイングラムを取り上げた。稲垣が麗華をしっかり見つめたまま、三輪と涼子に言った。

「三輪くんはドアに椅子を嚙ませて。会長はこの娘さんから携帯を取り上げてもらいましょう」

「おまえたち、殺してやる！」

と呟く麗華に、榊がブルゾンを放り、言った。

「その前に、あんたを殺すよ、レディファーストだ」

神木は品田をクラウンのトランクに押し込み、音をたてないように閉めた。トランクには品田だけではなく、もう一人松山という男を入れてある。声を立てたら、そとから弾丸を撃ち込む、と言ってあるから、酸欠になるまでは大人しくしているだろう。ただ、二人だから、酸欠が来るのは一人の時よりも早い。その時には騒ぐだろう。頭が良ければ座席側からの脱出を考えるかも知れない。だが、それはそんな知識があればの話だ。

品田に新和平連合の幹部だと口を割らせるために、二本の指を折らなければならなかった。この品田のお陰で、監視がどこにいるのかが判った。監視は屋根の上にいたのだ。なるほど、「救済の会」は二階家である。しかも増築した建物だから、屋根は複雑な形をしている。身を隠すことも出来るし、施設の周囲を見渡すことも出来る。なるほど上手い場所を選んだものだ、と神木は思った。

だが、相手が屋根にいるとなると、「救済の会」に接近する方法がない。裏手から近づくことも、相手が屋根にいれば、すぐに発見されるだろう。目につかない場所は唯一、道路を挟んで広がっている雑木林だ。まず、そこまで接近し、屋根の上の監視がどの位置にいるのかを確認する……。

神木はトカレフを手に、雑木林に向かって足を踏み出した。

劉にはすべてが見えていた。男がやろうとしていることも判った。おかしなことに、男は「救済の会」を警戒しながら自分に向かって接近して来た。もう三〇メートルの所まで近づいている。五〇メートル離れていても、その気になれば撃ち殺せたが、念には念を入れて、もっと近づくまで待った。しかも、嬉しいことに、こちらには無防備の姿で近づいて来る。もう子供でも引鉄を引けば当たる距離だった。

照準を、最初は男の額に合わせた。だが、気が変わった。銃身を僅かにずらす。今度は胸を狙った。そして、それも止めた。最後に狙いをさだめたのは、拳銃を持つ男の腕だった。

これは距離が三〇メートルを切ってもかなり難しい。腕はターゲットとしては細いし、動いているからだ。だが、それくらいでないと面白くない。まず、腕を撃ち抜き、銃を持てなくなってから、近づいて撃ち殺す。長い時間、寒いところに待機していなければならなかったのだから、それくらいの楽しみは与えられていいだろう。

劉はスコープの中の十字線を男の動く二の腕に合わせた。息を吐き、ゆっくり引鉄を絞った。ぶすっという小さな発砲音と、肩に食い込む強い衝撃。ターゲットは身をよじるようにして倒れた。

劉は照準を男の頭に合わせて、スコープの中に映る男はぴくりとも動かない。

当たってしまったようだった。まあ、それも仕方がないか、と劉は考えた。通常やらなければならない零点修正《れいてん》もしておかなかったし、そもそもこの銃で射撃をするのは今が初めてだったのだ。これが最初から狙撃の仕事だったら、劉はもっと慎重に事を運んだだろう。狙撃をしろ、と言われたのは、八王子に来る直前だったのだから、試射をしてみる時間もなかったのだ。だから、腕に当たらず、弾丸が胸に当たっても、それは仕方がない、と劉は思った。

劉は銃を手にゆっくり枯葉の山から立ち上がった。長時間同じ姿勢でいたから、若い劉でも足腰が突っ張っている。手足を伸ばし、血行を確かめ、劉は男に近づいていった。あと五メートルという位置に来た時に、それまで身動きしなかった男の体が跳ね上がった。

劉が腰だめで発砲するのと男が左手で差し出した拳銃が火を噴くのとが同時だった。相手の銃弾が、右胸に当たった。かなりの衝撃に、劉はそのまま倒れ込んだが、枯葉の地面に着くまえに体を捻っていた。劉の撃った弾丸がそれたのか、続いて二発弾丸が倒れたところに飛んで来た。一発が脚に当たり、劉は転がりながら、木の幹の後ろに身を隠した。

もっともその木はさほど太いわけではなかったから、体は半分も隠れなかった。

劉は銃を構えなおし、スターライト・スコープを覗いて、男を捜した。見えた。男は劉と同じように木の幹の後ろに身を隠していた……。一発撃った。当たらない。代わりに幹の一部がスコープの中で吹き飛んだ。この距離から撃つと弾丸は僅かに十時の方向にそれる。劉はほんの僅か、狙いを修正した。

飛んで来た弾丸が頭上の幹の一部を吹き飛ばした。次はきちんと撃って来るに違いない……。傷が痛む。神木は右肩とわき腹を撃たれていた。わき腹は肉を抉って行っただけだが、右肩は骨を砕かれるほどまともに着弾していた。被弾の瞬間、その衝撃で意識が遠のくくらいの銃撃だった。拳銃弾とライフル用の弾頭との差だった。

神木はあのライフルがあれば、と思った。銃の密売人からトカレフと一緒に買ったレミントンだ。この距離での撃ち合いならば拳銃でも構わないが、距離をこれ以上開けられたら拳銃では応戦は出来ない。

それにしても……凄い装備だ、と思った。神木の手製のサイレンサーとは比べものにならない本物のサイレンサーを装着し、驚いたことには暗視装置まで持っている。ヤクザがそんな装備で向かってくるはずもなく、相手がその道のプロであることをもう神木は確信していた。そんなプロを相手に今の状況で戦えば、間違いなく殺られる。

神木はもっとましな遮蔽物《しゃへい》はないかと、身を捻って背後を見た。その瞬間に再び弾丸が飛んで来た。耳の辺りを通過し、空気を切り裂く音が聴こえた。神木が身を捻って後ろを振り返らなかったら、間違いなく頭を撃ち抜かれていたはずだった。

神木は身を投げ出すようにして、トカレフの残弾を撃ちつくすと、僅かに太い幹の後ろに飛び込んだ。着地の姿勢が悪く、右肩の激痛で一瞬意識が遠のいた。弾丸が続いて飛んで来たが、どの弾丸も神木には当たらず、太い幹に食い込んだ。

無音で飛んでくる弾丸は不気味だった。通常の人間は、弾丸は銃声と共に飛んで来るものだと、脳が認識しているのだ。つまりは狙撃兵に狙われて恐怖におかしくなるのと同じ理屈だった。

弾倉が空になったトカレフを捨て、神木は無事な左手でベレッタをベルトから引き抜いた。思い切って幹から半身を覗かせ、銃口を殺し屋に向けた。幹の後ろに半分見えていた体が消えていた。まったく違う方向から飛んで来た弾丸が、今度は左腕に着弾した。

身動きの出来なくなった神木は押し寄せる激痛を堪え、頭の傍に立つ男を見上げた。こんな男にやられたのか、と思うほど若かった。

男は神木が投げ出したベレッタを蹴り、銃身で体を探った。足はまだ使えたが、反撃はもう出来なかった。これで仕舞いだな、と神木は思った。

「負けたな。さすがに良い腕だ」

と神木は笑い、

「さあ、撃て」

と見下ろす男に言った。だが、男は神木の額に銃口を押し付けただけで、引鉄は引かなかった。

「おまえも、プロか？」

と若い男が訊いて来た。

「いやいや。俺は素人だ、おまえとは違う」

「そうかな」

「死ぬ前に、嘘をついても仕方がないだろう」

「死ぬつもりでいるのか」

「どうせ、見逃してはくれんだろう」

すると男が思いがけないことを言った。

「金があれば、生きられる」

意味が解った。なるほど、プロとはこのように貪欲なものなのだな、とこんな状況なのにおかしくなった。

「そうか……そいつは残念だ。何とかしたいがな、俺には金がない」

神木の口調に、若い男が笑った。

「おまえ、怖がっていない」

「怖がったほうがいいのか？」

男は黙っていた。神木はくだらないやりとりにうんざりして言った。

「さあ、早くけりをつけろ。傷が痛くて堪《たま》らん」

「おまえ……面白い」

いったん外された銃口がまた額に当てられた。

「死なせてやる」

突然、男の体が反転すると、同時に銃声が聞こえた。神木は頭を捻って銃声のした方に向き直った。闇の中に両手でしっかり拳銃を構えた女が仁王立《におうだ》ちしていた。わけが解らず、神木は倒れた若い男を見た。枯葉の中に倒れ込んだ男がライフルを取り直すのが見えた。

「動くんじゃないっ！　こちらは、警察！　銃を置きなさい！」

驚いた。警察だと？　若い男は警察だと名乗った女の制止を聞かなかった。ライフルを片手で取り上げた。もう一度銃声が木立を震わせた。大きな発砲音だった。ライフルが宙を舞い、男が倒れるのが見えた。身動きできずに啞然として横たわる神木の脇に膝を着いた女が言った。

「神木さんですね？」

「そうだが……あんたは？」

「本庁、機捜の石川玲子です。神木さんも本庁にいたんでしょう？　それなのに私の名を知らないなんてもぐりですね」

と言って女が夜目にも白い歯を見せた。

「……撃たれましたね……今、救護の者を呼びます」

女が昔懐かしいウォーキートーキーを取り出して、囁くように言った。

「マル被の救護を願います。こちらT3」

神木は、俺がマル被なのか、と女の機動捜査隊らしい服装を、ため息をついて見詰めた。

銃声は二発、家の中まで聴こえた。飛び出して行こうとする若い衆を、新田はソファーの上から止めた。

「出たらいかん！　ここにいるんだ！」

新田が一人では歩けないことをやっと思い出したように拳銃を手にした男たちが玄関ドアの横に張り付いた。一人が新田のところににじり寄って来て言った。

「……会長、避難して下さい！　ここは撃たれたら危ないです！」

苦笑して応えた。

「どこにいても撃たれるときは撃たれる。どいつが撃ったのか判らんが、外の奴は劉が始末する。俺はいいから、中国の女に、無闇に発砲するなと言って来い！」

若中は、わかりました、と叫ぶように答え、事務室に向かった。だが、その若中がすぐ戻って来て新田に告げた。

「戸が……開きません！」

「なんだと？」

とうんざりした思いで、新田は若中から事務室の方に視線を移した。確かに事務室の扉は閉まったままだった。新田がソファーに身を起こすと、連続した銃声が響き渡った。銃声は閉ざされた扉の奥から聞こえた。

若い衆たちが呆然と見詰める扉が開き、劉とコンビを組んでいる娘がよろめきながら姿を見せた。手に短い自動小銃をぶら下げている。半裸の体は鮮血に染まっていた。夢遊病者のように歩く娘は、そのまま前に倒れた。

「……チャカ貸せっ！」

新田は若中から拳銃をひったくって握ると、点滴のチューブをむしり取ってソファーから立ち上がった。体が眩暈でぐらりと揺れた。踏ん張って歩いた。外から拡声器の声が聞こえた。

「こちら特別機動隊、中にいるものは両手を頭に乗せて出て来なさい。繰り返す。中の者は両手を頭に置いて出て来なさい。この家は警察によって包囲されています。繰り返す……」

何だ、これは……と、新田は足を止めた。この場にどうして警察が来る？　解らなかった。警察に踏み込まれるような失敗を犯した覚えはなかった。近所の者が警察に通報するはずもない。四〇〇メートル以内に人家がないことは確認していたし、事務室に入れた連中が通報したとは思えない。

心当たりがあるとすれば、それは劉が捕らえたという女だ。あの女が通報したのか……。だが、女を連れ出した男に釘を刺したはずだ。通報は自由だが、それをすれば「救済の会」にいる人質が全員死ぬと。その警告が効かなかったか。

拡声器がまた同じ台詞《せりふ》を続けた。

新田は、仕方がないな、と思った。警告通り、皆、殺す。よろめきながら事務室に進んだ。部屋に入った。想像通りに三人があの女を護るように固まっていた。予想と少し違ったのは、震える手で拳銃を構えている年寄りの姿だった。

一体、何時の間にチャカを手に入れたのか？　じじいが負傷していることはすぐ判った。右の肩口から激しく出血している。だからチャカを左手で持っている。もっとも、そんなに震える腕で、まともにチャカが撃てるわけがない。おまけに、手にしているのは安物のトカレフだ。笑わせる……。新田はチャカを目の高さに上げ、前に出た。じじいの前にあの女がするりと出て来た。

「撃たないで」

と女が言った。新田は引鉄に掛けた指の力を抜いた。

「わたしを撃ちますか？」

と女が訊いた。

「撃つ」

と応えた。だが、すぐ本当に撃てるかな、とも思った。

「撃ちたかったら、撃ちなさい。でも、他の人は撃たないで」

怯えていない声だった。暫く見詰めていた。相変わらず機動捜査隊は飽きずに同じ台詞を拡声器から流していた。

「約束して。私を撃ちなさい。あなたが憎んでいるのは、私だけでしょう」

おもわず笑った。

「……あんたのことは、憎んではいない。言っただろう、助けてもらって感謝している」

「本当に感謝をしているのですか」

「ああ、本当だよ、ねえさん」

「…………」

「あんたの名前は、何と言ったかね。まだ、聴いてなかった気もするが」

「有川涼子です」

「有川……涼子か。いい名だな」

拡声器の台詞が変わった。三分以内に出て来ないと、突入する、と聴こえた。

「……もう殺し合いはいいんじゃありませんか」

と有川涼子という女が言った。

新田は頷き、そうかも知れんな、と答え、拳銃を下げた。部屋を出て、若い衆たちに抵抗はするな、と命じて事務室を振り返った。

「有川さんよ、あんた、いい根性してるな」

と新田は笑った。

「ありがとう」

と涼子は応えた。

新田には解っていた。下手をうったのだ。今度の懲役も長くなるだろう。後を中村に任せてやって行けるか……。新和平連合はやって行けても、ロシアとの提携はこれでスタートに戻る。中村では無理だ。新田は吐息をつき、部屋を出た。若い衆に開けさせた扉から、寒風が吹き込み、削《そ》げた新田の頬に刺さった。

エピローグ

「……ということで、コズロフはモスクワで逮捕された。だから、コズロフが日本にやって来ることはないだろう」

と電話の向こうでドミトリー・クナーエフが言った。

「ただし、コズロフに代わるものが行くかも知れない。エカテリンブルクの組織を壊滅したというような勇ましい話ではないのでね。もちろん、こちらで何か摑めば君に教える。もう一つ、見舞いに行く代わりに、何か見舞いの品を届けたい。ご承知だと思うが、公安にべったり張り付かれていて困っている。私がそっちに行けば、公安を案内することになるからね。というわけで、見舞いは品物にする。何か欲しいものはあるか？」

神木は何もない、と答え、思い直した。

「出来れば、キャビアを少しと、旨《うま》いウオッカを一本」

「承知した。早い回復を祈るよ」

ドミトリーとの通話はそれで終わった。今、神木はひどい格好で電話を掛けた。両腕がギプスで固定されているから、左右、どちらも腕が動かせない。受話器を取るのも、人手を借りなければならない。病院内では携帯電話は使えず、電話を掛けるには病室からロビーまで歩かなければならないのだ。

そんな情けない姿の神木を傍にいて助けているのは千絵だった。今、神木の代わりに受話器を戻してくれたのも千絵である。

千絵と一緒に病室までの長い廊下を戻った。病室に戻ると、もう旨くない昼食が神木を待っていた。情けないことに、飯を口に運ぶのも千絵を頼らなくてはならない。

もっと屈辱的なのは、下の世話だ。大も小も、手が動かせないからどうにもならない。パジャマのパンツを下ろすのも、今は千絵の役目だ。こいつはかなわんと思ったが、代案はなかった。仕方なしに、そんな酷い世話も頼んだが、意外なことに千絵はむしろそんな世話を楽しんでいるように神木には思えた。

銃創は酷いものだった。腹の傷はどうということもなかったが、左腕の骨が銃弾で砕けた。右の肩の骨も同様。思い出したくもない手術を都合三回もやり、今、神木の体にはプラスチックの代用の骨と、鉄の板のようなものが入っている。

「元のようになりますかね？」

という質問に、腕は良いのだろうが、親切心と労《いた》わりに少々問題のある医師が、にべもなく言った。

「まだこの段階では何とも言えないですね。それより、感謝しなさいよ、生きていられたのが不思議なんですから」

気に入らないことに、医師は女性というおまけがついた。

中国娘が榊から奪い返して乱射した銃弾を、奇跡的に一発だけ貰った稲垣も同じこの病院で神木と枕を並べていたが、この年寄りはさっさと退院してしまった。歳をとってもろくなったはずの骨がイングラムの弾丸を弾き返したのだと稲垣は得意そうに説明した。たしかに稲垣が貰った弾丸は神木の骨を粉砕した弾丸よりはるかに小さい380ACP。それでも奇跡的なことだと思うが、本人は老兵は死なず、の気持でいるようだった。

その稲垣が感に堪《た》えない顔で話すのが、有川涼子のことだった。拳銃を向ける新田に、稲垣を庇《かば》い、敢然と銃口の前に立ち塞がったのだという。

「私は撃たれると思ったたね。なにしろ、新田の形相《ぎょうそう》は凄かったたですからね。それが、会長の前でだんだんと変わっていく。優しい顔になっていった……驚きました。まるで恋人を見詰めるような目で、会長を見ていた。これは一体何なのか、と思ったたですよ。

神木さんは知らんでしょうが、あの男は日本刀で殴りこみ、相手を叩き斬った男です。わたしは銃を構えておったが、実際には撃つことも出来ん状態でね。いや、神木さんにも見せたかった。あの人は、本当に凄い。命の恩人です。あの岡崎氏が惚れ込んだのも解る気がしましたよ」

と言ってから、神木が岡崎の妻の弟だということを思い出したのか、

「いやぁ、つまらん話をしましたね。つい、思い出して興奮してしまって」

と稲垣は頭をかいた。

神木にも同じように命の恩人はいたのだ。機捜の石川玲子だ。警視庁にいて私の名を知らないのはもぐりだ、と豪語したが、稲垣から素性を聴いて神木は素直に納得した。機動捜査隊などと名乗るから思い出せなかったが、石川玲子はかつて岡崎のチームの一員だった女性だ。

あの劉という中国人のヒットマンを簡単に射殺したのも、これもまたむべなるかな、というものだった。公安に籍を置いていたから知らなかったのだろうが、彼女はかつてのオリンピック候補選手だったという。種目は拳銃射撃。なるほど、あれはプロ同士の撃ち合いだったのだ。

その優秀な機捜の班長という石川玲子に「救済の会」の視察を命じた男たちもそろって神木の病室を訪れた。一人は現在、警視庁公安部総務課の課長の青山という男で、もう一人はすでに退官した志村という老人だった。もちろん神木はこの二人がどんな人物かを知っていた。あの暴力団壊滅作戦に加わった男たちだった。

彼らは有川涼子を捜し求め、「救済の会」まで辿り着いた。そのきっかけを与えたのがコズロフに張り付いた警視庁の公安部の坂本班で、有川涼子を追尾したのはかつての神木

の部下だった。これで青山に有川涼子の存在が判った。そしてそのかつての仲間として青山と志村が手をまわし、警護役として機捜の石川玲子に監視と護衛の特命を与えたのだという。

しかも、その監視と警護は石川玲子一人ではなかった。拡声器では「救済の会」を機捜が取り囲んでいると言っていたが、それはブラフで実際に監視と警護を担当していたのは石川玲子と二名のスタッフ、新宿署の内野克之と渋谷署の岩倉友哉の、わずか三人だったのだ。いずれもかつて岡崎のチームで働いた面々である。

病室に戻った神木は、届くであろうキャビアとウオッカを頭に描きながら、旨くない昼飯を一歳の幼児のように千絵に食べさせてもらった。

午後になり、千絵が夕刊を買って来てくれた。読んでもらう代わりに、その新聞を広げるのが千絵の仕事だ。

「いいよ、めくってくれ」

と言うと千絵は嬉しそうにページを換える。

その午後も、同じように新聞を買うと千絵はベッドに横たわる神木の胸の上で新聞を広げた。だが、何時もとは違った。違ったのは最初のページからではなく、いわゆる三面記事のページから開いたのだった。目を落とし、その理由がわかった。

見出しにはこう書かれてあった。

（港区のマンションのエレベーター内で銃で撃たれた男性、広域暴力団新和平連合の会長代行中村惣一《そういち》と判明）

後は読まなくても想像がついた。まだ新和平連合と大星会との抗争は続いている……。会長になったばかりの中村が殺害されれば、抗争の炎はもっと激しいものになるだろう。

神木は、千絵の顔を見上げ、言った。

「あのなぁ、君はキャビアを食ったことがあるか？」

浦野孝一はぼやけた頭で電話の話を聴いていた。中村も死んだか……。だが、新田雄輝を失ったほどの衝撃はなかった。新田雄輝はかけがえのない男だったが、中村は違う。だが……と孝一は居間の片隅のガラス造りのテーブルに向かった。

ガラスの上には何本か白い粉が棒状に載っている。孝一は傍に置いてある自分の会社の名刺を手馴れた形に折り、その粉の列を一本ずつ鼻から吸い込んだ。目から涙を流しながら、そろそろ潮時かな、と思った。

父の代わりに夢を実現してやる、という思いは変わっていない。だが、危機が迫っていることは、本能的に察知している孝一だった。あっと言う間に最強になった新和平連合は、そのスピードと同じ速度で衰退を始めている。中村は無論、他の誰を抜擢しても、新田雄輝がやったように新和平連合を強くすることは出来ないだろう。

突然快感が訪れ、孝一はふらつく腰を上げた。一面ガラス張りにした壁の向こうには夜の大東京が広がっている。新和平連合の、いや、僕が手に入れる街だ。

孝一はふらつく足で寝室に戻った。ベッドにいる女が両手を差し出し、孝一を迎えた。一ヶ月前に孝一が特別に目を掛け、自分の三人いる秘書の一人に加えた女だった。ここに幹部が来る時にも、酒は孝一がただのIT企業の社長ではないことを知っている。この女を運ばせたりしている。新田が傍にいたら、そんなことは絶対に許さなかっただろう。だが、今、その新田はいない。

豊かな女の乳に手を置き、けだるい快感の中で孝一はその女に言った。

「おい……おまえ、フィレンツェに行ったことはあるか？」

「それって……どこ？」

孝一は笑った。こんなに何も知らない秘書がいるか。

「馬鹿だな、おまえは。フィレンツェはイタリアだ」

女を連れて行くかはともかく、孝一はしばらくフィレンツェに行くか、と考えた。ハワイをはじめ、身を隠す場所はいくつも用意してあるが、ハワイは危ない気がしている。

女が、

「痛いわ。優しくして」と囁き、

「そこに、私を連れて行ってくれるの？」

「ああ、連れて行ってもいい」

と孝一は応えた。秘書の名前は飯島裕美という……。

本書は平成十七年十二月、小社から『被弾』と題し、四六判で刊行されたものです。なお、この作品はフィクションであり、登場する人物および団体はすべて実在するものといっさい関係ありません。

一〇〇字書評

切り取り線

購買動機（新聞、雑誌名を記入するか、あるいは○をつけてください）	
□（　　　　　　　　）の広告を見て	
□（　　　　　　　　）の書評を見て	
□ 知人のすすめで	□ タイトルに惹かれて
□ カバーがよかったから	□ 内容が面白そうだから
□ 好きな作家だから	□ 好きな分野の本だから

●最近、最も感銘を受けた作品名をお書きください

●あなたのお好きな作家名をお書きください

●その他、ご要望がありましたらお書きください

住所	〒				
氏名		職業		年齢	
Eメール	※携帯には配信できません	新刊情報等のメール配信を 希望する・しない			

あなたにお願い

この本の感想を、編集部までお寄せいただけたらありがたく存じます。今後の企画の参考にさせていただきます。Eメールでも結構です。

いただいた「一〇〇字書評」は、新聞・雑誌等に紹介させていただくことがあります。その場合はお礼として特製図書カードを差し上げます。

前ページの原稿用紙に書評をお書きの上、切り取り、左記までお送り下さい。宛先の住所は不要です。

なお、ご記入いただいたお名前、ご住所等は、書評紹介の事前了解、謝礼のお届けのためだけに利用し、そのほかの目的のために利用することはありません。

〒一〇一－八七〇一
祥伝社文庫編集長　加藤淳
☎〇三（三二六五）二〇八〇
bunko@shodensha.co.jp

祥伝社ホームページからも、書き込めます。
http://www.shodensha.co.jp/

祥伝社文庫

上質のエンターテインメントを！　珠玉のエスプリを！

祥伝社文庫は創刊15周年を迎える2000年を機に、ここに新たな宣言をいたします。いつの世にも変わらない価値観、つまり「豊かな心」「深い知恵」「大きな楽しみ」に満ちた作品を厳選し、次代を拓く書下ろし作品を大胆に起用し、読者の皆様の心に響く文庫を目指します。どうぞご意見、ご希望を編集部までお寄せくださるよう、お願いいたします。

2000年1月1日　　祥伝社文庫編集部

闇《やみ》の警視《けいし》　被弾《ひだん》　長編サスペンス

平成19年6月20日　初版第1刷発行
平成21年7月10日　　　第5刷発行

著　者　阿《あ》木《ぎ》慎《しん》太《た》郎《ろう》

発行者　竹内和芳

発行所　祥《しょう》伝《でん》社《しゃ》

東京都千代田区神田神保町3-6-5
九段尚学ビル　〒101-8701
☎03(3265)2081(販売部)
☎03(3265)2080(編集部)
☎03(3265)3622(業務部)

印刷所　堀内印刷

製本所　関川製本

ISBN978-4-396-33356-0 C0193

祥伝社のホームページ・http://www.shodensha.co.jp/

祥伝社文庫

阿木慎太郎　**闇の警視　照準**

ここまでリアルに〝裏社会〟を描いた犯罪小説はあったか!?　暴力団壊滅を図る非合法チームの活躍を描く!

阿木慎太郎　**闇の警視　弾痕**

内部抗争に揺れる巨大暴力組織に元公安警察官はどう立ち向かうのか!?　凄絶な極道を描く衝撃サスペンス

阿木慎太郎　**左手の復讐者　鮮血のダウンタウン**

ロサンゼルスで平凡な日本人父娘が狙撃され、娘は死亡。復讐に燃える父親のマグナムが怒りの火を噴いた。

阿木慎太郎　**暴龍（ドラゴン・マフィア）**

捜査の失敗からすべてを失った元米国司法省麻薬取締官の大賀が、国際的凶悪組織〈暴龍〉に立ち向かう!

阿木慎太郎　**闇の狼**

大内空手ニューヨーク道場に続発する不審死の調査依頼を受けた荒木。迫りくる敵の奸計を粉砕する鉄拳!

阿木慎太郎　**血の逃亡者　闇の狼**

パリ郊外、暴漢に襲われた東洋人女性から、二人の子供を託された空手家・荒木鉄也。パリ脱出行を台湾マフィアの魔手が阻《はば》む!

祥伝社文庫

龍一京 死神刑事 刑事報復す

「こんなに多くの人を犠牲にしやがって」羽田空港の送迎バスが爆破されるという白昼の惨劇が起きた。

龍一京 死神刑事 刑事を狙う女

警視庁公安の高見沢《たかみざわ》が発見したのは血染めの偽ドル紙幣と二片の白骨！事件の鍵を握る美貌の女の正体は？

龍一京 鬼刑事

新宿歌舞伎町で学生風の男が頭を撃ち抜かれた。鬼刑事・北河内の荒ぶる魂が残忍極まる猟奇魔に迫る！

龍一京 謀殺痕

一家惨殺現場に残された警察の領置証書。参考人が次々に消され、やがて容疑者として元刑事が浮かんだ…

服部真澄 龍の契《ちぎ》り

なぜ英国は無条件返還を？　香港返還前夜、機密文書を巡り、英、中、米、日の四カ国による熾烈な争奪戦が！

服部真澄 鷲《わし》の驕《おご》り

日本企業に訴訟を起こす発明家。先端技術の特許を牛耳る米国の特異な「特許法」を巡る国際サスペンス巨編！